Marcus Hünnebeck

Kein letzter Blick

Thriller

Über den Autor:

Marcus Hünnebeck wurde 1971 in Bochum geboren und lebt inzwischen als freier Autor in Leipzig. Er studierte an der Ruhr-Universität Bochum Wirtschaftswissenschaften.
Im März 2001 erschien mit *Verräterisches Profil* sein erster Thriller, 2003 und 2004 folgten *Wenn jede Minute zählt* und *Im Visier des Stalkers*.
Dank der Möglichkeiten, die das E-Book-Publishing bietet, veröffentlichte er im Jahr 2013 seine alten Thriller als überarbeitete E-Books. *Im Visier des Stalkers* erhielt aus rechtlichen Gründen den Namen *Die Rache des Stalkers* und schaffte im Juli 2013 den Sprung in die Top 10 der Amazon-Bestseller-Charts. Dem Roman *Verräterisches Profil* gelang dies im Dezember 2013. *Wenn jede Minute zählt* erreichte im Juni 2014 die Spitzenposition der Kindle-Charts und gehörte 2014 zu den zehn meist verkauften E-Books bei Amazon. Die Fortsetzung um den Kommissar Peter Stenzel erschien im Juni 2015 (*Stumme Vergeltung*).
Als Erstausgabe erschien im Juni 2014 *Kainsmal* bei Amazon Publishing. Mit *Die Drahtzieherin* führte er die Serie um Oberkommissarin Katharina Rosenberg fort. Die Trilogie schloss der Roman *Tödlicher Komplize* ab.
Im September 2015 veröffentlichte Egmont-Lyx den ersten Band einer neuen Reihe, der den Titel *Im Auge des Mörders* trägt. Im Mittelpunkt dieser Serie stehen die Journalistin Eva Haller und der Leibwächter Stefan Trapp.
Der zweite Band folgte im September 2016 und heißt *Abschaum*.
In *Sommers Tod* taucht zum ersten Mal Oberkommissar Lukas Sommer auf. *Sommers Schuld* ist sein zweiter Solo-Fall.
Die Namen des Todes bildet den Auftakt einer neuen Serie um den BKA-Kriminalkommissar Robert Drosten und sein Team. *Schuld vergibt man nie* ist der Folgeband. Die Romane sind genau wie der dritte Teil *Rudelfänger* und der vierte Teil *Rudeljagd* unabhängig voneinander zu lesen.
In *Die Todestherapie* ermitteln Lukas Sommer und Robet Drosten zum ersten Mal für eine neue Polizeibehörde namens KEG (Kriminalermittlungstaktische Einsatzgruppe). *Der Wundennäher, Der Schädelbrecher, Blut und Zorn, Die TodesApp,* Muttertränen und *Todesschimmer* setzen diese Zusammenarbeit

fort. In Vaters Rache stößt die Oberkommissarin Verena Kraft zum Team hinzu. *Rachekrieger, Der Geisterfahrer, Nesthäkchens Schrei, Bittere Brut, Tödlicher Fake und Schreikind* setzen die Reihe fort. Der Thriller *Der Wundennäher* war 2018 Finalist beim *Kindle Storyteller Award.*
Außerdem ist Hünnebeck noch als Autor mit dem ersten Band *Rampensau* an der ersten Staffel der vierteiligen Serie *Mordkommission Leipzig* beteiligt und ebenso mit dem ersten Band *Blender* an der zweiten Staffel.
Mit Chris Karlden zusammen hat er den Thriller *Im Namen der Vergeltung* veröffentlicht.
So tief der Schmerz bildete den Auftakt einer neuen Serie um den Personenfahnder Till Buchinger. Mit *Kein letzter Blick* liegt nun der zweite Teil vor.

Über das Buch:

Die siebzehnjährige Larissa steigt nach einem heftigen Streit mit ihrem Vater Mats in einen Zug am Hamburger Hauptbahnhof, ohne ihn noch eines letzten Blickes zu würdigen. Sie will zu ihrer Mutter in Köln zurückkehren und ignoriert Mats, der am Bahnsteig ausharrt.

Monate später bereut die inzwischen Volljährige ihr Verhalten, denn Mats ist seit jenem Tag spurlos verschwunden. Verzweifelt engagiert Larissa den Personenfahnder Till Buchinger. Er fahndet bereits nach einer jungen Studentin, die zur selben Zeit entführt wurde. Ist es Zufall, dass Larissa und die Studentin sich ähnlich sehen, oder hängen beide Taten zusammen? Als Till im Rahmen seiner Ermittlungen das Vertrauen von Larissa verspielt, sucht die ihren Vater auf eigene Faust und gerät in große Gefahr.

Marcus Hünnebeck

Kein letzter Blick

Thriller

Impressum

Kein letzter Blick

1. Auflage, Juli 2020

Covergestaltung: © Artwize
Im Cover Design wird 1 Stock Image von depositphotos.com verwendet.
depositphotos url: https://depositphotos.com/162020902/stock-photo-girl-with-bodyart-on-face.html

Lektorat: Ruggero Leò
Korrektorat: Kirsten Wendt

Herausgeber:
Marcus Hünnebeck
Hainstr. 26, 04109 Leipzig

ISBN: 979-8666382905

Freitag, 17. Juli

1

Ob er die Situation mit einem kleinen Scherz auflockern könnte? Am liebsten hätte sich Mats Staude vor die verschlossene Gästezimmertür gestellt und ein Lied der *Ärzte* abgespielt.

»Du warst wirklich mal ein süßes Kind«, summte er leise. Weil er jedoch keinen Sohn, sondern eine Tochter hatte, verzichtete er darauf, den Song *Junge* anzustimmen. Er ahnte, wie humorlos Larissa reagieren würde, daher klopfte er lediglich an die Tür.

»Larissa-Schatz, wir müssen gleich los. Dein Zug fährt in einer knappen Stunde, und du weißt, wie voll es um den Bahnhof ist. Gerade freitags.«

Er lauschte, doch aus dem Zimmer drang keine Antwort.

»Hast du mich gehört?«

»Ja.«

Staude blieb vor der Tür stehen und hoffte auf ein paar Worte mehr. Doch offenbar war für Larissa damit alles gesagt.

Mit gesenktem Kopf ging er zurück ins Wohnzimmer. Um sie nicht zu sehr unter Druck zu setzen, gab er ihr noch ein wenig Zeit. Spätestens in einer Viertelstunde müssten sie aufbrechen. Vielleicht käme Larissa ja von allein aus dem Zimmer.

Er schaute aus dem Fenster der Hamburger Dachgeschosswohnung. Vor drei Wochen hatten in Nordrhein-Westfalen die Sommerferien begonnen, und seine 17-jährige Tochter war direkt zu ihm gekommen. Drei Wochen fort aus Köln, weg von ihrer Mutter. Vater-Tochter-Zeit, die sehr harmonisch angefangen hatte. Bis Larissa auf einer Party ihrer besten Hamburger Freundin den falschen Typen kennengelernt hatte. Seitdem hatte sich ihr Verhalten total gewandelt. Er hatte sich für sie die erste Hälfte der Ferien freigeschaufelt und wenig gearbeitet.

War das jetzt ihr Dank?

Alles bloß wegen des Mistkerls, der ihr Flausen in den Kopf gesetzt hatte.

Wieso war seine eigene Tochter so naiv und durchschaute ihn nicht? Es war so offensichtlich, was der schleimige Kerl bezweckte. Insofern war es absolut gerechtfertigt gewesen, seiner Tochter den Besuch der gestrigen Party zu verbieten. Egal, wie lautstark sie sich deswegen gestritten hatten. Ihm war nichts anderes übrig geblieben, als ihr am Ende sogar Hausarrest zu geben.

Hoffentlich würde Larissa das in den nächsten Wochen einsehen. Sich mit ihr zu streiten zerrte an seinem Nervenkostüm – so selten, wie sie sich sahen.

Seufzend trat er vom Fenster weg und setzte sich auf die Couch. Er blickte zur Wanduhr.

Würden sie im Unguten auseinandergehen?

2

Larissa rief erneut das Chatprogramm auf. Vielleicht funktionierten die Benachrichtigungen nicht. Zu ihrer Enttäuschung war in den letzten Minuten keine Mitteilung eingetroffen. Das war alles die Schuld ihres Vaters! Wie er sich gestern angestellt hatte. Als würde Joel sie auf einer solchen Party mit K.-o.-Tropfen betäuben und an Mädchenhändler verkaufen. Was für ein Unfug!

Sie konnte es kaum abwarten, in zwei Monaten volljährig zu sein. Dann wäre sie endlich erwachsen, und niemand dürfte ihr noch unsinnige Vorschriften machen. Mit achtzehn wäre sie gestern einfach losgefahren und erst mitten in der Nacht zurückgekehrt. Doch so, wie ihr Vater sich aufführte, stand es in den Sternen, ob sie ihm zuliebe zukünftig überhaupt noch die mehrstündige Zugfahrt auf sich nehmen würde. Nach dem Geburtstag ließe sie sich nicht länger wie ein Baby behandeln. Schon gar nicht von ihren Eltern!

Erneut entsperrte sie das Display und rief Joels Instagram-Profil auf. Er hatte bereits Bilder der gestrigen Party gepostet – was ihren Zorn anfachte. Die Veranstaltung schien ein absoluter Hit gewesen zu sein. Sogar einige Prominente, die sie aus dem Fernsehen kannte, waren gekommen. Joel hätte sie bestimmt bevorzugt behandelt. Das alles hatte ihr spießiger Vater unterbunden.

Larissa strich sich Tränen aus den Augen. Oh nein! Sie wollte nicht traurig werden. Besser war die Wut, die sie spürte.

Wie hatte es Papa wagen können, ihr den letzten Hamburger Abend zu vermiesen? Das würde sie ihm niemals verzeihen!

Larissa schaute zur Tür. Vom Frühstück abgesehen, war sie ihrem Vater bislang aus dem Weg gegangen. Trotzdem war ihre Reisetasche schon gepackt, denn sie wollte den Zug unter keinen Umständen verpassen. Aus einer Laune heraus änderte sie ihr Verhalten. Statt ihren Vater noch einmal im Flur antanzen zu lassen, griff sie zu ihrer Tasche und schloss die Tür auf.

»Wir können«, rief sie laut. »Nicht, dass ich hier auch nur eine Minute länger bleiben will.«

Ohne ihm die Chance zu geben etwas zu erwidern, öffnete sie die Wohnungstür und lief die Treppen hinab.

»Larissa!«, ertönte seine Stimme.

Sie konnte ein schadenfrohes Grinsen nicht unterdrücken. Offenbar war es ihr gelungen, ihn zu überrumpeln. Und das würde nicht die einzige unangenehme Überraschung sein, die ihn in der nächsten Stunde erwartete.

3

Mats Staude sprang vom Sessel auf, als er seine Tochter an der Tür hörte.

»Larissa!«, rief er ihr hinterher.

Er lief in die Diele und schnappte sich seinen Schlüsselbund. Auf dem Weg nach unten holte er sie nicht mehr ein. Sie wartete an der Beifahrerseite des Wagens, die Reisetasche vorm Hinterreifen abgestellt.

Er öffnete die Kofferraumklappe und lud die Tasche ein.

»Bist du bereit für die Zugfahrt?« Staude versuchte, seiner Stimme einen lässigen Klang zu geben.

»Klar«, antwortete Larissa. »Endlich zurück nach Hause. Nicht mehr im Gefängnis eingesperrt zu sein wird sich gut anfühlen. Du kannst dir gar nicht vorstellen, wie sehr ich mich freue heimzufahren.«

»Schatz, ich ...«

Sie setzte sich auf den Rücksitz und warf die Tür zu. Staude ließ ein Fahrzeug passieren, dann trat er auf die Fahrerseite und stieg ebenfalls ein. Sie hatte sich Kopfhörer in die Ohren gesteckt.

Er startete den Motor und akzeptierte zunächst ihr unmögliches Verhalten. Doch mit jedem zurückgelegten Meter steigerte sich seine Wut. Obwohl er Streitigkeiten normalerweise mied, konnte er sich das nicht länger gefallen lassen.

An einer roten Ampel wandte er sich ihr zu und zog ihr den Bluetooth-Kopfhörer aus dem Ohr.

»Hey! Was soll das?«

»Du hörst deinem Vater jetzt verdammt noch mal zu!« Im Innenspiegel sah er, wie sie mit den Augen rollte. »Ich hatte gute Gründe für meine Entscheidung. Deine Mutter hätte dasselbe gemacht.«

»Mama hätte mich auf die Party gehen lassen. Im Gegensatz zu dir ist sie nämlich cool.«

»Ach ja? Dann zeig ihr mal das Instagram-Profil von dem Kerl. Wenn deine Mutter das gutheißt, hat sie einen Gehirntumor.«

Larissa wandte sich ihm zu. »Hast du mir etwa nachspioniert?«

»Ich will wissen, mit wem sich meine Tochter abgibt. Und da du in den letzten Tagen so viel von diesem Joel gelikt hast, war das nicht schwierig.«

»Ich fass es nicht!«

»Hast du dir seine Fotos mal genauer angesehen? Ständig posiert er neben leicht bekleideten Mädchen, die kaum älter als du sind. Auf einem Foto protzt er mit einer Knarre rum.«

»Du stalkst mich! Unfassbar!«

»Das nennt man väterliche Fürsorge. Ich lass meine minderjährige Tochter garantiert nicht zu einer solchen Gestalt. Du bist doch sonst gegen Waffenbesitz! Findest die Amis deshalb total bescheuert.«

»Er ist Partyveranstalter und muss sich in der Öffentlichkeit inszenieren. Du checkst es nicht! Joel ist voll lieb. Ich wäre sein Ehrengast auf der Party gewesen. Da waren Promis! Das hast du mir versaut!«

»Larissa, du bist siebzehn! Wie alt ist dieser Joel? Dreißig?«

»Siebenundzwanzig!«

»Und wieso erklärt er einen zehn Jahre jüngeren Teenager zu seinem Ehrengast? Kannst du mir das verklickern?«

»Weil er cool ist und mich mag!«

»Er ist nicht cool, sondern spielt mit deinen Gefühlen.«

»Gib mir den Kopfhörer wieder.«

»Am Bahnhof.«

»Jetzt sofort!«

»Red nicht so mit deinem Vater.«

Larissa verschränkte die Arme vor der Brust und starrte nach vorn.

»Schatz, so bockig kenn ich dich gar nicht. Hat dich der Typ gegen mich ...«

»Er heißt Joel.«

»Hat er dich gegen mich aufgehetzt?«

»Das schaffst du ganz allein. Lass mich einfach in Ruhe.«

Zehn Minuten später kamen sie am Bahnhof an. Staude fuhr auf den Parkplatz. Vor ihm setzte soeben jemand aus einer Parknische zurück, und kurz darauf belegte Staude die frei gewordene Lücke.

»Ich ziehe eben ein Parkticket.«

»Musst du nicht. Gib mir meinen Kopfhörer, dann steig ich aus.«

»Ich bring dich natürlich zum Bahnsteig.« Staude verließ den Wagen und warf Kleingeld in den Geldautomaten. Er legte das Papierticket hinter die Windschutzscheibe. »Ich habe vorsichtshalber fünfundvierzig Minuten bezahlt, falls sich dein Zug verspätet.«

Wortlos stieg Larissa aus. Staude ging zum Kofferraum und nahm ihre Tasche heraus, die er ihr hinterhertrug.

Sie betraten das vor Menschen überquellende Gebäude. Larissa schlängelte sich schnell durch die Passanten. Er hatte Schwierigkeiten, ihr zu folgen.

»Sollen wir dir etwas zu essen kaufen?«, fragte er, als er sie endlich eingeholt hatte.

»Nein danke! Welches Gleis?«

»Vier.«

Gemeinsam gingen sie zum Bahnsteig. Staude schaute, in welchem Abschnitt Larissas Wagen halten würde und führte sie hin. »Hier hast du deinen Kopfhörer wieder.«

Sie steckte ihn wortlos ein.

»Hast du wenigstens etwas zu trinken dabei?«

»Brauch ich nicht.«

»Sei nicht so bockig.« Staude nahm sein Portemonnaie in die Hand und zog einen Zehneuroschein heraus.

»Ich kann mir mein Essen allein kaufen«, widersprach Larissa.

»Nimm es!«

»Nein!«

Er wollte ihr das Geld in die Jeanstasche stecken, doch sie wich einen Schritt zurück, sodass der Schein zu Boden segelte. »Herrje, Larissa!« Staude bückte sich.

Die Bahnsteigdurchsage kündigte den einfahrenden Zug an. Um sich eine weitere peinliche Situation zu ersparen, stopfte Staude den Geldschein zusammen mit dem Portemonnaie zurück in die eigene Tasche. Bis der ICE anhielt, sprachen sie kein Wort miteinander. Die ersten Fahrgäste stiegen aus, andere Reisende drängelten sich bereits zur Tür.

»Ich wünsche dir eine gute Reise. Und schick mir bitte eine Nachricht, wenn du zu Hause bist.«

»Hm-mh.«

Er versuchte, sie für eine letzte Umarmung an sich zu ziehen, doch Larissa wich ihm geschickt aus.

»Ciao«, sagte sie leise.

Sie reihte sich zu den anderen Wartenden, die langsam einstiegen.

Staude sah ihr hinterher. Für einen Moment verschwand sie aus seinem Blickfeld. Dann entdeckte er sie wieder. Larissa kämpfte sich zu ihrem Sitzplatz durch. Er hatte ihr vor ein paar Tagen zum Abschluss ihrer gemeinsamen Zeit ein Erste-Klasse-Ticket gekauft und für sie einen Einzelplatz reserviert. Sie hievte ihre Tasche in die Ablage und nahm den Platz ein.

Staude hoffte auf ein Lächeln oder ein Zuwinken. Stattdessen griff sie zu ihrem Smartphone und tippte eine Nachricht ein. An diesen Joel?

Der Zug stand noch mehrere Minuten am Bahnsteig, ehe die Ansage die Abfahrt ankündigte. In der ganzen Zeit sah Larissa nicht einmal auf. Auch als sich die Türen schlossen und der ICE losfuhr, schaute sie nicht zu ihm. Sie schenkte ihm keinen letzten Blick und kein Winken.

Staude schluckte einen Kloß im Hals hinunter. Das Erste-Klasse-Abteil verschwand aus seinem Sichtfeld. Er wandte sich der Rolltreppe zu und fuhr nach oben. Seine Enttäuschung über Larissas Verhalten schlug in Groll um. Daran war dieser miese Typ schuld, der sich an ein zehn Jahre jüngeres Mädchen ranmachte. Sofern seine Altersangabe überhaupt stimmte. Es würde ihn nicht wundern, falls Joel schon dreißig oder älter war.

Staude rempelte einen entgegenkommenden Passanten an.

»Passen Sie gefälligst auf!«, rief der.

Staude hielt nicht an, sondern beschleunigte seinen Schritt. Er konnte die in ihm gärende Wut nicht öffentlich an einem Unbeteiligten auslassen. Er musste einen anderen Weg finden. Und er wusste auch welchen.

»Das wirst du mir büßen!«, flüsterte er.

Er schaute sich um. Niemand schien ihn zu beachten. Doch das würde sich bald ändern.

4

Denise Kittel öffnete ihre blaue Handtasche und steckte das Fachbuch hinein. In den letzten drei Stunden hatte sie mit ihren Freundinnen Saskia, Theresa und Nina für die am Montag stattfindende Klausur gelernt. Die 20-jährigen Studentinnen hatten den kompletten Stoff besprochen und sich gegenseitig hilfreiche Erklärungen gegeben. In der ganzen Zeit war Denise gedanklich abgelenkt gewesen. Wie sollte sie mit der belastenden Situation umgehen?

»Was ist los mit dir, Denise?«, fragte Nina. »Du warst die letzten Stunden ziemlich still.«

Denise zögerte. Konnte sie ihre Freundinnen ins Vertrauen ziehen? Oder wäre es besser, das Ganze erst einmal mit sich selbst zu klären, bevor sie jemandem davon erzählte?

»Die Klausur macht mir diesmal richtig Sorgen«, behauptete sie.

Nina wirkte verblüfft. »Wieso denn das? Du wusstest auf fast alles eine Antwort.«

»Das stimmt«, sagte Saskia. »Wenn sich jemand keine Sorgen machen muss, dann bist du das.«

»Meint ihr?«

Die Freundinnen nickten.

»Ich hasse dieses Fach«, sagte Denise. Zumindest das war nicht gelogen. »Bin froh, wenn die Klausur hinter uns liegt.« Sie zwang sich zu einem Lächeln.

Theresa, die neben ihr saß, streichelte ihren Oberarm. »Aber sonst ist alles in Ordnung?«

»Klar. Ihr kennt ja mein Lampenfieber bei Prüfungen. Bis Montag schlafe ich bestimmt wieder schlecht.«

»Dann lenk dich ab!«, empfahl Nina. »Du wolltest zu einer Party, oder?«

»Geburtstag von Julian«, bestätigte sie. »Aber ehrlich gesagt, bin ich ...«

»Stopp!«, rief Nina. »Du gehst da auf jeden Fall hin. Julian steht total auf dich.«

Saskia kicherte. »Oh ja. Du würdest sein Herz brechen, wenn du ihm absagst. Das kannst du ihm an seinem Geburtstag nicht antun.«

Denise seufzte. »Aus mir und Julian wird eh nichts. Der ist achtzehn. Fast noch ein Baby.«

»Wahrscheinlich denkt der, man müsse auf alten Pferden reiten lernen«, gluckste Theresa.

»Du Biest!« Denise täuschte einen Schlag an. »So alt bin ich gar nicht!«

Die Mädchen lachten. Es tat Denise gut, die trüben Gedanken zu verdrängen.

Nina brachte ihre Freundinnen zur Tür und umarmte sie zum Abschied. Saskia, Theresa und Denise liefen gemeinsam die zwei Etagen zur Haustür hinab. Sie unterhielten sich über den Kommilitonen, der mit sechzehn sein Abi geschafft hatte, und deswegen bereits mit ihnen im fünften Semester studierte.

»Ich find ihn ganz süß«, bekannte Denise. »Aber ich möchte gar nicht wissen, wen er alles eingeladen hat.«

»So viel älter bist du auch nicht«, sagte Saskia. »Geh hin, amüsiere dich und guck, was der Abend bringt. Theresa hat gerade nur Spaß gemacht.«

An einem Fahrradständer vor dem Haus hatten sie ihre Räder angekettet. Denise nahm ihren Schlüssel aus der Handtasche und öffnete das Bügelschloss.

»Wir sehen uns am Montag in aller Frische«, sagte sie und gab ihren Freundinnen zum Abschied Wangenküsse.

»Wenn auf der Party etwas Interessantes passiert ...«, begann Theresa.

»... erfahrt ihr davon«, versprach Denise. »Aber rechnet nicht damit.« Sie stellte ihre Tasche in den Fahrradkorb und schwang sich auf den Sitz. »Bis Montag!«

Da Saskia und Theresa in die entgegengesetzte Richtung mussten, fuhr Denise alleine los. So konnte sie in Ruhe nachdenken. Sollte sie Julians Einladung folgen? Vom leichten Altersunterschied abgesehen, fand sie ihn interessant. Er war der schlaueste Mensch, der ihr je begegnet war. Außerdem sah er gut aus. Es wäre spannend herauszufinden, mit wem er befreundet war. Und obwohl sie ihren Freundinnen gegenüber etwas anderes behauptete, störten sie die zwei Jahre Altersunterschied nicht sonderlich. Wenn er also nicht bloß verschrobene Freunde hatte, die sich ausschließlich über Marvel-Filme unterhalten würden, könnte das ein aufschlussreicher Abend werden.

Außerdem würde es ihr bestimmt guttun, auf andere Gedanken zu kommen.

Sie trat in die Pedale und wechselte vom Bürgersteig auf die Straße.

5

Er folgte ihr mit genügend Abstand. Zum Glück fuhren sie durch eine Tempo-30-Zone, sodass seine gemäßigte Geschwindigkeit nicht auffiel. Solange sich von hinten kein Fahrzeug näherte, könnte er die Distanz zwischen ihnen beibehalten. Zumindest, bis er zuschlagen würde.

Er hatte das nicht geplant. Trotzdem war er seit Jahren darauf vorbereitet, seine erregenden Fantasien umzusetzen. Wie oft hatte er nackt in seinem Rückzugsort gesessen und sich Dinge ausgemalt, über die er mit keinem Menschen sprechen konnte? Letztlich durfte er sich nichts vormachen. Niemand schuf ein geheimes Versteck, wenn er nicht vorhatte, eine Frau dorthin zu verschleppen.

Sein Plan war schlicht. In wenigen hundert Metern würde er beschleunigen und sie mit dem Wagen rammen. Sie würde im hohen Bogen vom Fahrrad fliegen und benommen liegen bleiben. Die Gelegenheit würde er nutzen, um sie in sein Auto zu verfrachten. Vielleicht verletzte sie sich bei dem Zusammenprall, selbst das wäre ihm recht. Dann könnte er sie gesund pflegen, und sie müsste ihm auf ganz spezielle Weise ihre Dankbarkeit beweisen.

Seine Erregung wuchs. Jahrelang hatte er sich in Fantasiewelten geflüchtet – jetzt war es endlich so weit.

Er wusste genau, welche Kreuzung infrage kam. Gleich würde sich sein Leben für immer verändern. Er berührte sich am Schritt.

Oh ja!

Wie oft hatte er sich mit geschlossenen Augen befriedigt und dabei vorgestellt, über eine Sklavin zu verfügen.

In einigen Stunden wäre sie gefesselt in seinem Versteck – idealerweise nur leicht verletzt und sofort verfügbar. Selbst, wenn er zunächst mit ihrer Pflege beschäftigt wäre, würde er den Umständen etwas abgewinnen. Er malte sich ihren nackten Körper auf der Pritsche aus. In seiner Fantasie wusch er ihr das verkrustete Blut ab. Mit einem Waschlappen würde er jede Stelle berühren und ihr dabei unablässig in die Augen schauen.

Er beschleunigte den Wagen. Nicht mehr lange und ihr altes Leben wäre vorbei.

6

Denise schaute auf ihre Uhr. Sobald sie zu Hause angekommen wäre, müsste sie unter die Dusche springen und sich überlegen, was sie für die Party anziehen würde. Sollte sie sich sexy kleiden? Die schwarzen Stiefel tragen, dazu einen knappen Rock und ein Oberteil, das ihren Bauch freiließ? Julian würde das bestimmt gefallen. In der Uni kannte er sie nur in legerer Kleidung. Aber was, wenn auf seiner Geburtstagsfeier wirklich bloß Nerds abhingen? Wäre sie dann von einem Haufen geifernder Jungs umgeben? Unwillkürlich dachte sie an die Fernsehserie *Big Bang Theory*. Sie malte sich aus, wie ihr Julian die Tür öffnete und ihm bei ihrem Anblick das Kinn hinunterklappen würde. Denise grinste bei der Vorstellung. Sie wusste um die Wirkung ihres Körpers. Immerhin trainierte sie dreimal die Woche in einem Fitnessstudio, dazu belegte sie zweimal wöchentlich einen Zumba-Kurs. An ihr gab es nicht ein Gramm überflüssigen Fetts. Trotzdem war sie seit einem Vierteljahr wieder Single, nachdem die Beziehung zu Theo in die Brüche gegangen war. Der kleine Rückfall vor vier Wochen spielte keine Rolle. Sex mit dem Ex in Notstandszeiten. Völlig normal und hoffentlich nicht folgenreich. Wegen des Studiums hatte sie in den letzten Monaten einfach keine Zeit gehabt, sich auf dem Markt neu zu orientieren.

War Julian trotz des kleinen Altersunterschieds ein Kandidat? Vielleicht würde sie das heute Abend herausfinden.

Noch einmal überdachte sie ihre Kleidungswahl. Wäre es nicht besser, ihre körperlichen Vorzüge weniger offensiv zu präsentieren? Außerhalb der Uni liebte sie es, sich freizügig zu zeigen. Hatte ihr das sogar teilweise das Problem eingebrockt, über das sie momentan lieber nicht grübelte?

Könnte sie mit Julian darüber sprechen, was passiert war? Er war mit weitem Abstand der intelligenteste Mensch, den sie kannte – aber besaß er auch genug Lebenserfahrung, um ihr einen guten Tipp zu geben? Denise bezweifelte das. Bestimmt würde er sich erschüttert zeigen, sich von ihr abwenden oder sie drängen, eine Entscheidung zu treffen, von der sie nicht überzeugt war. Sie musste in Ruhe darüber nachdenken, wen sie ins Vertrauen ziehen würde.

Denise vernahm das Geräusch eines beschleunigenden Fahrzeugs. Instinktiv schaute sie über die Schulter und erschrak. Ein schwarzer Wagen näherte sich rasch. Durch die getönte Scheibe konnte sie den Fahrer nicht erkennen. Sah er sie nicht, oder hatte er es bewusst auf sie abgesehen?

Denise riss den Lenker herum und wich zur Seite aus.

Doch sie reagierte zu spät. Mit voller Wucht rammte das Auto sie. Sie schrie entsetzt auf, als ihr Rad beim Aufprall unkontrollierbar wurde. Denise flog über den Lenker und streckte schützend die Arme aus. Der

Asphalt kam näher. Zuerst krachte ihre linke Hand auf den Boden. Dann schlug sie hart mit dem Kopf auf.

Sie verlor das Bewusstsein.

7

In aller Ruhe schaute er sich um. Den Tatort hatte er perfekt ausgewählt. Einige hundert Meter zuvor war das Wohn- in ein Gewerbegebiet übergegangen. Allerdings hatte hier in den letzten Jahren der wirtschaftliche Niedergang für einen Kahlschlag gesorgt. Kein Firmengelände war noch in Nutzung. Er kannte die Bebauungspläne der Stadt Hamburg. Im Herbst würden Bagger anrollen und die alten Gebäude dem Erdboden gleichmachen. Danach würden die Grundstücke saniert, und in ungefähr drei Jahren stünden hier luxuriöse neue Wohngebäude, die für Höchstsummen verkauft würden.

Als er nirgendwo einen Spaziergänger erblickte, der den Anschlag zufällig beobachtet hatte, stieg er aus und öffnete den Kofferraum. Um das Mädchen zu seinem Versteck zu bringen, müsste er sie und das Fahrrad im Auto transportieren. Seelenruhig ging er zu ihr und beugte sich zu ihr.

»Mein hübscher Schatz«, flüsterte er.

Er entdeckte Blut und hob vorsichtig ihren Kopf an. Sie hatte sich eine kleine Platzwunde zugezogen, die jedoch nicht bedrohlich wirkte. Ihre Atmung war flach, ihr Pulsschlag verlangsamt. Dem ersten Eindruck nach hatte sie bei dem Sturz keine lebensgefährliche Verletzung erlitten. Nun ging es darum, sie schnellstmöglich ins Versteck zu bringen. Dort könnte er sie beobachten und feststellen, ob sie medizinische Hilfe benötigte oder sich von allein erholen würde.

Vorsichtig schob er seine Arme unter ihren Körper und hob sie hoch. Sie stöhnte leise. Erwachte sie bereits aus der Bewusstlosigkeit?

Unter ihrem Gewicht wankte er bei den ersten Schritten zum Kofferraum. Mit jedem Meter, den er zurücklegte, gewöhnte er sich an die Last.

Er erreichte den Wagen. In diesem Moment näherte sich ein Fahrzeug.

»Verdammt!«

Mit seinem Opfer auf dem Arm schaute er in die entsprechende Richtung. Ein Wagen hielt nur wenige Meter von ihnen entfernt an.

Was sollte er jetzt tun?

Oktober

1

Till Buchinger kam aus der U-Bahn-Station und orientierte sich kurz. Das Hamburger Restaurant, in das ihn Doktor Gereon Hirthe eingeladen hatte, war eines von jenen, die Till noch nie besucht hatte. Vom Ausgang der Haltestelle aus sah er bereits das Neonschild über der Eingangstür. Er schaute auf seine Armbanduhr. Wie fast immer war er pünktlich – hoffentlich war auch Doktor Hirthe schon vor Ort.

Nicht zum ersten Mal seit dessen Anruf fragte er sich, was der Arzt von ihm wollte. Hirthe war Antjes behandelnder Frauenarzt gewesen. Seit der Beerdigung vor acht Jahren hatten sie jedoch keinen Kontakt mehr zueinander gehabt.

Till zog die Tür des Restaurants auf. Hinter einem Empfangspult stand ein junger Mann, der ihm ein knappes Lächeln schenkte.

»Moin«, begrüßte er ihn auf die Art, die man in Hamburg in den letzten Jahren wieder verstärkt hörte.

»Moin«, erwiderte Till. »Ich bin mit Doktor Hirthe verabredet. Ist er schon da?«

Der junge Mann warf einen Blick in ein Kalenderbuch und nickte. »Ich führe Sie zu ihm.«

Er ging voran. Nach wenigen Metern erkannte Till den Arzt. Zu Antjes Lebzeiten war der Mann Mitte vierzig gewesen. Antje hatte Till von Freundinnen erzählt, die den Gynäkologen ebenfalls aufsuchten. In ihrer Chatgruppe nannten sie ihn wegen seines guten Aussehens Doktor Love. Die letzten Jahre hatten dem Mann nicht geschadet. Im Gegenteil. Die grauen Strähnen in seinem schwarzen Haar standen ihm gut.

Hirthe entdeckte ihn und erhob sich. »Herr Buchinger.«

»Doktor Hirthe.«

Der Restaurantmitarbeiter zog sich dezent zurück. Till reichte dem Gastgeber die Hand. »Ihr Anruf hat mich überrascht.«

»Das dachte ich mir. Nehmen Sie Platz!«

Till setzte sich dem Arzt gegenüber. Einen kurzen Moment später tauchte eine Kellnerin an ihrem Tisch auf. In der Hand hielt sie zwei Karten.

»Wenn Sie Rotwein mögen, sollten Sie den spanischen Rioja nehmen«, empfahl Hirthe.

»Einverstanden. Dazu ein Glas Wasser mit Kohlensäure.«

»Bringen Sie uns bitte Ihre große Antipasti-Auswahl, vorausgesetzt, mein Gast hat nichts dagegen.«

Till wunderte sich zwar über das forsche Auftreten des Gynäkologen, hatte jedoch keine Einwände gegen seinen Vorschlag. Er nickte der Kellnerin zu, die sich daraufhin wieder zurückzog.

»Geht's Ihnen gut?«, fragte Hirthe.

»Danke. Ich kann nicht klagen. Und selbst?«

Der Arzt seufzte. »Darauf komme ich später zu sprechen. Vorab sollen Sie wissen, dass ich in den letzten Monaten viel an Sie und Ihre Frau gedacht habe.

Wahrscheinlich bin ich deswegen auf die Idee gekommen, Sie um dieses Treffen zu bitten.«

»Weswegen haben Sie an uns gedacht?«, fragte Till.

»Die letzte Patientin aus der Experimentalgruppe ist vor einem halben Jahr gestorben. Sie hat natürlich viel länger durchgehalten als die meisten Probandinnen, trotzdem waren ihre letzten Lebensmonate nicht sehr erfreulich. Der Krebs ist mit voller Wucht zurückgekehrt.«

Till runzelte die Stirn. »Welche Experimentalgruppe?«

»Na, Sie wissen schon, die experimentelle Therapieform, die ich auch Ihrer Frau vorgeschlagen habe. Und die sie nach reiflicher Überlegung abgelehnt hat. Erinnern Sie sich nicht mehr?«

»Antje hat davon nie etwas erzählt.«

Nun wirkte Hirthe überrascht. »Wirklich nicht? Oder haben Sie es bloß vergessen?«

»Glauben Sie mir. Ich habe nicht eine Sekunde von Antjes Leidensweg vergessen.«

Die Kellnerin kehrte zurück und schenkte ihnen einen kleinen Schluck des Rotweins ein. Hirthe kostete ihn und lächelte zufrieden. Till verzichtete auf eine Geschmacksprobe. Die Kellnerin füllte die Gläser auf und stellte Till das Wasser daneben.

»Hat Sie es Ihnen verschwiegen?« Hirthe sah betroffen aus. Mit der Zunge fuhr er sich über die Lippen.

Till nippte an dem Wein, nahm den Geschmack aber kaum wahr.

»Ungefähr ein halbes Jahr vor dem Tod Ihrer Frau

erhielt ich von der Uniklinik ein Schreiben, in dem eine experimentelle Brustkrebstherapie vorgestellt wurde. Ihre Frau passte in das Anforderungsprofil potenzieller Patientinnen, daher habe ich ihr die Information weitergeleitet. Sie hat das sehr interessiert aufgenommen und bat mich um ein oder zwei Tage Bedenkzeit. Wenn ich mich richtig erinnere, wollte sie das mit Ihnen besprechen.«

Was sie definitiv nicht getan hat, dachte Till.

»Nach zwei Tagen meldete sie sich bei mir und lehnte die Therapieform ab. Damals fand ich das unverständlich. Mittlerweile habe ich mich eines Besseren belehren lassen. Zwei andere Patientinnen von mir kamen in die insgesamt zwanzigköpfige Gruppe, aber die Ergebnisse waren niederschmetternd. Für vierzehn Frauen hatte die Therapie gar keine lebensverlängernde Wirkung. Fünf Patientinnen lebten ungefähr ein halbes Jahr länger als zuvor vermutet. Das liegt jedoch im statistischen Rahmen. Lediglich die eine Patientin, die erst vor Monaten verstorben ist, galt vorübergehend sogar als geheilt. Nach dem, was ich in mir zugänglichen Quellen gelesen habe, hat sie harte Zeiten durchgemacht, direkt nach der Therapie wie auch in den letzten Lebensmonaten.«

Es fiel Till schwer, die Informationen zu verdauen. Hätte Antje im besten Fall sieben Jahre länger leben können? »Erinnern Sie sich, wieso Antje die Therapie abgelehnt hat?«

Hirthe trank einen Schluck Rotwein. »Sie wissen sicher: Die ärztliche Schweigepflicht gilt auch über den

Tod hinaus. Trotzdem bin ich bereit, Ihnen ein paar weiterführende Auskünfte zu geben, im Rahmen meiner Verschwiegenheitsverpflichtung. Allerdings würde ich vorab gern mit Ihnen den eigentlichen Grund meines gestrigen Anrufs besprechen.«

Die Kellnerin näherte sich. Auf einem Holztablett brachte sie ihnen eine großzügige Antipasti-Auswahl, außerdem ein Körbchen mit verschiedenen Brotsorten. Sie stellte das Tablett genau in die Mitte des Tisches. »Lassen Sie es sich schmecken.«

»Weswegen haben Sie mich kontaktiert?«, fragte Till.

»Wegen meiner verschwundenen Nichte. Denise Kittel. Von ihr fehlt seit drei Monaten jede Spur.«

Till konnte den Namen zuordnen. Die Presse hatte ausführlich über ihr mysteriöses Verschwinden im Sommer berichtet. Die junge Frau war nach einem gemeinsamen Lernnachmittag mit Kommilitoninnen nie zu Hause angekommen. Die Polizei hatte ihr Fahrrad gut einen Kilometer von der Adresse entfernt gefunden, wo sich Kittel zum Lernen mit den Freundinnen getroffen hatte. Das Rad wies Unfallspuren auf.

»Ich sehe Ihnen an, dass Ihnen Denises Name in Erinnerung geblieben ist«, sagte Hirthe.

»Ja, ich erinnere mich.«

»In den ersten sechs bis acht Wochen fand ich die Arbeit der Hamburger Polizei vorbildlich. Das LKA hat nicht zuletzt mich ziemlich scharf verhört. Aber mit meinem Segen. Immerhin war ich vor den Freundinnen einer der Letzten, der Denise gesehen hat. Davon erzähle ich gleich gerne mehr, obwohl das in gewissen Grenzen ebenfalls unter meine Schweigepflicht fällt.« Er trank noch einen Schluck Wein. »Allerdings hatte man an Denises Fahrrad schwarze Lackspuren gefunden – die nicht zu meinem Auto passen. Außerdem hatte ich ein Alibi für die mutmaßliche Zeit ihres Verschwindens. Wie dem auch sei. Seit etwa vier Wochen hat die Polizei Denise aufgegeben. Das ist zumindest mein Eindruck. Deswegen ist in mir in den letzten Tagen die Idee herangereift, Sie zu engagieren. Denise ist das einzige Kind meiner Schwester, die natürlich völlig aufgelöst ist. Meine Nichte hat ein Einserabi, und auch ihr Medizinstudium verläuft ohne Probleme. Sie könnte in meine Fußstapfen treten, so begabt ist sie. Ich verstehe einfach nicht, wieso die Polizei sie nicht weitersucht.«

»Ich schätze, dass das LKA die Suche nicht eingestellt hat«, sagte Till. »Die Fahndung nach vermissten Personen rutscht irgendwann immer aus dem Fokus der Öffentlichkeit.«

Hirthe öffnete die bereitstehende Flasche Olivenöl und tröpfelte die goldene Flüssigkeit auf seinen Teller. Danach würzte er das Öl mit Salz und Pfeffer, ehe er ein Stück Brot eintunkte. »Mag sein«, sagte er. »Aber der zuständige Kommissar war zuletzt vor zweieinhalb Wochen bei meiner Schwester.« Er aß das Brot.

»Wie heißt der Polizist?«

»Hauptkommissar Trichter.«

Der Name sagte Till nichts. »Was hat Denise am Tag des Verschwindens zu Ihnen geführt?«

»Eine Routineuntersuchung. Ich war ihr Gynäkologe.«

»Ist bei der Untersuchung etwas Ungewöhnliches passiert?«

Hirthe beugte sich vor. »Körperlich war alles in Ordnung mit ihr«, sagte er leise. »Allerdings hatte ich den Eindruck, etwas würde Denise belasten. Ich habe sie darauf angesprochen. Immerhin bin ich ihr Onkel. Sogar ihr Patenonkel. Sie hat bloß ausweichende Antworten gegeben. Als ich sie fragte, ob ich einen Schwangerschaftstest durchführen sollte, hat sie mich erst mit großen Augen angesehen und dann übertrieben laut gelacht.«

»Ich nehme an, das haben Sie auch der Polizei mitgeteilt?«

»Natürlich. Keine Ahnung, was dabei herausgekommen ist.«

»Fürchten Sie, dass eine unerwünschte Schwangerschaft der Grund ihres Verschwindens sein kann?«

Hirthe lehnte sich zurück. »Ich weiß es nicht. Das wäre für mich eine Erklärung. Aber dann hätte Denise ja die von der Polizei sichergestellten Unfallspuren vortäuschen müssen. Ist sie so abgebrüht? Ich habe keine Ahnung. Mein Bauchgefühl sagt Nein.« Er griff zu einer bereits entkernten schwarzen Olive und schob sie sich in den Mund. »Ich finde mich nicht damit ab, dass Denise für immer verschwunden bleibt.«

»Die Polizei sucht ganz sicher weiter nach ihr.«

»Das reicht mir nicht. Bitte übernehmen Sie den Auftrag! Finden Sie Denise!«

»Sie müssen wissen, dass ...«

»Geld spielt keine Rolle!«, unterbrach Hirthe ihn. »Was soll ich Ihnen überweisen?«

Till lächelte. »Ich wollte sagen, Sie müssen wissen, dass ich die größte Chance sehe, Denise zu finden, wenn sie freiwillig untergetaucht ist. Bei einem Verbrechen hat die Polizei deutlich größere Ressourcen.«

»Danke für Ihre Ehrlichkeit. Mir wäre es ohnehin lieber, wenn Denise freiwillig verschwunden wäre.«

»Mein Stundensatz beträgt ...«

»Das ist mir völlig egal. Reichen vorläufig 20.000? Ich könnte Ihnen die Summe sofort überweisen.« Hirthe zückte sein Handy.

»Das ist nicht notwendig. Ihnen scheint das sehr wichtig zu sein.«

»Ich mache mir Vorwürfe. Hätte ich auf einen Schwangerschaftstest bestehen müssen? Oder meine Nichte intensiver ausfragen müssen? Außerdem geht es meiner Schwester derzeit verdammt schlecht. Sie hatte schon früher mit Depressionen zu kämpfen, das ist seit Denises Verschwinden viel schlimmer geworden. Was soll ich Ihnen überweisen?«

»Fünftausend Euro«, sagte Till. »Wahrscheinlich bekommen Sie am Ende Geld zurück, es sei denn ...«

»Das ist alles kein Problem.«

Der Arzt öffnete eine App und bat Till kurz darauf um die Bankverbindung. Weniger als eine Minute später zeigte die App die abgeschlossene Transaktion an.

»Ich danke Ihnen. Das wird mich heute Nacht besser schlafen lassen.« Hirthe spießte ein Stück mit

Parmaschinken umwickelte Honigmelone auf.

»Ich habe ganz gute Kontakte zum LKA«, erklärte Till. »Morgen früh setze ich mich mit den Verantwortlichen in Verbindung.«

»Wunderbar.«

Der Abschluss ihrer Vereinbarung schien den Appetit des Arztes anzuregen. Till hingegen griff nur der Höflichkeit halber zu einer Scheibe Mozzarella. Er gab Hirthe ein paar Minuten, in denen sie über Belanglosigkeiten redeten. Dann kam der Gynäkologe von allein auf Antje zu sprechen.

»Bestimmt wollen Sie jetzt mehr über die Therapie wissen?«, vermutete er.

Till nickte. In den nächsten Minuten warf Hirthe mit Fachbegriffen um sich, erklärte die Besonderheit von Antjes Krebserkrankung und wieso sie deshalb als Kandidatin für die experimentelle Therapieform infrage gekommen wäre. Gelegentlich unterbrach er sich und begann einige Sätze von vorn – vermutlich, um nicht gegen seine Schweigepflicht zu verstoßen. Dann wandte er sich der Therapieform zu. »Obwohl mich die Uniklinik Hamburg kontaktiert hatte, war das eine bundesweite Aktion. Durchgeführt wurden die Behandlungen in Bayern.«

War das einer der Gründe, wieso sich Antje dagegen entschieden hatte? Sie hatte Hamburg geliebt und hätte ihre Heimatstadt nur schweren Herzens verlassen.

Hirthe erklärte in einfachen Worten, was das Therapieziel gewesen wäre.

»Die Erfolgsaussichten wurden von den beteiligten Forschern optimistisch mit bis zu zwanzig Prozent angegeben.«

»Zwanzig Prozent Heilung?«, fragte Till fassungslos.

»Nein. Entschuldigen Sie. Bis zu einem Fünftel der Patientinnen sollten zumindest zwei zusätzliche Jahre gewinnen. Diese sehr optimistische Prognose ist bei Weitem verfehlt worden. Die Therapieform gilt inzwischen als gescheitert und spielt in der aktuellen Grundlagenforschung keine Rolle mehr. Seitdem sind viele Jahre mit anderen Fortschritten vergangen.« Er trank das Weinglas leer. »Herr Buchinger, auch wenn ich nicht verstehe, warum Ihre Frau Sie nicht eingeweiht hat, seien Sie nicht zu streng mit ihr. Sie hat ein gutes Gespür bewiesen. Ich habe ihr die Therapieform empfohlen und versucht, sie in die Gruppe zu bekommen. Ihre Frau war ein so lebensfroher, optimistischer Mensch. Ich hätte ihr gern mehr Lebenszeit verschafft. Aber letzten Endes hat sie richtig entschieden. Nach den Informationen, die mir zur Verfügung stehen, hat sich das Leben einiger Teilnehmerinnen zwar zumindest um ein paar Monate verlängert, in einem Fall ja sogar um Jahre, doch die Behandlungszeit war kein Zuckerschlecken. Weder für die Patientinnen noch für die Angehörigen.«

Till schaute an Hirthe vorbei ins Leere. »Sie gehen zu lassen war auch kein Zuckerschlecken«, flüsterte er. »Hoffnung hätte uns beiden gutgetan.«

2

Nach einer weitgehend schlaflosen Nacht stand Till am nächsten Morgen früh auf. Er trat auf seinen Balkon und atmete die frische Herbstluft ein. Erst als sich eine Gänsehaut über seinen Körper zog, ging er zurück ins Warme. In der Küche startete er den Kaffeevollautomaten. Mit dem Kaffee setzte er sich an den Esstisch und starrte zu dem Platz, an dem früher Antje am liebsten gesessen hatte.

»Ich versteh's einfach nicht«, sagte er. »Liebling, warum hast du mir das verschwiegen?«

Da er keine Eingebung bekam, die ihm ihr Verhalten erklärt hätte, stand er auf und bereitete sich ein Müsli zu. Lustlos verdrückte er es. Zum ersten Mal seit ihrem Tod verspürte er einen Groll auf seine Frau.

Um halb neun erreichte er Antjes Ruhestätte. Zu seiner Überraschung traf er um die frühe Uhrzeit bereits die Witwe Gisela Keller an, die das Grab ihres Mannes mit frischen Blumen versorgte.

»Guten Morgen, Frau Keller«, begrüßte er sie. »Was machen Sie denn schon so zeitig hier?«

»Für mich geht es gleich nach Bremen zu meiner Tochter«, erklärte sie. »Die nächsten drei Tage werde ich gebraucht, um auf meinen Enkel aufzupassen. Und Sie? Das ist ja auch nicht Ihre normale Uhrzeit.«

Till setzte sich auf die Bank und schaute zu Antjes Grab. »Ich habe gestern etwas erfahren, was mich sehr erschüttert.«

Offenbar verstand die Witwe die Zwischentöne. Er musste dringend mit jemandem reden. Sie legte die Harke beiseite, reckte sich und nahm neben ihm Platz. »Mein Zug geht erst in zwei Stunden. Erzählen Sie!«

Till lächelte dankbar. Dann berichtete er, was ihm Hirthe erzählt hatte. »Jetzt frage ich mich, wieso Antje die Entscheidung allein getroffen hat. Warum sie mich nicht in ihre Überlegungen einbezogen hat. Wir waren verheiratet! Jahre später erfahre ich, dass sie Geheimnisse vor mir hatte. Das tut schrecklich weh.«

»Gehen Sie nicht zu hart mit ihr ins Gericht. Wahrscheinlich hatte Antje triftige Gründe für ihre Entscheidung.«

Überrascht sah Till sie an. »Sie heißen das gut? Was würden Sie fühlen, wenn Ihr Volker solche Geheimnisse vor Ihnen gehabt hätte?«

»Nehmen wir an, Antje hätte Ihnen von der Therapie erzählt. Wie hätten Sie reagiert?«

»Ich hätte zumindest um nähere Informationen gebeten.«

»Und dann?«

»Wahrscheinlich wäre ich für eine Teilnahme an der Studie gewesen.«

»Und genau deswegen hat Antje Sie nicht einbezogen, Herr Buchinger. So sind Ihnen einige Streitigkeiten in den letzten Wochen von Antjes Leben erspart geblieben. Streitigkeiten, die Ihnen im Nachhinein wahnsinnig leidtun würden, die Sie allerdings nicht ungeschehen machen könnten.«

»Ich hätte mich nicht mit ihr gestritten.«

»Sicher? Auch wenn Antje komplett anderer Meinung gewesen wäre?«

Till unterdrückte eine prompte Antwort. »Keine Ahnung«, sagte er leise. »Ich war damals wirklich verzweifelt.«

»Und deswegen hat Ihre Frau Sie damit nicht belastet.«

»Aber so eine Entscheidung kann man nicht alleine treffen.«

»Ich bin sicher, das hat sie auch nicht getan. Wahrscheinlich hat sie mit einer engen Freundin darüber gesprochen. Und jetzt entschuldigen Sie mich. Vertrauen Sie mir. Ihre Antje hatte gute Gründe für ihr Verhalten.«

Gisela Keller trat zurück ans Grab. Till überlegte, wer von Antjes Freundinnen am ehesten infrage gekommen wäre. Zum einen bestimmt Tanja, die Internistin mit eigener Praxis in der Hamburger Innenstadt. Zum anderen fiel ihm noch Sabine ein – Antjes beste Freundin.

Er würde beide im Laufe des Tages anrufen. Zuvor musste er allerdings Geld verdienen. Die Überweisung von Doktor Hirthe war nämlich schon seinem Konto gutgeschrieben, wodurch er sich unter Druck gesetzt fühlte, zügig Erkundigungen über Denise Kittel einzuholen.

3

Till klopfte an die verschlossene Bürotür. Kurz darauf ertönte ein »Herein.« Er öffnete die Tür und blieb abrupt stehen. Gegenüber von Hauptkommissar Bastian Dorfer saß eine etwa 30-jährige Frau, die sich neugierig zu ihm umdrehte.

»Hallo, Till«, begrüßte Dorfer ihn.

»Moin, Bastian.«

Till betrat das Büro.

»Till, darf ich dir meine neue Partnerin vorstellen? Oberkommissarin Miriam Decking. Miriam, das ist Till Buchinger.«

»Es ist mir eine Freude«, sagte er.

Die Polizistin erhob sich. Sie war gut einen Meter fünfundsiebzig groß, trug das blonde Haar zu einem Pferdeschwanz zusammengebunden und hatte grüne Augen sowie einen aufgeweckten Blick. Till reichte ihr die Hand. Die Oberkommissarin drückte beherzt zu.

»Ganz meinerseits«, erwiderte sie. »Auch wenn ich keine Ahnung habe, wer Sie sind.«

»Till arbeitet als Personenfahnder und hat dem LKA im Fall Spannberg wertvolle Dienste geleistet. Um genau zu sein, hat er die Mörderin in Leipzig aufgespürt. Was keinem Polizisten gelungen war.«

»Respekt«, sagte sie.

»Kann es sein, dass ich bei Ihnen einen schwachen

rheinländischen Akzent wahrnehme?«, fragte Till.

»Sie sind sehr aufmerksam. Ich habe viele Jahre in Leverkusen gelebt. Geboren bin ich allerdings in Bochum. Deswegen könnten Sie auch ein bisschen Ruhrdeutsch bei mir raushören.«

»Ich bin in Düsseldorf groß geworden. In Urdenbach, um genau zu sein.«

»Was für ein Zufall«, sagte sie lächelnd. »In Urdenbach hat mein erster Freund gewohnt und ...«

»Ja, schon gut«, stöhnte Dorfer. »Könntet ihr diese Reise in die Vergangenheit ein anderes Mal antreten? Was führt dich zu uns?« Er deutete zu einem freien Besucherstuhl, auf den Till sich setzte.

»Klingelt's bei dem Namen Denise Kittel?«

Dorfer überlegte nur kurz. »Die junge Medizinstudentin, richtig? Spurlos verschwunden. Wie lange ist das her? Vier Monate?«

»Am siebzehnten Juli«, konkretisierte Till. »Also ungefähr drei Monate.«

»Was hast du mit ihr zu schaffen?«

Till erzählte von dem Auftrag, der mit der verschwundenen 20-Jährigen zu tun hatte. »Doktor Hirthe meinte, Hauptkommissar Trichter sei für den Fall zuständig. Kennst du ihn?«

»Na klar, Richard ist einer der besonders Guten hier im LKA.«

»Denises Onkel hat den Eindruck, die Suche nach seiner Tochter sei in den letzten Monaten eingeschlafen.«

»Blödsinn! Du weißt, wie es ist. Anfangs genießen

solche Fälle massive Medienpräsenz. Bei Denises Verschwinden druckten die Zeitungen tagelang ihr Bild ab. Irgendwann verschwindet die Suche vom Radar der Öffentlichkeit ... Was nicht immer schlecht sein muss.«

»Das habe ich Doktor Hirte auch erklärt.«

Dorfer wandte sich seiner Kollegin zu. »Miriam, ist dir Hauptkommissar Trichter schon vorgestellt worden? Der bearbeitet oft die spektakulären Vermisstenfälle. Leider ergeben sich da regelmäßig Überschneidungen bei den Mordermittlungen. Erst ist es sein Fall, dann mischen wir uns ein.«

»Nein, den Kollegen kenne ich noch nicht.«

»Wann haben Sie hier angefangen?«, fragte Till.

»Vor zwei Monaten. Die Stelle war seit vier Monaten ausgeschrieben, und am Ende hat sich mein Dickschädel in einem Auswahlprozess gegen die männliche Konkurrenz durchgesetzt.«

»Nicht das Schlechteste für Bastian, dass eine Frau gewonnen hat. Könnte sich gut auf seine Manieren auswirken.«

Dorfer gab eine Art Grunzen von sich und griff zum Telefon.

»Okay«, sagte Till. »An seinen Manieren muss er wirklich feilen.«

Dorfer aktivierte den Lautsprecher und tippte eine vierstellige Nummer ein. Das Freizeichen erklang.

»Trichter«, meldete sich eine markante Stimme.

»Hallo, Richard. Bastian hier.«

»Hi! Was gibt's?«

»Ich würde gern zusammen mit meiner neuen Kollegin Oberkommissarin Decking bei dir vorbeischauen und einen Zivilisten mitbringen. Till Buchinger.«

»Der Personenfahnder aus dem Fall Spannberg?«

Till wunderte sich über den Kenntnisstand des ihm unbekannten Mannes. Offenbar hatte er im Hamburger LKA einen gewissen Bekanntheitsgrad erreicht.

»Genau der«, bestätigte Dorfer.

»Habt ihr einen bestimmten Anlass? Ich bin nämlich gerade unterwegs. Du bist dank Weiterschaltung auf meinem Handy gelandet.«

»Es geht um Denise Kittel«, rief Till. »Guten Tag, Hauptkommissar Trichter. Buchinger spricht. Mich hat gestern Abend der Onkel der verschwundenen Studentin engagiert.«

»Sie sollen Kittel finden?«

»Das ist mein Auftrag. Ich habe Doktor Hirthe – so heißt mein Auftraggeber – informiert, dass ...«

»Ja, ich erinnere mich an ihn. Doktor Hirthe war von den Kommilitoninnen abgesehen der letzte Mensch, der Frau Kittel gesprochen hat. Also vertraut er unseren Ermittlungen nicht mehr?«

»So kann man das ...«

»Wie auch immer. Treffen wir uns um zwölf Uhr in der Kantine? Einverstanden?«

Till nickte.

»Wir sind dabei«, sagte Dorfer. »Danke, Richard. Bis später!« Er beendete das Telefonat und schaute zum Kalender. »Heute ist Mittwoch. Da gibt's in der Kantine immer gute Pastagerichte. Kann ich dir sehr empfehlen, Till. Sei am besten um zehn vor zwölf wieder hier. Und nicht wundern, Trichter unterbricht Gesprächspartner häufig mitten im Satz.«

Vom Präsidium fuhr Till zu seinem Büro, das in der Nähe der Außenalster lag. Da das Wetter für einen Hamburger Oktobertag ausgesprochen sonnig war, sammelte er seine Gedanken bei einem Spaziergang um die Alster. Nachdem er ungefähr die Hälfte des knapp acht Kilometer langen Rundwegs zurückgelegt hatte, setzte er sich auf eine Parkbank und griff zum Handy. In den Kontakten hatte er die Rufnummer von der Internistin Tanja Pusch gespeichert. Er berührte das Verbindungssymbol. Sekunden später hatte er sie in der Leitung.

»Till, bist du das wirklich?«, begrüßte sie ihn überrascht.

»Hallo, Tanja. Lange nichts mehr voneinander gehört. Hast du einen Moment Zeit für mich?«

»Bist du krank?«

»Es geht um Antje.«

»Treffen wir uns heute Abend. Was hältst du davon? Passt dir zwanzig Uhr? Mein nächster Patient wartet nämlich schon.«

»Okay. Zwanzig Uhr. Wo sollen wir uns treffen?«

»Komm zu mir nach Hause.«

»Wohnt ihr noch in Nienstedten?«

»Genau. Bis heute Abend!« Sie beendete das Gespräch.

Nachdenklich starrte Till aufs Wasser. Er hatte

lediglich Antjes Namen erwähnt, und Tanja war sofort bereit gewesen, ihn zu treffen. Was bedeutete das?

4

In der Kantine herrschte um die frühe Uhrzeit noch kein reger Betrieb.

»Bleib in meiner Nähe«, sagte Dorfer. »Vor allem beim Bezahlen. Normalerweise legitimiert dich der Dienstausweis dazu, das vergünstigte Essen in Anspruch zu nehmen. Es sei denn, jemand lädt dich ein.«

Till nickte. Er schaute sich um und fragte sich, warum die Kantine nur so wenig Charme versprühte. Wahrscheinlich war sie seit der Errichtung des Gebäudes kein einziges Mal modernisiert worden.

Till wandte sich an Miriam Decking. »Essen Sie gern hier?«

»Ist erst mein dritter Versuch«, antwortete sie. »Ich koche mir lieber abends eine Kleinigkeit, als mittags ins Suppenkoma zu fallen.«

»Und ich bevorzuge die Küche meiner Frau«, ergänzte Dorfer. »Allerdings ist der Pasta-Mittwoch wirklich okay.«

Dorfer steuerte eine Kochstation in der Mitte des Raums an. Es standen drei Gerichte zur Auswahl. Die Oberkommissarin und Till wählten die Gnocchi in Bolognesesoße, Dorfer entschied sich für Penne Rigate mit mediterranem Gemüse. Zu jedem Gericht gehörten ein kleiner Blattsalat und ein Softdrink.

An der Kasse zahlte Dorfer für seine Kollegin und

Till.

»Wow!«, entfuhr es Decking. »Sie haben einen guten Einfluss auf ihn. So spendabel ist er normalerweise nicht.«

»Das nächste Mal zahlst du«, brummte Dorfer. »Ich hab Trichter übrigens schon entdeckt. Kommt mit!«

Er ging voran und führte sie zu einem Vierertisch, an dem ein Mittfünfziger saß, der sich zum Schutz vor Flecken eine Serviette ins Hemd gesteckt hatte.

»Moin, Bastian«, begrüßte er den Hauptkommissar. »Hallo zusammen.«

»Hallo, Richard«, erwiderte Dorfer. »Darf ich dir meine neue Partnerin Miriam vorstellen?«

Die beiden gaben sich die Hände, Trichter erhob sich dabei allerdings nicht von seinem Platz, wie es die Umgangsformen erfordert hätten.

»Setzt euch!«, sagte er. »Verlieren wir nicht zu viel Zeit mit Brimborium. Dann sind Sie Buchinger, nehme ich an?«

Till nickte und zwängte sich in die Sitzbank gegenüber Trichter.

»Sie haben uns im Fall Spannberg wertvolle Dienste geleistet. Zumindest ist das die einhellige Meinung im Präsidium. Trotz Ludgers Tod. Aber dafür konnte wohl niemand etwas.«

»Schön, dass das im Präsidium die Runde ...«

»Sonst würden Sie jetzt gar nicht mit mir an einem Tisch sitzen. Entschuldigt, ich hab nicht so viel Zeit. Die Pflicht ruft. Miriam, dich lerne ich ja noch im Laufe der nächsten Wochen kennen. Spätestens, wenn wir zum ersten Mal gemeinsam einen Fall bearbeiten. Mach bis dahin deinem Partner Feuer unter dem Hintern, der hat das nötig. Nur so steigert er sich zur Höchstform.«

»Ich geb mir Müh...«

»Papperlapapp«, unterbrach Trichter sie. »Einfach machen. Lasst es euch schmecken.« Er wandte sich wieder Till zu. »Doktor Hirthe hat Sie engagiert, seine Nichte zu finden?«

»Ja, gestern Abend. Er will ...«

»Weiß er nicht, dass wir noch mitten in der Fahndung stecken?«

Obwohl Dorfer ihn vorgewarnt hatte, störte Till Trichters Angewohnheit, sein Gegenüber nicht aussprechen zu lassen.

»Doktor Hirthe sieht Anzeichen, dass Ihr Fahndungsdruck nachlässt.«

Trichter schüttelte unzufrieden den Kopf. »Blödsinn, als würden wir ...«

»Ich habe ihm gesagt, wie falsch er mit seiner Annahme liegt«, drehte Till den Spieß um. »Außerdem habe ich ihm verdeutlicht, dass Ihre Kapazitäten umfangreicher ...«

»Aber so etwas ...«

»... sind«, fuhr Till mit leicht erhobener Stimme fort, »und meine Chancen, Frau Kittel zu finden, am größten sind, falls sie freiwillig untergetaucht ist.«

Trichter lächelte. »Sie haben wirklich Eier in der Hose. Das lobe ich mir! Entschuldigen Sie meine Unart, Ihnen ständig ins Wort zu fallen. Die meisten Kollegen lassen mir das durchgehen, und dann gewöhnt man sich irgendwann daran.« Er trank den letzten Schluck seiner Cola.

»Bei mir hast du dich deswegen noch nie entschuldigt«, erwähnte Dorfer.

»Da ist dein Bekannter wohl durchsetzungsfähiger«, entgegnete Trichter. Er tupfte seine Mundwinkel ab und legte die Serviette neben den beinahe leeren Teller. »Die Anzeichen bei Frau Kittels Verschwinden deuten nicht auf ein freiwilliges Untertauchen hin. Ihr Fahrrad wies Unfallspuren auf, das ganze Hinterrad war verdellt, außerdem fanden wir schwarze Lackspuren am Rahmen. Auf dem Asphalt konnten wir Blutspuren sichern und Frau Kittels Blutgruppe zuordnen. Das wäre ziemlich viel Aufwand für eine Maskerade.«

»Hatten Sie im Laufe der Fahndung Verdächtige?«

Trichter zögerte und schaute Till fest in die Augen. Der verstand den Wink.

»Lassen Sie es mich anders formulieren. Doktor Hirthe gab an, dass seine Nichte an dem entsprechenden Freitag zu einem gynäkologischen Termin bei ihm gewesen sei. Sie wirkte angeblich bedrückt. Einen Schwangerschaftstest habe sie auf eine Weise abgelehnt, die ihn verwundert hat. Hirthe sagt, er sei von der Polizei vernommen worden, und zwar verschärft. Das war seine Wortwahl. Haben Sie ihn je verdächtigt? Denn ich möchte nur ungern vom Täter beauftragt werden.«

»Wir haben ihn nicht verschärft vernommen, obwohl er für uns zu einer interessanten Personengruppe gehörte. Von den Kommilitoninnen abgesehen, war er immerhin einer der letzten Menschen, die am Tag des Verschwindens Kontakt zu Frau Kittel gehabt haben. Natürlich haben wir seinen Fahrzeugtyp geprüft. Auf Doktor Hirthe ist ein einziges Fahrzeug zugelassen, ein stahlgrauer Mercedes, der keine Unfallspuren aufwies. Außerdem gab er an, zum Zeitpunkt des Verschwindens mit seinem Steuerberater zusammengesessen zu haben. Der Steuerberater hat das bestätigt. Ich hatte bei der Befragung den Eindruck, dass sich Hirthe automatisch in der Rolle des Verdächtigen sah. So etwas erlebt man nicht selten. Hirthe ist ein allein lebender Mann. Sehr attraktiv, trotzdem Single. Denise Kittel ist ebenfalls wahnsinnig hübsch. Scheint in der Familie zu liegen. Vielleicht hatte der Gynäkologe deswegen das Gefühl, das er mit *verschärft* umschrieb. Für mich war das eine normale Vernehmung. Die Familienbande sind eng zwischen Hirthe, seiner Schwester und der Nichte. Nein, der Gynäkologe war nie in unserem Fokus. Schon allein wegen des Alibis nicht.«

»Hirthe hat Ihnen gegenüber Frau Kittels vermeintliche Besorgnis erwähnt?«

»Ja«, sagte Trichter. »Eine ungewollte Schwangerschaft wäre ein Grund für eine Kurzschlussreaktion. Frau Kittel hatte sich ein paar Monate zuvor von ihrem letzten Freund getrennt, der übrigens ebenfalls ein wasserdichtes Alibi hat. Uns gegenüber hat er aber zugegeben, dass es Wochen vor dem Verschwinden zu einer schnellen Nummer zwischen ihnen gekommen sei. Es gibt in ihrem Studiengang einen jungen Mann, zu dessen Geburtstagsfeier sie an jenem Freitag gehen wollte. Angekommen ist sie dort nie. Der Kommilitone hat zugegeben, sich für sie interessiert zu haben, aber zwischen den beiden war nichts gelaufen. Wenn es einen Mann in ihrem Leben gab, der sie hätte schwängern können, ist der uns bisher durch die Lappen gegangen. Es sei denn, der Sex mit dem Ex wäre ein Volltreffer gewesen. Die ganzen Aufrufe in der Öffentlichkeit haben diesbezüglich nichts erbracht. Niemand hat Denise mal in der Diskothek oder Cocktailbar bei einem Flirt beobachtet.«

»Die Freundinnen, mit denen sich Denise getroffen hat, konnten Ihnen vermutlich auch nicht weiterhelfen?«

»Nein. Sie haben übereinstimmend ausgesagt, Frau Kittel habe abwesend beziehungsweise besorgt gewirkt. Angeblich hatte das nur mit der bevorstehenden Klausur zu tun. Sie litt wohl regelmäßig vor Prüfungen unter ausgeprägter Nervosität, obwohl sie die stets mit Bestnoten absolvierte.«

Till ging im Kopf verschiedene Szenarien durch. »Vielleicht hat ein One-Night-Stand oder der Ex Denise geschwängert, doch statt eines Schwangerschaftsabbruchs will sie das Kind behalten. Der Vater hört davon, hat nackte Panik vor den finanziellen Folgen, fährt sie über den Haufen und entsorgt ihre Leiche irgendwo.«

»Nicht ausgeschlossen«, bestätigte Trichter. »Aber wie gesagt. Der Ex ist als Verdächtiger aus dem Schneider. Wir schließen nicht aus, dass es ein Autounfall war, wie er leider immer wieder vorkommt. Ein unaufmerksamer Autofahrer überfährt eine Radfahrerin. Er wird panisch und versteckt die Leiche.« Er zuckte die Achseln und schaute auf die Uhr. »Ich muss zu meinem nächsten Termin. Wenn Sie mir einen vertraulichen Umgang versprechen, schicke ich Ihnen im Lauf des Tages Unterlagen zu. Die Namen der Kommilitoninnen und des jungen Mannes, der an Frau Kittel interessiert war. Allerdings ...«

»... erwarten Sie im Gegenzug Updates von mir, sobald ich Neuigkeiten in Erfahrung bringe.«

Trichter grinste. »Jetzt haben Sie mich nicht aussprechen lassen und trotzdem ins Schwarze getroffen. Wir hören voneinander. Hat Bastian Ihre E-Mail-Adresse?«

»Natürlich.«

Trichter erhob sich und reichte Till die Hand. Mit dem Tablett lief er zu einer Station, an der man sein Geschirr abgeben konnte.

»Ihr Essen dürfte inzwischen kalt sein«, sagte Decking.

Till schaute auf seinen Teller. Im Gegensatz zu ihm hatten Dorfer und Decking ihre Speisen während des Gesprächs weitgehend aufgegessen. Er probierte die Gnocchi, die zumindest noch lauwarm waren. Auch die Hackfleischsoße schmeckte akzeptabel. Trotzdem legte er nach einem Viertel die Gabel beiseite. »Tut mir leid«, sagte er zu Dorfer. »In meinem Kopf ist gerade zu viel los, um das Essen genießen zu können. Ich revanchiere mich demnächst für die Einladung.«

Mit ihrer eigenen Gabel spießte Decking einen Gnoccho von Tills Teller auf. »Aber bitte nicht mich bei der Einladung vergessen«, sagte sie. »Der Umzug hat ein Loch in meine Haushaltskasse gerissen. Von der Miete hier in Hamburg mal ganz zu schweigen. Außerdem kenne ich noch nicht so wahnsinnig viele Leute, denen man nach Feierabend auf die Nerven fallen kann.«

5

Die Familie Pusch lebte in einem großen Haus im Hamburger Stadtteil Nienstedten. Tanja arbeitete seit vielen Jahren als niedergelassene Internistin, ihr Mann Johannes besaß eine florierende Firma, die sich auf die Vermarktung von Werbeplätzen spezialisiert hatte. Gemeinsam hatten sie zwei Kinder, die mittlerweile im Teenageralter waren.

Till klingelte an der Haustür. Es dauerte nicht lange, bis ihm Tanja öffnete.

»Hallo, Till«, begrüßte sie ihn. »Schön, dich zu sehen.«

Sie umarmten sich kurz, dann führte sie ihn ins Wohnzimmer, wo Johannes und die beiden Kinder am Esstisch saßen.

»Hallo zusammen«, sagte Till. »Störe ich euch beim Essen?«

»Nein.« Johannes stand auf und nahm Till ebenfalls flüchtig in den Arm. »Ist ja eine Weile her seit dem letzten Mal.«

»Das stimmt.«

Die Puschs hatten letzten Herbst eine große Party anlässlich ihres zwanzigsten Hochzeitstages gegeben, zu deren Gästen Till gehört hatte.

Auch die Kinder der Familie begrüßten ihn wie einen alten Bekannten.

»Setz dich zu uns. Willst du eine Limonade?«, fragte Johannes.

»Zuckerfrei und trotzdem lecker«, sagte der fünfzehnjährige Sohn Vincent.

»Klingt verlockend.«

»Ich hol dir eine Flasche.« Die Tochter Rebecca sprang auf und ging schnellen Schrittes zur Küche. Dabei warf sie ihm einen kurzen Blick zu, ehe sie zu Boden schaute.

Schon bei der Party hatte Till das Gefühl gehabt, die 16-Jährige würde ein bisschen für ihn schwärmen. Das Grinsen von Rebeccas Mutter verstärkte die Empfindung. Till setzte sich auf einen der freien Plätze.

»Wie geht's euch allen?«

»Uns geht's super«, antwortete Johannes. »Aber erzähl du uns mal von deiner Beteiligung bei der Jagd nach dieser Serienmörderin.«

Till lächelte. Nachdem ein Boulevardblatt herausgefunden hatte, wie er die Polizei unterstützt hatte, war er für mehrere Tage ein großes Thema in den Zeitungen gewesen. Da er allerdings alle Interviewanfragen abgelehnt hatte, war das Interesse schnell abgeflaut. Im Nachhinein hatte sich seine Entscheidung als richtig herausgestellt. Bei einem ihrer privaten Treffen hatte Bastian Dorfer erzählt, wie wohlwollend das LKA Hamburg Tills Interviewverzicht aufgefasst hatte. Bestimmt war Trichter nicht zuletzt deshalb einverstanden gewesen, ihm die Informationen zu geben.

Rebecca kehrte zurück und reichte ihm die Schraubverschlussflasche. In den nächsten Minuten unterhielten sie sich über die Ereignisse Anfang des Jahres. Neugierig hörten die Puschs zu, wie er von der Jagd auf Spannberg berichtete.

»Das mit deinem Kollegen tut mir sehr leid«, sagte Johannes.

»Danke«, erwiderte Till betrübt. »Manchmal sitze ich an meinem Schreibtisch und denke, dass ich dieses oder jenes unbedingt Jonathan erzählen muss. Und dann wird mir klar, dass das nicht mehr geht. Er liegt übrigens auf demselben Friedhof wie Antje. Immer, wenn es sich einrichten lässt, besuche ich beide Gräber.«

Für Tanja schien Antjes Name wie ein Startschuss zu sein. »Gehen wir ins Lesezimmer«, schlug sie vor.

Sie führte ihn in einen Raum, an dessen Wände vom Boden bis zur Decke Regale angebracht waren. Sie waren mit den verschiedensten Büchern gefüllt. In der Mitte des Zimmers standen zwei plüschige Sessel.

»Du hast am Telefon erwähnt, dass es um Antje geht.« Tanja setzte sich auf den hellroten Sessel.

»Und du hast zu meiner Überraschung ziemlich schnell zugesagt, ohne mein Ansinnen zu hinterfragen«, erwiderte Till, der auf dem dunkelblauen Exemplar Platz nahm.

Sie lächelte. »Bei Antje geht es mir auch nach so langer Zeit wie dir mit deinem Freund Jonathan. Manchmal denke ich, dass ich ihr etwas erzählen will und dann ...« Sie wich seinem Blick aus. »Was genau führt dich zu mir?«

»Wusstest du von der experimentellen Therapie, die

man ihr angeboten hatte?«

»Ja«, bestätigte sie prompt.

»Ich habe erst gestern davon erfahren. Antjes ehemaliger Gynäkologe hat es mir erzählt. Meine eigene Frau hat mir das verschwiegen.«

Nun schaute ihm Tanja in die Augen. »Das hab ich geahnt. Oder befürchtet. In manchen Dingen war Antje sehr stur.«

»Hat sie dich um deine Meinung gefragt?«

»Genau. Sie hatte mir Informationen ihres Arztes zum Lesen gegeben und wollte wissen, was ich davon halte. Ehrlich gesagt, war das nicht viel. Zu dem Zeitpunkt war der Krebs schon zu weit fortgeschritten. Die Therapie hätte Antjes Leben nicht gerettet.«

Till berichtete, was Doktor Hirthe ihm am Vorabend anvertraut hatte.

»Also hat Antje gutes Gespür bewiesen. Es hätte ihr Leiden verlängert, nicht ihr Leben.«

»Trotzdem hätte sie mich ins Boot holen müssen«, beklagte sich Till.

»Und was, wenn ihr unterschiedlicher Meinung gewesen wärt?«

»Unsere Ehe hätte das ausgehalten.«

»Im schlimmsten Fall hätte sie dir zuliebe daran teilgenommen, und du würdest dir heutzutage deshalb Vorwürfe machen.«

Tanja hatte recht. Wäre die Behandlungsmethode ein Fehlschlag gewesen, würde er auch nach all den Jahren noch an die Strapazen denken, die er Antje damit zugemutet hätte. Trotzdem dachte er ständig an die Patientin, die mehrere zusätzliche Lebensjahre geschenkt bekommen hatte.

»Wann hat sie dir von ihrer Entscheidung berichtet?«

»Ungefähr zwei Wochen, nachdem sie mich um meine Meinung gebeten hat.«

Überrascht zog Till die Stirn kraus.

»Warum wundert dich das?«, fragte Tanja.

»Doktor Hirthe hat mir erzählt, sie habe ihm schon nach zwei Tagen abgesagt.«

»Hm. Keine Ahnung, wieso sie mich so lange im Unklaren gelassen hat.«

Eine halbe Stunde später verabschiedete sich Till von seinen Gastgebern. Zu Hause rief er WhatsApp auf und klickte den Kontakt von Antjes bester Freundin Sabine an. Sie war das letzte Mal am frühen Nachmittag online gewesen.

Hallo, Sabine. Geht's dir gut? Ich muss dringend mit dir reden. Wegen Antje. Meldest du dich bitte, sobald du das hier liest? LG Till.

Er schickte die Nachricht ab, die Sabine allerdings nicht in den nächsten Minuten las. Till beendete den Abend. Als er zu Bett ging, warf er einen letzten Blick aufs Handy. Sabine hatte die Nachricht noch immer nicht gelesen.

6

Am Schreibtisch im Büro las Till am nächsten Morgen zum wiederholten Mal Sabines Antwort durch.

Ich bin Anfang nächster Woche aus Dubai zurück. Dann können wir uns gerne sehen und in Ruhe miteinander reden. LG Sabine

Ähnlich wie Tanja Pusch erkundigte sie sich nicht bei ihm, weswegen er nach so vielen Jahren über seine verstorbene Frau reden wollte. Im Gegenteil. Die Formulierung, die sie wählte, sprach für ein tieferes Wissen. Ahnte sie, wonach er sich erkundigen wollte?

Er hatte ihr lediglich kurz gedankt und ihr noch schöne Resturlaubstage in Dubai gewünscht. Die Versuchung, sie über WhatsApp auszufragen, war nur schwer zu unterdrücken, doch irgendwie schaffte er es, sich zu beherrschen. Ob er ein paar Tage früher oder später Antjes Verhalten verstehen würde, spielte keine Rolle.

Till konzentrierte sich auf seinen Auftrag. Hauptkommissar Trichter hatte ihm die versprochene E-Mail geschickt, in der nicht nur die Kontaktdaten der Befragten standen. Trichter hatte auch einige Einschätzungen zu den Zeugen abgegeben.

Im Laufe der nächsten Tage würde Till die

aufgeführten Personen selbst aufsuchen. Dass sich dadurch allerdings Ansätze ergäben, die der Polizei verborgen geblieben waren, bezweifelte Till.

Er fragte sich, welche Ermittlungsrichtung am erfolgversprechendsten wäre. Falls ein Verbrechen vorlag, hatte Trichter vermutlich alles unternommen, um die Tat aufzuklären. Anders sähe das bei einem freiwilligen Untertauchen aus. War das bei der Spurenlage überhaupt denkbar? Hatte eine junge Frau einen solchen Aufwand betrieben, um spurlos zu verschwinden? Wäre sie verschuldet oder auf der Flucht vor einem gewaltbereiten Ex, könnte er sich das vorstellen. Doch Denise Kittel hatte eine liebevolle Familie und absolvierte ihr Medizinstudium ohne Probleme. Sie hatte keine finanziellen Schwierigkeiten. Selbst wenn sie ungewollt schwanger gewesen wäre, hätte sie wohl kaum einen solchen Schritt unternommen.

Es klingelte an der Tür. Till starrte auf den Videomonitor. Vor der Haustür stand eine junge Frau. Für einen Moment glaubte er, Denise zu sehen, denn die Besucherin hatte eine gewisse Ähnlichkeit zur Arztnichte. Bei näherem Hinsehen erkannte er allerdings seinen Irrtum.

»Buchinger hier. Sie wünschen?«

»Guten Tag, Herr Buchinger. Mein Name ist Larissa Staude. Ich brauche Ihre Hilfe. Mein Vater ist seit Monaten spurlos verschwunden. Sie müssen mir helfen, ihn zu finden.«

7

Till wartete an der Bürotür und streckte der Frau die Hand entgegen. »Buchinger, guten Tag.«

»Hallo.«

Sie erwiderte die Begrüßung mit feuchtem Händedruck. Anschließend strich sie sich übers Hosenbein.

»Entschuldigen Sie. Ich bin ziemlich nervös. Das hat mich echt Überwindung gekostet hierherzukommen. Obwohl ich es zu Hause großmundig angekündigt habe.«

»Sie müssen nicht nervös sein. Ich beiße nicht! Kommen Sie rein!«

Till führte die junge Frau zur Besucherecke. Auf dem Tisch lagen bereits ein Stift und ein Block, auf dem er später alle wichtigen Fakten notieren würde. Zunächst wollte er allerdings eine gemütlichere Atmosphäre schaffen.

»Möchten Sie einen Kaffee? Oder lieber stilles Wasser? Orangensaft und Cola habe ich auch im Angebot.«

»Ein Wasser wäre toll. Danke!«

Till holte zwei Gläser aus einem Schrank und schenkte ihnen ein. Er setzte sich ihr gegenüber. »Darf ich fragen, wie alt Sie sind?«

»Seit vorgestern achtzehn. Deswegen bin ich auch erst jetzt gekommen. Meine Mutter war dagegen.«

»Ihre Eltern leben getrennt?«, vermutete Till.

»Seit vielen Jahren. Ich wohne bei meiner Mutter in Köln. Seit Freitag haben wir in NRW Herbstferien.«

»Wann haben Sie Ihren Vater das letzte Mal gesehen? Und wie heißt er überhaupt?«

»Mats Staude. In den Sommerferien habe ich drei Wochen hier bei ihm in Hamburg verbracht. Am letzten Tag hat er mich zum Bahnhof gefahren.«

»Und hatten Sie danach Kontakt zu ihm? Per Telefon? Mail? WhatsApp?«

»Gar nicht mehr.«

Überrascht schaute er sie an. »Wirklich?«

Larissa strich sich Tränen aus den Augen. »Entschuldigen Sie. Aber ich mache mir solche Vorwürfe.«

»Wieso?«

»Wir haben uns beim Abschied gestritten.« In den Folgeminuten berichtete sie ihm, wie es zum Streit gekommen war. »Im Nachhinein muss ich meinem Vater recht geben. Dieser Joel scheint mir ziemlich zwielichtig zu sein.«

»Wie heißt er mit vollem Namen?«

»Joel Bredol.«

Till notierte die Information. Auf den Mann würde er später zu sprechen kommen. Zunächst wollte er jedoch Larissas Redefluss nicht abwürgen.

»Normalerweise hätte ich meinem Vater eine WhatsApp geschickt, sobald ich in Köln angekommen war, aber ich wollte ihn bestrafen und meldete mich nicht. Er sich auch nicht. Wir hörten zunächst zwei Wochen nichts voneinander, dann hatte er Geburtstag. Ich sprang über meinen Schatten und versuchte, ihn zu erreichen. Fehlanzeige. Seitdem habe ich nichts mehr von ihm gehört.«

»An welchem Tag sind Sie nach Köln zurückgefahren?«

»Am 17. Juli. Das war ein ...«

»Freitag«, beendete Till den Satz. Am selben Tag war auch Denise Kittel von der Bildfläche verschwunden. Zufall?

»Genau«, bestätigte sie. Offenbar hatte sie Tills Überraschung nicht registriert.

»Was haben Sie seitdem unternommen?«

»Ich war bei der Kölner Polizei, die sich nicht zuständig fühlt. Trotzdem hat eine freundliche Polizistin Kontakt für mich in Hamburg hergestellt. Die Hamburger Verantwortlichen sehen das allerdings nicht als Vermisstenfall. Sie haben wohl mit ein bisschen Recherche herausgefunden, dass mein Vater auch nach dem 17. Juli regelmäßig mit seiner Kreditkarte bezahlt. Außerdem begleicht er ausstehende Rechnungen. Als wäre das ein Beweis!«

»Wie hat Ihre Mutter reagiert?«

»Total schwachsinnig!«, rief Larissa empört. »Entschuldigung. Aber das Verhalten meiner Mutter finde ich ganz schlimm.«

»Wieso?«

»Sie erzählte bloß, dass er nach der Scheidung auch für mehrere Monate von der Bildfläche verschwunden sei. Er hatte seinen Job geschmissen, war Monate nicht auffindbar, und danach lebte er plötzlich in Hamburg und machte sich selbstständig. Natürlich kann ich mich daran erinnern. Ich war elf, und es hat mich verletzt, damals für eine ganze Weile keinen Kontakt mehr zu meinem Vater zu haben. Diesmal ist es anders. Das spüre ich genau.«

»Hat er eine feste Beziehung?«

»Nein. Er ist seit Jahren Single. Ich glaube, die Trennung von meiner Mutter hat ihn ... traumatisiert. Er bezeichnet sich gern scherzhaft als beziehungsunfähig.«

»Trotzdem fürchten Sie nicht, dass der Streit mit Ihnen ...«

»Nein!«, widersprach Larissa vehement. »Das ist was ganz anderes. Ich habe mich blöd aufgeführt, aber deswegen verschwindet er nicht einfach.«

»Wo wohnt Ihr Vater?«

Larissa nannte ihm eine Adresse im Stadtteil Winterhude. »Da hat er sich eine Eigentumswohnung im Dachgeschoss gekauft.«

»Haben Sie einen Schlüssel zu der Wohnung?«

Sie schüttelte den Kopf.

»Kennen Sie jemanden, der einen besitzen könnte?«

»Leider nicht«, antwortete sie. »Es ist so peinlich, aber ich weiß fast nichts über das Leben meines Vaters.«

»Wie sind Sie eigentlich auf mich aufmerksam geworden?«

»Ich habe gegoogelt und bin auf Zeitungsartikel aus dem Frühjahr gestoßen.«

Till lächelte. »Okay, mehr muss ich nicht wissen.«

»Leider habe ich nirgendwo gefunden, wie viel Ihre Dienste kosten. Ich habe ...«

Till hob die Hand. »Lassen Sie mich kurz nachdenken.« Konnte es Zufall sein, dass in Hamburg zwei Menschen am selben Tag verschwanden? Oder steckte vielleicht sogar Mats Staude hinter dem Verschwinden der 20-jährigen Studentin, die eine nicht zu übersehende Ähnlichkeit zu Larissa besaß? Falls sich Staude später als Täter herausstellen würde, konnte er der Tochter kein Geld in Rechnung stellen, denn dann würde der Mann im Gefängnis landen.

»Mir reicht eine Anzahlung von zweihundert Euro«, sagte Till.

»Oh. Ich hab mit viel mehr gerechnet.« Sie lächelte erfreut.

»Das hat damit zu tun, dass ich derzeit noch in einem anderen Vermisstenfall ermittle. Ich kann das miteinander verbinden.«

»Vielen, vielen Dank.«

»Wie hoch ist Ihre finanzielle Obergrenze?«

»Zweitausend Euro. Ich hab bis Freitag in einer Woche ein Apartment angemietet. Insgesamt habe ich dreitausend zur Verfügung.«

»Damit kommen wir in jedem Fall aus«, versprach Till. Er ließ sich die Adresse des Apartments und Larissas Handynummer geben. Dann erkundigte er sich nach Joel Bredol. Larissa erzählte ihm von dem Mann, den sie im Sommer kennengelernt hatte.

8

Joel Bredol lief mit dem Handy am Ohr in seinem Wohnzimmer herum. Er konnte nicht glauben, was ihm sein Gesprächspartner gerade berichtete.

»Das ist kein Zufall!«, beschwor ihn der Mann. »Und so etwas fällt nicht von heute auf morgen vom Himmel. Irgendjemand hat geredet.«

Bredol kochte innerlich. »Hast du eine Ahnung, wer?«

»Nein«, sagte sein Gesprächspartner. »Aber viele Möglichkeiten gibt es nicht. Entweder im Puff oder im Club.«

»Scheiße!«, fluchte Bredol.

»Die Sache kann uns in den Knast bringen, Joel. Da sind wir ratzfatz fünfzehn Jahre weggesperrt mit anschließender Sicherheitsverwahrung.«

»Keine Sorge! Das passiert nicht.«

»Was macht dich so sicher? Wir haben sie vergewaltigt und wie Müll ...«

»Nicht am Telefon!«, unterbrach Joel ihn.

»Was macht dich so sicher?«, wiederholte sein Gesprächspartner.

»Ich werde herausfinden, wer über uns redet, und unterbinde das.«

»Dafür ist es ein bisschen zu spät. Joel, die Kacke dampft schon.«

»Ich krieg das unter Kontrolle!«, versprach er.

»Dann mach! Jetzt! Sofort!«

Ohne Vorankündigung legte der Gesprächspartner auf.

»Fuck!«, schrie Bredol. Er wusste, wie viel auf dem Spiel stand. Deswegen konnte er die Panik seines Partners verstehen.

Bredol schob das Handy in seine Hosentasche. Sein Blick fiel auf den Baseballschläger, der neben der Wohnzimmertür an der Wand lehnte. Er nahm das wuchtige Holzexemplar in die Hand. Der schwere Schläger fühlte sich gut an. Statt an die Konsequenzen zu denken, ging er zu der roten Bodenvase, die er vor ein paar Jahren geschenkt bekommen hatte. Er holte aus und schlug zu. Mit lautem Getöse zersprang das Prunkstück in Hunderte Stücke. Bredol sprang zurück, um nicht von den Scherben getroffen zu werden. Schwer atmend schaute er auf das Resultat seines Wutausbruchs. Darum müsste sich morgen früh seine Putzfrau kümmern. Er pfefferte den Schläger in die Ecke und verließ das Wohnzimmer.

Zwanzig Minuten später kam er am Club an, an dem er mit dreißig Prozent beteiligt war. Der Club öffnete immer von Mittwoch bis Samstag, vier Tage am Stück. Die Donnerstage waren dabei im Regelfall am umsatzschwächsten. Der freie Parkplatz in unmittelbarer Nähe zum Eingang wunderte ihn daher nicht.

Bredol stellte seinen Sportwagen ab und ging zum Einlass, an dem momentan nur ein Türsteher arbeitete. Der breitschultrige, glatzköpfige Mann nickte ihm zu.

»Hey, Boss«, sagte er zur Begrüßung.

»Hi, Toto. Wie ist die Lage?«

»Normaler Donnerstag«, antwortete der. Er schaute auf die Uhr. »Ist ja noch früh.«

»Wie viel Leute hast du schon reingelassen?«

»Knapp sechzig.«

Das war für die Uhrzeit tatsächlich okay.

»Hat sich letztes Wochenende jemand nach mir erkundigt?«

Er schaute Toto in die Augen, der dem Blick jedoch rasch auswich.

»Was meinst du damit?«

»So schwierig ist meine Frage nicht zu beantworten.«

Obwohl der Türsteher knapp fünfzehn Zentimeter größer war und deutlich mehr Muskelmasse als Bredol aufwies, wich er angsterfüllt ein Stück vor ihm zurück.

»Wer?«, fragte Bredol.

»Komm, Boss. Bring mich nicht in so eine unangenehme Lage.«

»Wer?«

»Du weißt, dass das nur einer gewesen sein kann.«

»Ich will von dir einen Namen hören!«

Toto nannte ihm den Namen, der Bredol nicht sonderlich überraschte.

»Und du hast ihm Auskunft erteilt?«

»Was hätte ich sonst tun sollen?«

»Vielleicht mich anrufen und vorwarnen.«

»Hey, Boss. Du weißt genau, wie sehr ich ihm zum Dank verpflichtet bin.«

Ohne Vorwarnung schlug Bredol zu. Er landete einen Gesichtstreffer. Verdattert wankte Toto zurück.

»Du bist *mir* zum Dank verpflichtet!«, schrie Bredol. »Ganz allein mir!«

Er schlug erneut zu und traf ihn in die Rippen. Der massige Türsteher stöhnte vor Schmerz. Er wagte es nicht, zurückzuschlagen.

»Es tut mir leid, Boss.«

Bredol versuchte, ihm ein zweites Mal im Gesicht zu treffen, aber der Türsteher blockte den Hieb mit den Unterarmen ab. Seine Gegenwehr blieb passiv. Er zog sich ein Stück in den Gang zurück. »Bitte!«, stöhnte er. »Lass gut sein.«

Bredol trat zu. Voller Wut visierte er das Knie des Mannes an. Der erkannte die Gefahr rechtzeitig und sprang zurück.

»Wehr dich, du Feigling!«, brüllte Bredol.

»Nein, Boss!«

»Memme!«

Der nächste Tritt, diesmal in Richtung Unterleib. Toto hielt rechtzeitig die Hände schützend vor die Genitalien. Er stöhnte.

»Hey, was ist hier los?«, schrie jemand. Aus dem Inneren des Clubs stürmte ein Türsteher herbei – in der Absicht, seinen Kollegen zu unterstützen. Als er jedoch sah, mit wem Toto kämpfte, zögerte er. Sein Auftauchen lenkte Toto ab, der kurz über die Schulter schaute. Bredol nutzte das, packte ihn an der Gurgel und schob ihn an die Wand. Der andere Türsteher blieb zwei Meter von ihnen entfernt stehen. Er war bereit einzugreifen, verzichtete aber vorläufig darauf.

»Was machst du, wenn sich hier noch einmal jemand nach mir erkundigt?«, fragte Bredol. Er lockerte den Griff.

»Ich ruf dich sofort an, Boss. Versprochen.«

»Und du weißt, was geschieht, wenn du das nicht tust?«

»Glaub mir, Boss. Das passiert kein zweites Mal. Ich habe meine Lektion gelernt.«

Bredol ließ ihn los. Der breitschultrige Mann massierte sich den Hals und senkte den Blick.

»Tut mir leid, Boss.«

Bredol spuckte ihm vor die Füße. Dann wandte er sich ab. Noch war seine Wut nicht verraucht, deshalb war es besser, den Rückzug anzutreten. In einem solchen Zustand könnte er für nichts garantieren. Er lief zu seinem Wagen und setzte sich hinein. Wütend schlug er aufs Lenkrad. Das war nicht gut! Wieso zog der Mistkerl im Hintergrund Erkundigungen über ihn ein? War der Club der einzige Ort, an dem das passierte? Bredol startete den Motor und fuhr los.

Bis zu dem kleinen Bordell benötigte er keine Viertelstunde. Der Parkplatz vor dem Etablissement war halb gefüllt. Die Kennzeichen stammten nicht bloß aus Hamburg. Für einen Werktag ein erfreuliches Zeichen.

Bredol stellte seinen Sportwagen auf dem als reserviert gekennzeichneten Platz ab. Auch hier stand vor der Tür ein Mann, der den Zugang kontrollierte. Von ihm versprach sich Bredol allerdings keine nennenswerten Informationen. Dafür arbeitete der Kroate noch nicht lange genug fürs Bordell. Der Türsteher nickte ihm zu und öffnete ihm. Im schummrigen Inneren steuerte Bredol die Bar an. Am Tresen saßen drei Männer, alle in Gespräche mit fast nackten Damen vertieft. An jedem Platz stand eine Flasche des billigen Champagners, den sie teuer verkauften. Die Bardame lächelte ihm zu.

»Hallo, Joel. Schön, dich zu sehen.«

»Marie! Wir müssen reden.«

Sie verstand die verdeckte Botschaft. Sofort winkte sie einer leicht bekleideten Prostituierten zu, die sich auf der Bühne an einer Stange zu der Musik räkelte. Die Frau kam zu ihr.

»Du musst mich kurz hier an der Bar vertreten, Schätzchen«, sagte Marie.

Ohne nach dem Sinn der neuen Aufgabe zu fragen, stellte sich die Frau hinter den Tresen. Bredol war zufrieden. Genau so musste es im Leben laufen. Untergebene bekamen Anordnungen, die sie direkt umsetzten. Marie leitete aus gutem Grund das Etablissement seit sechs Jahren.

Sie führte ihn ins Büro und schloss die Tür. Bredol nahm hinter dem Schreibtisch Platz, Marie blieb stehen.

»Hat sich jemand nach mir erkundigt?«, fragte er.

»Heute?«

»In den letzten Tagen, eventuell Wochen.«

»Joel, dann wüsstest du es. Oder glaubst du, ich rede über dich? Was ist passiert?«

»Ein Türsteher im Club hat geschwätzt.«

»Mit Bullen?«

»Nein, nicht ganz so schlimm.« Marie musste nicht alles wissen.

»Idiotisches Pack. Wahrscheinlich zu viele Anabolika geschluckt. Aber ich kann dich beruhigen. Hier hat sich keiner nach dir erkundigt.«

»Und deine Mädchen?«

»Die sind verschwiegen. Dafür garantiere ich.«

Erschöpft fuhr sich Joel übers Gesicht. Das Kind saß zwar schon am Rand des Brunnens, war aber noch nicht hineingefallen. Nun kam es darauf an, wie er in den nächsten Tagen das Problem an der Wurzel packen würde.

»Willst du etwas trinken?«

Marie ging zu einem Schrank und öffnete ihn. Ohne seine Antwort abzuwarten, stellte sie ihm einen Whiskey auf den Tisch. Er kippte den Alkohol in einem Zug hinunter.

»Mehr?«

»Nein, ich muss einen klaren Kopf bewahren.«

»Ich achte ab sofort verstärkt darauf, ob Kunden andere Sachen im Kopf haben als eine unvergessliche Nummer. Du erfährst umgehend davon.«

»Wenn dir jemand auffällt, beschäftige ihn, bis ich hier auftauche. Du kannst mich zu jeder Uhrzeit anrufen.«

»Mach ich.«

»Was ist mit Sunny? Hat sie sich eingelebt und sorgt für Umsatz?«

»Sie ist ja erst zwei Wochen bei uns. Dafür ist es okay.«

Die Formulierung gefiel Bredol gar nicht. »Was heißt das?«

»In den Anfangstagen hatten wir ein paar Beschwerden. Zwei, drei Freier, die nicht hundertprozentig zufrieden waren. Außerdem ist sie noch kein Profi darin, die Kerle zum Trinken zu animieren. Momentan setze ich sie hauptsächlich auf der Bühne oder in der Sauna ein.«

»Miststück.«

»Spätestens in zwei Wochen hat sie den Bogen raus.«

»Das dauert mir zu lange. Sie hat mein Angebot akzeptiert und kennt die Konsequenzen, wenn sie ihre Verpflichtungen nicht einhält. Wo ist sie gerade?«

»Müsste in ihrem Zimmer sein. Auf der Bühne erwarte ich sie erst in einer Stunde. Lass uns nachschauen.«

Marie trat an den Schreibtisch. Damit sie besser an die Tastatur kam, rutschte Bredol zur Seite. Sie deaktivierte den Bildschirmschoner und startete ein Programm, durch das sie Zugriff auf die im Haus verteilten Kameras bekam. Die Schlafzimmer, in denen sich die Freier mit den Nutten amüsierten, waren zwar nicht mit Kameras ausgestattet, doch zu jedem Raum gehörte ein überwachter Vorraum. In einem von ihnen saß Sunny auf einem Sessel und lackierte sich die

Nägel.

»Alles klar«, sagte Bredol. »Bis sie auf der Bühne stehen muss, zeig ich ihr, dass ich unzufrieden bin. Niemand soll uns in der Zwischenzeit stören.«

»Ich sorg dafür.«

Bredol stand auf und verließ das Büro. Er durchquerte den Barbereich. Als er den Gang erreichte, der zu Sunnys Zimmer führte, zog er sich bereits den Gürtel aus der Hose. Er würde in den nächsten Minuten aufpassen müssen, nicht die Kontrolle zu verlieren. Gleichzeitig erregte ihn der Gedanke, was ihn nun erwartete. Er öffnete die Tür und betrat den von der Kamera erfassten Vorraum. Sunny schaute zu ihm hoch und erschrak. Dann bemerkte sie den Gürtel in seiner Hand.

Er trat dicht an sie heran. Sunny versuchte aufzustehen, doch er drückte sie einfach an den Schultern wieder hinunter.

»Es gibt Beschwerden über dich.«

»Nein!«, stöhnte sie.

»Nach deiner heutigen Lektion will ich nie wieder Beschwerden hören. Bis du deine Schulden abgearbeitet hast.«

Mit dem gefalteten Gürtel schlug er ihr auf den Oberschenkel. Sie jammerte und fachte dadurch seine Wut weiter an. Er packte sie am Arm und zog sie hinter sich her in das Schlafzimmer. Dort schleuderte er sie aufs Bett.

»Ich hab dir und deinem Ficker achtzigtausend geliehen. Ich hab euch gewarnt, was passiert, wenn ihr mich verarscht.«

»Joel! Der Wichser ist mit dem Geld abgehauen!«

»Genau deswegen bist du jetzt hier. Sobald du die achtzigtausend und die Zinsen zurückgezahlt hast, kannst du gehen. Bis dahin will ich keine Beschwerden hören.«

Er schlug erneut zu. Dann öffnete er seine Hose. Grob packte er sie am Haarschopf und zog ihren Kopf an seinen Schritt.

9

Dorfer schaute ihn überrascht an, als Till die Bürotür öffnete. Der Hauptkommissar saß um elf Uhr früh allein in seinem Büro.

»Hast du Sehnsucht nach uns?«, fragte er. »Miriam kommt heute entweder gar nicht oder zumindest später.«

Wie aufs Stichwort tauchte sie in diesem Moment ebenfalls auf. »Oh. Guten Morgen zusammen.« Sie zog sich die Jacke aus und hängte sie über die Rückenlehne ihres Bürostuhls.

»Mit dir hätte ich heute nicht gerechnet«, bekannte Dorfer. »Zumindest nicht so früh. Ist die Möbellieferung verschoben?«

»Man mag es kaum glauben, aber das Möbelhaus kam schon um halb zehn an, um zwanzig vor elf waren die Handwerker fertig.«

»Und du?«, erkundigte sich Dorfer bei Till. »Was führt dich zu uns?«

»Ich habe gestern einen neuen Fall angenommen, der vielleicht im Zusammenhang mit Denise Kittels Verschwinden steht.« Er erzählte von Larissa Staude und ihrem verschwundenen Vater Mats. »Larissa und Denise sehen sich sehr ähnlich. Also habe ich mich gefragt, ob Staude für Kittels Verschwinden verantwortlich sein könnte.«

»Sie meinen, er streitet sich mit seiner Tochter und rächt sich anschließend an einer Unbeteiligten.«

Till lächelte. Die Oberkommissarin verstand seine Überlegungen.

»Ich habe seit gestern schon ein bisschen recherchiert. Und heute Morgen wieder. In der Nachbarschaft ist Staude seit geraumer Zeit nicht gesehen worden. Vor drei Wochen gab es eine Eigentümerversammlung, bei der er nicht war. Sein Briefkasten quillt allerdings nicht über. Ich habe die Postbotin getroffen, und sie hat mir anvertraut, dass sie seit Wochen keine Post für ihn hatte. Anrufe in Köln haben weitere Informationen zutage gefördert. Obwohl es meiner Auftraggeberin bestimmt nicht gefällt, habe ich Staudes Ex-Ehefrau, also ihre Mutter, kontaktiert. Die hat mir versprochen, ihrer Tochter nichts davon zu erzählen, solange ich ein Auge auf das Mädchen werfe. Mats Staude kam mit der Trennung nicht gut klar. Wenige Wochen nach der rechtsgültigen Scheidung hat sie erfahren, dass er bei seinem damaligen Arbeitgeber eine junge Kollegin belästigt hat. Gestalkt. Die Frau hat sich beschwert, Staude erhielt eine Abmahnung. Zwei Tage später hat er seinerseits fristlos gekündigt und verschwand von der Bildfläche. Bis er sich irgendwann aus Hamburg meldete.«

»Scheiße«, brummte Decking.

»Sie sagen es. Nun frage ich mich, wieso offenbar niemand Staudes Verschwinden mit Denise in Verbindung gebracht hat. Für mich klingt der Mann verdächtig. Was ich Larissa erst mal nicht anvertraue. Denn die sorgt sich extrem um das Wohlergehen ihres Vaters.«

Dorfer griff zum Telefon, tippte eine Nummer ein und aktivierte den Lautsprecher.

»Trichter«, ertönte kurz darauf eine Till mittlerweile bekannte Stimme.

»Dorfer. Bist du an deinem Platz? Es geht noch einmal um Frau Kittel. Buchinger hat vielleicht etwas herausgefunden.«

»Ihr wisst, wo ihr mich findet.«

Hauptkommissar Trichter hörte sich alles an. »Ich hab zwar die Sache Staude nicht als erster Polizist hier auf den Tisch bekommen, aber wegen des Datums davon erfahren«, sagte er. Er schien nicht überrascht. Und schon gar nicht aufgeregt angesichts eines möglichen Fortschritts. »Also hab ich mich ein bisschen umgehört und recherchiert. Staude zahlt weiter seine Rechnungen, unter anderem auch jene, die nicht per Lastschriftverfahren eingezogen werden. Er benutzt seine Kreditkarte. Und er hat wenige Tage nach dem 17. Juli eine Postlagerung seiner Briefe für drei Monate beantragt. Das klang für mich alles nicht nach einem verschwundenen Mann, sondern eher nach jemandem, der mal wieder eine Auszeit benötigt. Die Stalkingvorwürfe sind mir neu, da haben Sie in Köln mehr erreicht als ich, Herr Buchinger. Meinen Respekt dafür! Aber deswegen sehe ich Staude nicht als Verdächtigen. Er besitzt nämlich keinen schwarzen Wagen. Die Adresse, an der Frau Kittel verschwunden ist, liegt viele Kilometer von Herrn Staudes Meldeanschrift entfernt. Ebenso vom Hauptbahnhof, zu dem er seine Tochter gebracht hat. Die Wahrscheinlichkeit, dass sie sich dort begegnen, er sofort die Ähnlichkeit zu Larissa erkennt, das Mädchen wütend über den Haufen fährt und dann was auch immer mit ihr anstellt, erscheint mir sehr gering. Obwohl es zeitlich passen würde – wie ich zugeben muss.«

Decking strich sich nachdenklich über die Stirn. »Wisst ihr, was mich am meisten stört? Und zwar seit Sie uns von dem neuen Auftrag erzählt haben, Herr Buchinger?«

»Was denn?«

»Der zeitliche Zusammenhang. An solche Zufälle glaube ich nur ungern.«

»Sie meinen wegen der Überschneidungen am 17. Juli?«, vergewisserte sich Till.

»Nein«, erwiderte sie. »Doktor Hirthe engagiert Sie Dienstagabend. Donnerstagmittag steht Frau Staude vor Ihrer Bürotür. Innerhalb von sechsunddreißig Stunden diese Überschneidung ... Falls das alles miteinander zu tun hat. Sehr merkwürdig, oder?«

Buchinger schlug sich mit der flachen Hand an die Schläfe. »Sie haben recht. Daran habe ich noch gar nicht gedacht.«

»Vernünftiger Einwand«, bestätigte Trichter. »Vielleicht sollten Sie das zuallererst abklären. Wenn Sie etwas Neues erfahren, immer her damit.«

10

In Dorfers Büro spielten sie verschiedene Möglichkeiten für ihr weiteres Vorgehen durch und entschieden sich für eine offensive Variante. Kurz nach eins tauchte Till bei Doktor Hirthe in der Praxis auf. Vorab hatte er seinen Besuch zwar angekündigt, aber nicht den Grund genannt.

Im Vorraum saß eine Mitarbeiterin, die der Gynäkologe eingeweiht hatte. »Sie sind Herr Buchinger?«, fragte sie ihn. »Sie sollen schon einmal in Behandlungszimmer zwei auf ihn warten. Er kommt gleich zu Ihnen.«

Till ging in dem Raum. Erinnerungen überfluteten ihn. Nach der Krebsdiagnose hatte Antje ihn häufig zu Arztterminen mitgenommen. Meistens zu ihrem Onkologen, aber zweimal auch zu dem Frauenarzt. Es sah noch alles so aus, wie er es in Erinnerung hatte. Till setzte sich und senkte den Blick, um sich nicht zu sehr in der Vergangenheit zu verfangen. Hirthe kam kurze Zeit später zu ihm.

»Herr Buchinger. Haben Sie schon etwas herausgefunden?«, fragte er hoffnungsvoll und nahm seinem Besucher gegenüber Platz.

»Vielleicht.« Till schaute ihm fest in die Augen. »Was sagt Ihnen der Name Mats Staude?«

Hirthe runzelte die Stirn. Er hielt den Blickkontakt

aufrecht. Nach ein paar Sekunden zuckte er die Schultern. »Nichts. Sollte ich den kennen? Wer ist das?«

»Ein Mann, der ebenfalls am 17. Juli das letzte Mal gesehen wurde.«

»Was? Davon hat die Polizei oder die Presse ... ich ... bedeutet das ...« Er brach mitten im Satz ab, um seine Gedanken zu sammeln. »Ich verstehe das alles nicht.«

Hirthe wirkte völlig überrascht. Nichts deutete darauf hin, dass er schauspielerte. Till erzählte von Larissas gestrigem Auftauchen und ihrer Bitte, das Untertauchen des Vaters aufzuklären.

»Könnte dieser Staude hinter Denises Verschwinden stecken? Wieso hat die Polizei mir nie seinen Namen genannt?«

»Herr Staude fährt keinen schwarzen Pkw. Er war gut zwanzig Minuten vor dem Zeitpunkt, zu dem ihre Freundinnen Denise das letzte Mal sahen, am Hamburger Hauptbahnhof. Zeitlich würde das zwar knapp hinkommen, ist jedoch trotzdem unwahrscheinlich.«

»Allerdings nicht unmöglich.«

»Das stimmt.«

»Waren Sie in seiner Wohnung? Vielleicht hält er Denise dort gefangen.«

»Ich war an seiner Adresse, aber mir hat niemand geöffnet.«

»Natürlich nicht!« Hirthe erhob die Stimme. »Weil er sie vermutlich dort gefangen hält.«

»Das ist ausgeschlossen. Niemand hat ihn in den letzten Wochen gesehen.«

»Ist er ebenfalls entführt worden? Oh Gott, was hat

das alles zu bedeuten?«

»Genau das muss ich herausfinden.«

»Machen Sie das!«, flehte Hirthe.

Damit ihn der Arzt nicht beobachtete, fuhr Till den Wagen zwei Straßenzüge weiter, ehe er Dorfer über den Verlauf des Gesprächs informierte.

»Der Name sagte ihm anscheinend nichts«, berichtete Till. »Wenn es einen Zusammenhang gibt, dass Larissa und er mich aufgesucht haben, scheint der nicht bei Hirthe zu finden zu sein. Oder er kann sich verdammt gut verstellen.«

»Hast du Larissa schon erreicht?«, fragte Dorfer.

»Das mache ich als Nächstes.«

Kurz darauf beendete Till das Gespräch und baute eine Verbindung zu Larissas Handy auf. Zwanzig Sekunden lang war das Freizeichen zu hören, dann sprang die Mailbox an.

»Hallo, Frau Staude. Till Buchinger hier. Rufen Sie mich bitte zurück. Ich muss etwas mit Ihnen abklären. Vielen Dank!«

11

Larissa Staude saß in ihrem Auto. Sie hatte den Wagen schon vor über einem halben Jahr von ihrem angesparten Geld gekauft und auf ihre Mutter angemeldet. Während des begleiteten Fahrens hatte sie sich an die Abmessungen des Pkw gewöhnt, weswegen sie mittlerweile perfekt einparken konnte.

Zum Beispiel in die recht enge Lücke rund hundert Meter vom Eingang des Clubs entfernt. Larissa stellte den Motor ab. Sie spürte ihren beschleunigten Pulsschlag. War es richtig, was sie hier tat? Sie hatte den Personenfahnder Buchinger engagiert, damit er ihr die Suche nach ihrem Vater abnahm. Und dann hatte er sofort ihr Vertrauen missbraucht, indem er sich mit Larissas Mutter in Verbindung setzte. Die hatte ihr telefonisch brühwarm davon erzählt und sie gefragt, was sie mit ihrem Aktionismus bezwecke.

Aktionismus!

Von ihrem Vater fehlte seit drei Monaten jede Spur, und ihre Mutter, die immerhin mit ihm jahrelang verheiratet gewesen war, interessierte das kein Stück.

Unfassbar!

Larissa zog das Handy aus der Handtasche. Sie hatte es vor ihrem Aufbruch aufgeladen. Der Akkustand betrug dreiundneunzig Prozent. Zum insgesamt dritten Mal hörte sie sich Buchingers Mailboxnachricht an, auf die sie wegen seines Vertrauensbruchs noch nicht reagiert hatte.

Was wollte er mit ihr abklären?

Vielleicht würde sie sich morgen bei ihm melden. Dann würde sie von ihm eine Erklärung verlangen, warum er sich in Köln ins Gespräch gebracht hatte. Immerhin hatte sie ihn beauftragt, nicht ihre Mutter.

Larissa steckte das Handy zurück in die Tasche. In diesen Club hatte Joel sie im Juli eingeladen. Damals war sie von ihm fasziniert gewesen. In den vergangenen Wochen hatte sie dank des Internets allerdings Sachen über ihn herausgefunden, aufgrund derer sie die Skepsis ihres Vaters verstehen konnte. Joel zeigte sich verdammt häufig in angeberischen Posen mit den unterschiedlichsten jungen Frauen. Außerdem hatte sie Zeitungsartikel gefunden, die zwar schon ein paar Jahre alt waren, aber in denen von Razzien wegen Drogendelikten und Mädchenhandels in diesem Club berichtet wurde. Ob Joel damals bereits Teilhaber war? Heute Abend wollte sie ein Gefühl dafür bekommen, ob er womöglich hinter dem Verschwinden ihres Vaters steckte. Larissa kannte die aufbrausende Art ihres Vaters. Sie traute ihm eine Kurzschlussreaktion zu. War er vom Bahnhof oder im Verlauf des Abends zu Joel gefahren? Hatte sich dann etwas abgespielt, was sein spurloses Verschwinden erklärte?

Vielleicht würde sie das heute herausfinden.

Sie atmete zweimal durch und stieg aus dem Wagen. Um kleidungsmäßig in den Club zu passen, trug sie einen kurzen Rock, ein bauchfreies Top und Schuhe mit acht Zentimeter hohen Absätzen. Larissa hatte sich viele Fotos angesehen, die auf der Homepage des Clubs verlinkt waren, und dabei auf die Kleidung der weiblichen Gäste geachtet. Sie sollte wegen ihrer Auswahl nicht vom Türsteher abgewiesen werden.

Larissa straffte die Schultern und setzte ein Lächeln auf. Momentan standen keine Gäste am Eingang des Clubs, aber sie sah vom Ende der Straße eine größere Gruppe näherkommen. Der breitschultrige Türsteher bemerkte Larissa.

»Hallo«, begrüßte sie ihn.

Er stoppte sie mit einer Handbewegung. Sie blieb zwei Schritte von ihm entfernt stehen und ertrug seinen kritischen Blick.

»Nein«, sagte er schließlich.

»Was heißt das?«

»Du kommst hier nicht rein.«

»Wieso nicht?«

»Bist du überhaupt schon achtzehn? Ich schätze nicht.«

Larissa lachte spöttisch. Sie öffnete ihre Handtasche und zückte den Personalausweis. »Zugegeben, ich bin noch nicht lange achtzehn, aber ich bin es.«

Er musterte den Ausweis eingehend. »Glückwunsch nachträglich! Trotzdem bist du mir zu jung. Außerdem wohnst du in Köln. Was machst du ganz allein hier in Hamburg? Das riecht für mich nach Ärger.«

Die Gruppe, die ihr vorhin aufgefallen war, erreichte den Eingang. Ihr blieb nur noch ein Versuch, um den Mann zu überzeugen. Obwohl sie auf diesen Trumpf gern verzichtet hätte.

»Joel wird das nicht gern hören, wenn ich ihm erzähle, dass du mich abgewiesen hast.«

»Was sagst du?«

»Joel Bredol. Ich kenne ihn persönlich. Ruf ihn an, falls du mir nicht glaubst. Ich bin nicht zuletzt seinetwegen hier. Er wird für mich bürgen. Wenn du mich nicht reinlässt, melde ich mich bei ihm und beschwere mich.«

Der Türsteher musterte noch einmal den Ausweis. »Woher kennt eine Larissa Staude, wohnhaft in Köln, Joel?«

»Ich war das letzte Mal im Sommer hier. Da hat er mich eingeladen. Aber ich musste vorzeitig nach Hause und konnte seine Einladung nicht annehmen.«

Der Mann gab ihr den Ausweis zurück. »Wenn du Ärger machst, schmeiße ich dich eigenhändig hochkant raus.« Er winkte sie durch.

Larissa steckte den Ausweis ein, trat an die Kasse, entrichtete den Eintritt und ließ sich die Verzehrkarte aushändigen.

12

Toto winkte seinen Kollegen herbei. Mittlerweile hatte sich eine Schlange von zwanzig Personen vor dem Club versammelt, die ihn davon abhielt, den Boss anzurufen. Seit er gegen seine Überzeugung das Kölner Mädchen hereingelassen hatte, waren zehn Minuten vergangen. Um nicht erneut Ärger mit Joel zu riskieren, müsste er ihn bald informieren. Doch der stetige Strom der Gäste verhinderte das.

»Kann ich nun rein oder nicht?«, fragte ein Mittzwanziger.

Normalerweise wäre die ungeduldige Nachfrage Grund genug, ihn abzuweisen, aber der Typ gehörte zu den Stammgästen. Toto ließ ihn passieren. Sein Kollege stellte sich zu ihm.

»Was gibt's?«

»Übernimm du mal für ein paar Minuten. Ich muss Bredol anrufen. Sonst krieg ich wieder Ärger.«

»Kein Problem! Hau rein!«

Toto zog sich in einen kleinen Raum neben der Kasse zurück. Dort konnte er in Ruhe telefonieren. Er scrollte in der Kontaktliste zu Bredols Nummer und wählte sie.

»Hallo?«, meldete sich sein Chef schon nach wenigen Sekunden.

»Tag, Boss. Ich bin's, Toto.«

»Weswegen rufst du an?«

»Es gab hier vorhin einen kleinen Zwischenfall. 'Ne 18-Jährige aus Köln wollte in den Club. Ich hab sie zunächst nicht reingelassen. Mir kam das komisch vor. Warum ist so ein blutjunges Ding allein in einer fremden Stadt unterwegs? Das roch für mich ...«

»Wie heißt sie?«, unterbrach Bredol ihn.

»Ich habe mir den Namen vom Ausweis eingeprägt. Larissa Staude. Sie behauptet, du würdest ...«

»Hast du sie reingelassen?«

»Ja. Nachdem sie gesagt hat, du würdest sie kennen. War das falsch?«

»Das war goldrichtig. Ich bin in spätestens einer halben Stunde im Club. Halt sie fest, falls sie vorher abhauen will.«

»Mach ich.«

»Gut gemacht!«, lobte Bredol ihn. Dann trennte er die Verbindung.

13

Obwohl sich Larissa so viele Fotos aus dem Club angesehen hatte, überwältigte sie die Atmosphäre. Aus den Boxen drang lauter Elektropop. Stroboskoplichter flackerten. Auf der großen Tanzfläche bewegten sich Dutzende Leute im Klang der Musik. In zwei Käfigen tanzten junge Frauen an Stangen und wurden dabei von einigen Männern unverhohlen begafft.

Sie fühlte sich zu den Käfigtänzerinnen hingezogen – ohne den Grund dafür zu kennen. Mit einem Glas Cola in der Hand ging sie zu einem Käfig. Männer musterten sie kurz, bevor sie sich wieder der Tänzerin zuwandten.

Wie jung die Frau an der Stange war. Ob sie überhaupt schon achtzehn war?

Larissa bemerkte eine leicht bekleidete Frau, die dasselbe Outfit wie die Tänzerin trug, aber noch vor dem Käfig stand. Sie gesellte sich zu ihr.

»Hi«, rief sie über den Lärm der Musik hinweg.

Die Frau musterte sie abweisend.

»Ich bin an einem Job interessiert. Was verdienst du die Stunde? Lohnt sich das? Und an wen muss ich mich wenden? An Joel?«

»Mädchen, wenn du bei Sinnen bist, schlägst du dir das aus dem Kopf.«

»Wieso? Das sieht geil aus, was ihr da macht.«

»Bist du wirklich so naiv? Guck dir die Typen an. Widerlich, wie sie einen anglotzen.«

Der aktuelle Song endete. Die Tänzerin im Käfig löste sich von der Stange, trat an den Ausgang und entriegelte von innen die Tür. Ihre Kollegin ging ihrerseits in den Metallkäfig. Sie drehte sich noch einmal um. »Wenn du klug bist, nimmst du die Beine in die Hand«, rief sie über den Lärm der Musik hinweg.

Larissa schaute ihr dabei zu, wie sie sich an die Stange schwang. Zum ersten Mal erschien es ihr wie eine dumme Idee, ohne Rückendeckung hierhergekommen zu sein. Ob sie den Laden wieder verlassen sollte?

14

Joel Bredol stieg aus dem Auto und lief auf den Eingang zu. Auf der Fahrt hierher hatte er über die Situation nachgedacht. Erst erkundigte sich die falsche Person nach ihm, und dann erschien unerwartet Larissa. Das konnte kaum ein Zufall sein. Er musste sie ausquetschen. Zu diesem Zweck hatte er K.-o.-Tropfen eingesteckt, mit denen er sie außer Gefecht setzen und willenlos machen würde. Anschließend wäre es ein Kinderspiel, sie in sein Haus zu schaffen und auszufragen.

Toto kam ihm zwei Schritte entgegen.

»Ist sie noch drin?«

»Ja«, sagte der Türsteher. »An mir wäre sie nicht vorbeigekommen.«

Bredol tätschelte ihm anerkennend den Oberarm. Dass das Muskelpaket dabei leicht zusammenzuckte, gefiel ihm.

»Das hast du gut gemacht. Damit ist dein Fehler vom letzten Mal fast vergessen.«

»Danke, Boss. Und wegen der anderen Sache. Das war wirklich dumm. Sorry.«

»Hauptsache, das passiert nie wieder. Sollte sie sich irgendwie an mir vorbeischleichen, dann halt sie fest, bis ich zurückkomme.«

Bredol betrat den Club. Er schaute sich langsam um und musterte alle weiblichen Gäste.

15

Mit jeder Minute im Club fühlte sich Larissa unwohler. Nicht bloß die eindringlichen Worte der Tänzerin beunruhigten sie. Die ganze Atmosphäre irritierte sie. Ohne Begleitung kam sie sich wie Freiwild vor. Ständig glotzten Männer sie unverfroren an.

Sie stellte sich an den Rand der Tanzfläche. Was hatte sie hier zu suchen? Wie hatte sie nur einen Gedanken daran verschwenden können, Hinweise auf den Verbleib ihres Vaters zu finden? Das war so naiv gewesen! Buchingers Verhalten hatte sie zwar enttäuscht, trotzdem hätte sie ihm die Aufgabe überlassen müssen.

Wenigstens hatte ihr Fehler keinen Schaden angerichtet. Sie würde in das gemietete Apartment fahren und den Personenfahnder kontaktieren.

Larissa drehte sich um und zwängte sich durch die feierwütigen Besucher. Nach wenigen Schritten blieb sie wie vom Blitz getroffen stehen. Nur ein paar Meter entfernt stand Joel, der nach jemandem Ausschau hielt. Etwa nach ihr? Instinktiv duckte sie sich und änderte die Richtung. Sie musste fort von ihm. Doch der Weg zum Ausgang war ihr vorerst versperrt. Falls der Türsteher Joel informiert hatte, fürchtete sie, dass der Gorilla sie aufhalten würde. Sie brauchte dringend Unterstützung.

Ein von der Decke hängendes Schild zeigte ihr den Weg zu den Toiletten. Vor den Damenklos warteten nur zwei Frauen. Larissa reihte sich dahinter ein. Sie hielt den Kopf gesenkt. Zum Glück dauerte es nicht lange, bis für sie eine Kabine frei wurde. Sie schloss sich ein, nahm das Telefon aus der Handtasche und baute die Verbindung auf.

»Frau Staude«, erklang nach wenigen Sekunden Freizeichen die Stimme des Personenfahnders.

»Ich habe Scheiße gebaut«, sagte sie leise.

»Was ist passiert?«

»Ich bin im Club von Joel. Wollte ihn mit meinem Verdacht konfrontieren.«

»Warum denn das?«

»Das war dumm. Entschuldigen Sie. Ich glaube, Joel weiß von meiner Anwesenheit und sucht nach mir.«

»Wo sind Sie gerade?«

»Hab mich auf dem Klo eingesperrt.«

»Ich komme zu Ihnen. Bleiben Sie so lang wie möglich auf der Toilette. Danach halten Sie sich immer in der Nähe von Menschen auf. Trinken Sie nichts aus Gläsern, die Sie sich nicht selbst besorgt haben. Schon gar nicht, wenn Ihnen dieser Joel was ausgeben will. Da könnten K.-o.-Tropfen drin sein. Ich bin in ungefähr zwanzig Minuten bei Ihnen.«

»Beeilen Sie sich.«

16

Till rannte zu der Tiefgarage, in der er seinen Wagen parkte. Normalerweise verzichtete er weitgehend auf Autofahrten und wählte andere Transportmittel. Nun ging es allerdings um Schnelligkeit. Unterwegs fragte er sich, ob polizeiliche Unterstützung in dem Club hilfreich sein könnte. Wen sollte er dafür rekrutieren? Den Familienmenschen Bastian oder lieber dessen neue Partnerin, von der Till jedoch nichts Privates wusste. Trotz seiner Unwissenheit hatte er das Gefühl, von einer Frau an seiner Seite stärker zu profitieren. Zum Beispiel falls Larissa sich auch nach seiner Ankunft noch immer in den Waschräumen versteckt hielt. Er erreichte die Tiefgarage. An seinem Auto blieb er stehen und schrieb eine Nachricht.

Sind Sie wach? Ich könnte polizeiliche Unterstützung benötigen. Viele Grüße, Till Buchinger.

Er schickte die Anfrage ab und stieg in seinen Wagen. Till startete den Motor, verließ das Parkhaus und bog in die angrenzende Straße. Sein Telefon klingelte und übertrug Deckings Nummer.

»Danke für den Rückruf. Hab ich Sie geweckt?«, fragte Till.

»Nein«, antwortete die Oberkommissarin. »Ich bin

gerade von einem Kinobesuch nach Hause gekommen und stehe noch mit meiner Jacke in der Diele. Worum geht's?«

Till erzählte ihr von dem Anruf seiner Klientin. »Sie klang verängstigt. Mein Bauchgefühl warnt mich vor drohendem Ärger. Eine Oberkommissarin des LKA an meiner Seite würde mir den nötigen Respekt verschaffen.«

»Wie heißt der Club? Und in welchem Stadtteil liegt er?«

Till gab ihr die notwendigen Antworten. »Ich bin in ungefähr fünfzehn Minuten da.«

»Vermutlich brauche ich fünf oder zehn Minuten länger als Sie. Entweder treffen wir uns vor der Tür oder drinnen.«

»Danke und bis gleich! Ich schicke Ihnen von dort die nächste Nachricht.« Till beendete das Gespräch. Mit ihrer unkomplizierten Bereitschaft, ihn zu unterstützen, sammelte sie haufenweise Pluspunkte bei ihm. Eine Ampel in dreißig Metern Entfernung sprang von Grün auf Gelb. Till drückte das Gaspedal durch. Mit deutlich überhöhter Geschwindigkeit schoss er über die Kreuzung, während die Ampel auf Rot schaltete.

17

Jemand klopfte an die Toilettenkabine. »Hey, wie lange pisst du denn noch?«, rief eine hörbar angetrunkene Stimme.

»Ich bin fast fertig«, antwortete Larissa.

»Beeil dich gefälligst!«

Larissa wartete zwanzig Sekunden. Dann drückte sie die Klospülung. Sie ließ weitere fünfzehn Sekunden verstreichen, bevor sie die Kabine entriegelte.

»Na endlich!«, sagte die Frau, die angeklopft hatte.

Larissa zwängte sich an ihr vorbei. Die Schlange vor dem Frauenklo war mittlerweile deutlich angewachsen. Seit dem Telefonat mit Buchinger waren zehn Minuten vergangen. Sie wusch sich ausgiebig die Hände. Nicht nur der Waschraum, sondern der ganze Club hatte sich gut gefüllt. In der Menschenmenge könnte sie sich leicht verbergen. Larissa ging nah an die Tanzfläche heran und stellte sich neben eine Gruppe aus drei etwa gleichaltrigen Frauen. Eine von ihnen musterte sie skeptisch. Larissa lächelte ihr zu.

Sie traute sich nicht umherzublicken. Würde sie zufällig Joel entdecken, würde sie vermutlich kopflos reagieren. Sie musste auf Buchinger vertrauen. Bestimmt würde er sie in ein paar Minuten retten. Um ihre Zuversicht zu stärken, warf sie einen Blick aufs Handy. Er hatte ihr kein Update geschickt. Larissa steckte das Telefon nicht zurück in die Handtasche. Unter keinen Umständen wollte sie einen Anruf oder eine Nachricht schicken.

»Larissa!«, rief ihr plötzlich jemand ins Ohr.

Verzweifelt schloss sie die Augen. Das durfte einfach nicht wahr sein.

18

Till ging an den Leuten vorbei, die vor dem Club darauf warteten, die Kontrolle durch die Türsteher über sich ergehen zu lassen.

»Hey! Nicht vordrängeln!«, rief ihm ein Mann hinterher.

Zwei Türsteher kontrollierten den Zugang. Beide wurden auf ihn aufmerksam. Einer verstellte ihm mit verschränkten Armen den Weg.

»Zwei Fehler«, sagte er. »Du trägst die falsche Kleidung, und du hast dich vorgedrängelt.«

»Ich bin auf der Suche nach meiner Tochter. Die hat Hausarrest und sich heimlich rausgeschlichen«, behauptete Till. Die Geschichte hatte er sich im Auto ausgedacht und zu diesem Zweck ein Social-Media-Profil Larissas am Handy aufgerufen. »Das hier ist ihr Lieblingsclub. Habt ihr sie reingelassen?« Er zeigte dem Mann das Instagram-Profil.

Der Türsteher schaute sich das Handy an und schüttelte den Kopf. »Sorry, an deine Tochter kann ich mich nicht erinnern. Toto! Guckst du mal?«

Der andere Türsteher trat näher und warf einen Blick auf den Bildschirm. Er musterte Till kritisch. »Du bist ihr Vater?«

»Ja, bin ich.«

»Dann hättest du wohl besser aufpassen sollen.

Aber so ein junges Ding hätte ich hier gar nicht reingelassen. Oder war sie in Begleitung?«

»Vermutlich allein.«

»Die hätte ich abgewiesen. Solche Gören bedeuten oft Ärger.« Er lachte auf und haute ihm kumpelhaft auf den Oberarm. »Das weißt du ja selbst, Kumpel! Jetzt halt bitte nicht den Betrieb auf. Wenn du rein willst, zieh dich um und stell dich hinten an.«

Till ging ein paar Schritte zurück. Der Türsteher namens Toto flüsterte seinem Kollegen etwas ins Ohr. Dann griff er zu seinem Handy. Er schaute auf und bemerkte, dass Till ihn ansah.

»Verschwinde!« Er steckte das Telefon zurück in die Hosentasche. Till wartete an Ort und Stelle. Die beiden starrten sich an, dann stiefelte der Türsteher zu ihm. »Kapierst du's nicht?«

Till deutete mit einem Zeigefinger nach unten. »Die Straße gehört der Allgemeinheit. Da hast du kein Weisungsrecht. Außerdem würde ich gern wissen, wem du gerade eine Nachricht schicken wolltest.«

»Was geht dich das an?«

»Warte einfach kurz, und du erlebst eine große Überraschung.«

»Hä?«

»Nur Geduld, *Kumpel*!« Till lächelte.

19

»Ist das schön, dich zu sehen!«, rief Joel. Er drückte Larissa an sich, die sich nicht dagegen wehrte.

»Hi, Joel! Cool, dass du da bist. Wie geht's dir?«

Er ließ sie los und musterte sie ausgiebig. »Ich war im Sommer echt enttäuscht. Du hast mich voll hängen lassen.«

»Tut mir leid. Mein Vater hatte es mir verboten.«

»Eltern sind so ätzend, oder?« Joel lachte. »Aber heute bist du hier. Wie kommt's?«

»Ich bin achtzehn. Jetzt kann er es mir nicht mehr verbieten.«

»Wann hattest du Geburtstag?«

»Montag.«

»Wow! Glückwunsch nachträglich. Das müssen wir feiern.« Er packte sie am Handgelenk und zog sie von der Tanzfläche weg.

»Wohin wollen wir?«, fragte sie.

»In einen etwas ruhigeren Bereich. Komm mit!«

Joel ließ sie wieder los. Kurz spielte sie mit dem Gedanken, die Flucht anzutreten. Doch das wäre zu auffällig gewesen. Jeden Moment würde Buchinger hier aufkreuzen und sie retten. Vielleicht könnte sie in der Zwischenzeit Informationen aus Joel herauskitzeln.

»Nicht so schnell. Auf meinen Absätzen brauche ich ein bisschen länger.«

»Dein Look steht dir. Sieht sexy aus.«

Larissa lächelte kokett. »Findest du? Danke!«

Joel verlangsamte seinen Schritt. Er führte sie zu einem Treppenaufgang. Von dort ging es zu einer ruhigeren Empore. Um kniehohe Tische waren Sessel platziert. Hier saßen hauptsächlich Paare zusammen, die sich miteinander unterhielten.

»Setz dich!«

»Der Club ist cool.«

Joel reagierte gar nicht auf das Lob. »Ich besorg uns Champagner. Dann reden wir.«

»Alles klar.«

Er wandte sich um und ging zur nächstgelegenen Theke. Unterwegs blickte er einmal über die Schulter. Larissa winkte ihm zu. An Flucht war nicht zu denken. Auf ihren Absätzen wäre sie niemals schnell genug. Um nicht wie ein Reh im Scheinwerferlicht zu erstarren, öffnete sie das Chatprogramm und gab eine Nachricht an Buchinger ein.

20

Till entdeckte die Oberkommissarin und hob eine Hand. Um nicht den Türsteher aus den Augen zu verlieren, blieb er auf seiner Position stehen. Decking kam zu ihm.

»Danke für Ihr schnelles Auftauchen«, sagte Till.

»Erst mal lassen wir dieses Gesieze. Ich bin Miriam. Erzähl! Was ist passiert? Haben sie dich nicht in den Club gelassen?«

Till fasste die letzten Minuten zusammen. Unvermittelt vibrierte sein Handy.

»Eine Nachricht von Larissa.« Er rief sie auf und las den Text laut vor. »Joel hat mich entdeckt. Wir sitzen auf einer Empore eine Etage über der Tanzfläche. Er besorgt Champagner.«

»Okay, beeilen wir uns«, sagte Miriam.

Sie ging entschlossen auf den Eingang zu und zog ein Lederetui aus der Hosentasche. Der Türsteher stellte sich ihnen in den Weg.

»Ich hab deinem Freund schon den Eintritt verweigert. Das gilt auch für dich.«

Sie zeigte ihm ihren Dienstausweis. »Du lässt uns beide jetzt rein, oder hier taucht in spätestens dreißig Minuten eine Hundertschaft auf. Razzia wegen des Verdachts auf Mädchenhandel.«

Hilfesuchend schaute der Türsteher zu seinem

Kollegen. Der zuckte lediglich die Achseln.

»Scheiß Bullenwillkür!«, fluchte der Mann. Er trat beiseite.

21

Der Barkeeper stellte die zwei Gläser Champagner auf der Theke ab. Bredol stand mit dem Rücken zu Larissa. Das Mädchen durfte nicht mitbekommen, was er jetzt tun würde. Aus der Hosentasche zog er die kleine Ampulle mit den K.-o.-Tropfen und verbarg sie in der Hand. Er öffnete den Verschluss und schüttete den gesamten Inhalt in eines der Gläser. Dann ließ er die Ampulle wieder in der Tasche verschwinden. Erst jetzt fasste er die Getränke an und drehte sich um. Larissa war brav sitzengeblieben. In spätestens einer halben Stunde wäre sie ihm hoffnungslos ausgeliefert. Und er würde ihren Zustand in mehrfacher Hinsicht ausnutzen.

»Das ist unsere beste Sorte. Zweihundertneunzig Euro die Flasche. Aber für deinen Geburtstag ist mir nichts zu teuer.« Joel stellte das präparierte Glas vor ihr ab. »Also, alles Gute zu diesem neuen Lebensabschnitt.«

»Danke.« Sie griff nicht zur Champagnerflöte.

»Komm schon! Stoß mit mir an.«

»Ich bin mit dem Auto da. Tut mir leid.«

»Ein Glas Champagner! Das macht überhaupt nichts.«

»Ich bin in der Probezeit.«

»Nun trink! Ich zahl dir auch ein Taxi.«

»Larissa!«, erklang plötzlich eine Stimme. »Was machst du hier?«

Ein Paar eilte herbei. Der Mann nahm rechts neben Larissa Platz, die Frau links.

»Was soll das denn jetzt?«, fragte Bredol.

»Ich bin ihr Vater«, sagte der Mann. »Und das ist Oberkommissarin Decking. Eine Freundin der Familie.«

Wieso behauptete der Kerl, Larissas Vater zu sein?

»Sie sind ihr Vater? Freut mich, Sie kennenzulernen.« Er zückte sein Handy. Das Display zeigte ihm den Empfang einer Nachricht von Toto an. Statt sie zu lesen, öffnete er die Kamera-App und richtete die Linse auf den Mann.

»Was soll das?«, beschwerte sich der.

Bredol drückte den Auslöser. Der Unbekannte hob zwar die Hand vor sein Gesicht, jedoch zu langsam. Mit einem einzigen Klick speicherte Bredol das Foto in der Cloud.

»Sie löschen sofort das Bild«, verlangte der Mann.

»Wieso denn das? Wann trifft man schon einmal einen Vater, der so gar keine Ähnlichkeit mit seiner Tochter hat? Das muss man für die Nachwelt festhalten.«

»Sie löschen das Foto«, mischte sich nun die Frau ein.

Bredol warf einen Blick auf den Dienstausweis. Miriam Decking vom LKA. »Herrje«, stöhnte er theatralisch und löschte die Aufnahme von der Speicherkarte – aber nicht aus der Cloud. »Was wollen Sie eigentlich hier?«

»Meine Tochter hat Hausarrest«, sagte der Mann.

»Dann hätten Sie besser aufpassen müssen.«

»Im Gegensatz zu Larissa hab ich nichts gegen einen Gratischampagner einzuwenden.« Die Polizistin griff zu dem Getränk.

Im letzten Moment kam ihr Bredol zuvor und schnappte ihr die Champagnerflöte vor der Nase weg. »Polizisten müssen in meinem Club grundsätzlich bezahlen.« Er streckte den Arm aus und schüttete den Champagner auf den Boden. »Ups. Sie verlassen sofort meinen Club und nehmen Ihre *Tochter* mit.«

22

Till führte Larissa und Miriam vom Eingang fort, nachdem Larissa ihre Rechnung bezahlt hatte.

»Ich parke da vorne«, sagte sie.

»Wir fahren erst mal zu mir ins Büro. Später bringe ich Sie zurück. Versprochen. Miriam, wo parkst du?«

»Auf dem Schotterplatz ein Stück weiter vorn.«

»Okay. Dann fährst du uns hinterher, und wir treffen uns bei mir im Büro.«

»Warum haben Sie sich den ganzen Tag nicht bei mir gemeldet und sind auf eigene Faust aufgebrochen?«, fragte Till.

Seine Klientin schwieg zunächst. Er bedrängte sie nicht. Im Rückspiegel achtete er auf Miriam, die sich mit ihrem weißen Fahrzeug direkt hinter sie gesetzt hatte.

»Ich war sauer auf Sie«, bekannte Larissa schließlich leise.

Till ahnte weswegen, gab sich jedoch ahnungslos. »Wieso?«, fragte er.

»Sie haben meine Mutter kontaktiert.«

»Das musste ich, wenn ich Ihren Vater finden will.«

»Aber Mama war gegen meine Suche!«

»Weil sie sich Sorgen um Sie macht. Nicht zu Unrecht, wie man sieht.«

»Pff.«

Larissa schaute aus dem Beifahrerfenster und schwieg eine Weile. Till hatte schon die Außenalster erreicht, als sie sich ihm endlich wieder zuwandte. »Tschuldigung. Ich hätte auf Ihren Anruf reagieren müssen.«

»Wenn wir uns einig sind, dass das kein zweites Mal passiert, nehme ich Ihre Entschuldigung an.«

»Wir sind uns einig.«

In seinem Büro bereitete Till für Miriam und sich Kaffee zu, Larissa nahm einen Orangensaft.

»Was für einen Eindruck hat der Mann auf dich gemacht?«, fragte Miriam.

Till bewunderte ihre forsche Art. Durch das Duzen sammelte sie offenbar Sympathiepunkte bei Larissa, denn die wandte sich sofort der Polizistin zu. Also beschloss er, seine Klientin ebenfalls zu duzen – es sei denn, sie würde protestieren.

»Er schien sich zu freuen, mich zu sehen. Trotzdem hat er mir auch Angst eingejagt.«

»Wodurch?«, fragte Till.

»Er ist wie ein Gespenst neben mir aufgetaucht, hat mich fest an sich gedrückt und dann an der Hand festgehalten. Aber seine Wortwahl war freundlich.«

»Hattest du ihn um ein Getränk gebeten?«, hakte Miriam weiter nach.

»Nein. Er ist von sich aus auf die Idee gekommen, mit Champagner nachträglich auf meinen Geburtstag anzustoßen.«

»Hat euch ein Kellner die Gläser gebracht?«

»Joel ist zur Theke gegangen und hat mich gebeten, in der Zwischenzeit nicht wegzulaufen.«

»Ich bin überzeugt, im Champagner waren K.-o.-Tropfen«, erklärte Miriam. »Sonst hätte er das Getränk nicht ausgeschüttet.«

»Wirklich?« Larissa wirkte erschrocken.

Miriam nickte. »Und was sollte das Foto von dir?« Sie wandte sich an Till.

»Wahrscheinlich will er im Internet nach mir suchen. Bestimmt hat er es automatisch in einer Cloud gespeichert. Auf das Löschen zu bestehen war bloß ein Kräftemessen. Aber das macht mir keine Angst. Er kriegt halt dadurch raus, dass ich nicht dein Vater bin.«

»Das ist nicht schlimm«, sagte Larissa. »Ich will ihn nie wiedersehen. Wie konnte ich mich nur so täuschen? K.-o.-Tropfen? Scheiße! Was hätte er mit mir angestellt?«

»Du musst dich von ihm fernhalten«, sagte Miriam. »Versprichst du uns das?«

»Natürlich.«

»Wir müssten auch noch etwas vermutlich Unangenehmes mit dir besprechen«, sagte Till.

»Was denn?«

»Kennst du einen Mann namens Gereon Hirthe?«

»Wer ist das?« In Larissas Stimme schwang Neugierde mit.

»Ein Arzt, dessen Nichte Denise am selben Tag wie dein Vater verschwunden ist.«

Larissa riss die Augen auf. »Was bedeutet das?«

»Das wissen wir noch nicht. Nun ist es so: Du tauchst am Donnerstag bei mir im Büro auf. Dienstagabend, also nur anderthalb Tage vor unserem Kennenlernen, gibt mir Doktor Hirthe den Auftrag, seine Nichte zu suchen. Miriam und ich finden das verdächtig.«

»Aber da kann ich nichts für! Ich kenne den Mann nicht. Das schwöre ich.« Sie klang aufrichtig und verzweifelt.

»Wem hast du außer deiner Mutter von deinen Plänen erzählt?«, fragte Miriam.

»Zwei Schulfreundinnen.«

»Sonst niemandem?«

»Kennen Sie meinen Blog?«

»Welchen Blog?«, fragte Till. Ihm schwante Böses.

»In Hamburg verschollen. Das ist auch die Adresse. Also mit der Endung *dot eu.*«

»Hast du darin den Namen deines Vaters erwähnt?«

»Anfangs ja. Aber dann hat meine Mutter verlangt, dass ich seinen Namen wieder herausnehme. Was ich auch gemacht habe. Bei allen veröffentlichten Beiträgen.«

Mit den Handys riefen Till und die Oberkommissarin den Blog auf. Der letzte Beitrag kreiste um Larissas Plan, in Hamburg einen Personenfahnder zu engagieren.

»Vor dem Verbot deiner Mutter hattest du deinen Vater namentlich erwähnt?«, vergewisserte sich Till.

Larissa nickte. Er fragte sich, wieso ihm Google das nicht angezeigt hatte.

»Also könnte jemand davon erfahren und den Blog in den letzten Wochen verfolgt haben«, sprach Miriam Tills Verdacht laut aus.

»Dann ist nicht Larissas Auftauchen bei mir der ungewöhnliche Zufall, sondern der Auftrag, den Hirthe mir zwei Tage zuvor erteilte.«

Miriam nickte. »Meine Berufserfahrung sagt mir, solche Zufälle sind selten. Wir müssen uns noch einmal um den Gynäkologen kümmern.«

Nachdem sie alles besprochen hatten, verabschiedete sich die Oberkommissarin. Till brachte seine Klientin zurück zum Club.

»Ist es eigentlich okay, wenn ich dich duze?«, erkundigte er sich.

»Das gefällt mir sogar besser. Sonst fühle ich mich so alt. Die Nichte von diesem Doktor Hirthe. Was hat es mit ihr auf sich? Können Sie mir etwas darüber verraten?«

Till berichtete von der Medizinstudentin, die am selben Tag wie Larissas Vater verschwunden war. Er beschloss, auch den heiklen Punkt nicht auszulassen. »Deine Mutter hat mir anvertraut, dass es gegen deinen Vater in Köln Beschwerden wegen Stalkings gab.«

»Ich weiß«, antwortete Larissa zu Tills Überraschung. »Papa hat mir vor ein paar Jahren davon erzählt. Die Frau hat total übertrieben.«

»Und was, wenn er hinter Denises Verschwinden steckt? Er ist ja damals nach den Stalkingvorwürfen einfach abgetaucht.«

»Papa? Niemals! Warum sollte er sich an einer ihm unbekannten Studentin vergreifen?«

»Du verstehst schon, dass Miriam und ich auch diese Möglichkeit in Betracht ziehen?«

»Natürlich. Aber das führt zu nichts. So viel steht fest.«

Sie näherten sich den Club.

»Ich setz dich an deinem Wagen ab, und du steigst sofort ein. Dann fahren wir zu deinem Apartment. Ich gucke mir das Schloss und die Fenster an. Einverstanden?«

»Gute Idee. Da vorn.« Sie dirigierte ihn zu ihrem Auto.

Till beobachtete die Umgebung. Vor dem Club war noch immer eine kleine Schlange, und die beiden Türsteher schienen nichts von dem Autowechsel mitzubekommen.

Larissa stieg bei ihm aus und fuhr kurz darauf in ihrem eigenen Wagen los. Sie benötigten eine knappe Viertelstunde, ehe Larissa am Straßenrand einparkte. Das Apartment lag in einem Mehrfamilienhaus. Till folgte ihr in die Wohnung, die in der zweiten Etage lag. Weder bei der Prüfung des Schlosses noch bei einer Musterung der Fenster bemerkte er Schwachstellen. Im Gegenteil. Der Apartmentbesitzer hatte sogar die Balkontür mit einem Sicherheitsbügel verstärkt.

»Das sieht gut aus. Hier bist du sicher.«

»Danke für alles.«

»Schlaf schön.«

Till verließ die Wohnung. In seinem Auto schickte er

Miriam eine Nachricht.

Ich habe Larissa zu ihrem Apartment gebracht, und jetzt geht's für mich ins Bett. Danke für deine Hilfe!

Miriam las die Nachricht sofort und verfasste umgehend eine Antwort.

Hat Spaß gemacht. Halt mich bitte auf dem Laufenden! Spätestens Montag müssen wir uns ohnehin wegen Hirthe unterhalten. Gute Nacht!

Das machen wir!, schrieb er zurück. *Gute Nacht!*

23

Susanne Ziegner stand hinter dem Verkaufstresen und beobachtete die Kundschaft. Der Apple Store hatte erst vor einer halben Stunde die Türen geöffnet, und die meisten Verkäufer waren bereits im Kundengespräch. Als stellvertretende Storeleiterin verschaffte ihr das ein gutes Gefühl. Samstage waren einfach die besten Tage.

Sie bemerkte einen Kunden, der die Kapuze seines Hoodies übergestreift hatte. Draußen konnte sie das verstehen, denn das typische Hamburger Wetter verwöhnte die Bewohner der Stadt heute mit Sprühregen. Doch auch im Inneren des Shops streifte er sie nicht ab.

Ihre ausgestellten Geräte waren gut gegen Diebstahl gesichert, außerdem bewachten gleich zwei Security-Mitarbeiter den Eingangsbereich. Trotzdem behielt sie den Neuankömmling im Auge. Der Mann roch nach Ärger. Der Kunde schaute sich bei den MacBooks um. Da gerade kein Berater frei war, sprach ihn niemand an. Ziegner musste hinter dem Tresen stehenbleiben, sonst hätte sie die Aufgabe übernommen.

»Wenn ich Ihnen helfen kann, sagen Sie Bescheid«, rief sie dem Kunden zu.

Der verstand, dass sie ihn gemeint hatte, und lächelte. Er blieb an einem Ausstellungsstück stehen und begutachtete die technischen Daten. Dann gab er sich einen Ruck und kam zu ihr.

»Guten Tag«, brummte er.

»Herzlich willkommen. Was kann ich für Sie tun?«

»Ich brauche ein neues MacBook Pro. Sechzehn Zoll.« Er zählte die benötigte Konfiguration auf, die er sich vorstellte. Ziegner unterdrückte ein Lächeln. Der Kunde interessierte sich für eine der teuren Varianten.

»Ich habe das von Ihnen gewünschte Modell in zwei Farben da. Spacegrau oder Silber. Was würden Sie bevorzugen?«

»Silber.«

»Da liegen Sie bei 3299 Euro.«

»Solange ich ihn direkt mitnehmen kann, ist das kein Problem.«

»Wunderbar. Dann hole ich das Modell aus dem Lager. Wie bezahlen Sie?«

»Mit Kreditkarte.«

»Ich bin gleich wieder bei Ihnen.«

Ziegner verließ den Verkaufstresen. Ob der Kunde jetzt das Weite suchen würde? Sie rechnete fast damit. Er sah nicht wie ein typischer Käufer der Luxuskategorie aus. Oder pflegte sie bloß Vorurteile? Immerhin hatte er klare Spezifikationen genannt. So als hätte er sich vorab informiert.

Sie nahm das Modell aus dem Lager und kehrte in den Verkaufsraum zurück. Mit gesenktem Kopf wartete der Kunde an seinem Platz.

»Hier ist es. Sollen wir gemeinsam die Einrichtung vornehmen?«

»Das mache ich zu Hause selbst.«

»Okay. Wie schon gesagt. Das sind dann 3299 Euro.«

Er zückte sein Portemonnaie und zog eine silberne Kreditkarte heraus, die er ihr über den Tresen schob. Ziegner nahm sie entgegen. Die Karte wog mehr als normale Plastikvarianten. Eine Business Platinum Card. Sie warf einen Blick auf den Namen des Karteninhabers. Mats Staude.

Ziegner versuchte, sich nichts anmerken zu lassen. Es war gleichzeitig erfreulich und erschreckend, wie sehr sie sich auf ihr Bauchgefühl als erfahrene Verkäuferin verlassen konnte. »Danke, Herr Staude.«

Sie schob die Karte in das Lesegerät. Unter dem Tresen lockerte sie allerdings das Kabel, das Gerät und Kasse miteinander verband. Nach ein paar Sekunden erschien im Display eine Fehlermeldung.

»Nicht schon wieder«, stöhnte sie theatralisch.

»Was ist los?«, fragte der Kunde.

»Die Verbindungen zu den Bankterminals brechen heute permanent zusammen. Keine Ahnung, woran das liegt.« Hoffentlich klang ihre Erklärung plausibel. »Ich muss eben nach hinten, um das System an meinem Arbeitsplatz zu rebooten. Kleinen Moment bitte.«

»Können Sie nicht einfach an eine andere Kasse ...«

»Dauert wirklich nicht lange.« Um sein Misstrauen abzuschwächen, gab sie ihm die Kreditkarte zurück. Sie lächelte ihm zu und verließ den Verkaufstresen. Die Security-Mitarbeiter achteten nicht auf sie. Also musste sie unauffällig Hilfe aus dem Lager holen.

»Volker!«, sagte sie zu einem der dort Beschäftigten.

»Du musst sofort die Polizei alarmieren.«

»Wieso?«, fragte er.

»Kreditkartenbetrug. Die müssen schnell eine Streife schicken. Keine Ahnung, wie lange ich den Mann hinhalten kann.«

»Okay.«

Ziegner kehrte zu dem Kunden zurück. »Schrecklich«, stöhnte sie. »Ausgerechnet an einem Samstag. Da erreicht man bei der Bank niemanden.«

»Das heißt? Funktioniert es jetzt oder nicht?«

Ziegner lachte nervös. »Wenn das heute gar nicht mehr klappt, erschieß ich mich.« Sie griff zu dem Lesegerät. »Geben Sie mir ein paar Minuten Zeit, Herr Staude.«

Der Mann nahm die Kreditkarte in die Hand. »Würde es helfen, eine andere Karte zu benutzen?«

»Nein. Das hat nichts mit ...«

Plötzlich wandte sich der Kunde ab und rannte los. Ziegner war zunächst völlig perplex. Wodurch hatte sie sich verraten?

»Haltet ihn auf!«, schrie sie, als sie sich aus der Starre löste.

Die Security-Mitarbeiter wurden auf den fliehenden Kunden aufmerksam. Sie wollten ihm den Weg versperren, waren aber ungünstig platziert. Der Kreditkartenbetrüger schaffte es an ihnen vorbei und rannte ins Alsterhaus hinein.

»Was ist passiert?«, erkundigte sich einer der Männer. Der zweite hatte bereits die Verfolgung aufgenommen.

»Er wollte mit einer gestohlenen Kreditkarte bezahlen.«

Sie umrundete den Verkaufstresen und folgte dem Kollegen nach draußen. Von ihrem Standort sah sie ihn auf die Rolltreppe zustürmen. Der Betrüger hatte unterdessen die nächste Etage erreicht.

24

Wie hatte er sich bloß verraten? Was hatte das Misstrauen der Verkäuferin geweckt? Bislang war es kein Problem gewesen, die Karte einzusetzen. Weder in Einkaufsläden noch im Internet.

In der Etage mit der Männermode verlangsamte er sein Tempo. Würde er hier rennen, wäre das zu auffällig. Sein Vorsprung war allerdings nicht sehr groß. Er steuerte einen Kleiderständer an und nahm wahllos zwei Kleidungsstücke in die Hand. Nur wenige Meter entfernt war eine freie Kabine. Zum Glück waren die Umkleiden im Alsterhaus großzügig bemessen und mit abschließbaren Türen ausgestattet. Er zog die Tür hinter sich zu. Hier würde er ein paar Minuten ausharren müssen. Danach würde ihn sein Fluchtweg zum nahegelegenen Ausgang führen, der mit dem Parkhaus verbunden war.

Er zog sich den Kapuzenpullover aus und probierte das Hemd an, das er mit in die Kabine gebracht hatte. Dabei achtete er darauf, seine Atmung zu beruhigen. Nichts an seinem Auftreten sollte einen Verkäufer misstrauisch machen. Notfalls würde er sich vom eigenen Bargeld ein Oberteil kaufen und den Pullover zurücklassen. Aber vielleicht ließ sich dieser finanzielle Verlust verhindern.

25

Ähnlich wie ihr eigener Store war auch die gesamte Etage der Männermode gut besucht. Das verkomplizierte die Suche nach dem Kreditkartenbetrüger. Susanne Ziegner fragte sich, ob sie ihn in der Masse der konsumfreudigen Menschen überhaupt entdecken würde.

Der Security-Mitarbeiter sah sie an. Offenbar erwartete er von ihr die genaue Strategie für das weitere Vorgehen. Dabei war er derjenige, der für solche Dinge bezahlt wurde. Hätten er und sein Kollege schneller reagiert, hätten sie den Betrüger bis zum Eintreffen der Polizei festhalten können.

»Haben Sie ihn in diese Abteilung rennen gesehen?«

»Leider nicht«, antwortete der Mann. »Es waren zu viele Leute auf der Rolltreppe.«

Sie hob den Blick. War er vielleicht in eine der oberen Etagen gefahren, um an anderer Stelle wieder hinunterzukommen? Das war wie die Suche nach der Nadel im Heuhaufen.

»Schauen wir uns hier kurz um«, gab sie die Marschrichtung vor.

»Sie erkennen ihn wieder? Ich habe zu wenig von ihm wahrgenommen, um ihn zu identifizieren. Das ging vorhin einfach zu schnell.«

»Auf jeden Fall!«

Die beiden liefen los und musterten die Besucher. Manche Kunden schlenderten herum, andere steuerten zielstrebig bestimmte Bereiche an. Die Abteilung war gut mit Verkäufern besetzt, die fast alle im Kundengespräch waren. Ein Mann, den Ziegner näher kannte, nickte ihr zu. Auch er bediente gerade einen Kunden, weshalb sie ihn nicht störte.

Je mehr Meter sie zurücklegten, desto pessimistischer schätzte sie ihre Chance ein, den Kreditkartenbetrüger zu schnappen. Nachdem sie die ganze Etage einmal umrundet hatten, gab sie auf.

»Gehen wir zurück in den Store und warten auf die Polizei.«

Zwei Schutzpolizisten erschienen fünf Minuten später im Store. Seit der Flucht des Mannes war mittlerweile fast eine Viertelstunde vergangen. Sie hätte ihn unmöglich so lange aufhalten können.

Ziegner führte die Polizisten in einen rückwärtigen Büroraum und schilderte ihnen, was vorgefallen war.

»Sie sahen den Namen Mats Staude und wussten sofort, dass es sich um einen Betrugsversuch handelte. Wieso?«, erkundigte sich einer der Polizisten.

»Ich kenne Herrn Staude ziemlich gut. Also hier aus dem Shop. Er ist Freiberufler und außerdem ein großer Fan unserer Produkte. Weshalb er sich regelmäßig eindeckt oder Zubehör nachkauft. Oft entscheidet er sich nicht direkt, sondern lässt sich die Anschaffung ein oder sogar zwei Nächte durch den Kopf gehen. Dann taucht er im kurzen Abstand mehrfach hintereinander auf. Wir verstehen uns super, das ist manchmal wie so ein kleiner, harmloser Flirt.« Ziegner errötete leicht. »Außerdem hat er eine Kreditkarte, die man nicht oft in Händen hält. Eine Business Platinum Card. Die wiegt deutlich mehr als der normale Plastikkram. Darüber haben wir uns auch mal unterhalten. Er meinte, die wäre zwar ziemlich teuer wegen der hohen Jahresgebühr, würde ihm aber zahlreiche Vorteile bieten. Tja, und dann gibt mir dieser Kapuzenträger die Karte und ich denke noch so ›Oh. Die Exemplare sieht man selten.‹. Mein Blick fällt auf den Namen des Karteninhabers. Mats Staude. Da wusste ich Bescheid. Ich habe heimlich das Kartenlesegerät von meiner Kasse gelöst, was zu einer Fehlermeldung führte. Leider hat er mich wohl durchschaut.«

»Ist Ihre Videoüberwachung aktiviert?«

»Natürlich. Ich muss nur eben einen Kollegen zur Hilfe holen, damit er Ihnen die richtigen Stellen heraussucht. Mit dem Kamerasystem kenne ich mich nicht gut aus.«

Zwanzig Minuten später hatten die Polizisten das Material auf einem USB-Stick. Zuvor hatten sie es sich im Beisein von Ziegner angesehen.

»Wenn der Betrüger polizeibekannt ist, werden wir ihn identifizieren«, versprach einer der Beamten. »Die Kameras liefern brauchbare Bilder. Wir geben Ihnen schnellstmöglich eine Rückmeldung. Und jetzt halten wir im Alsterhaus Ausschau nach ihm.«

»Viel Glück.«

Ziegner blickte den Polizisten nach. Kaum hatten die den Store verlassen, hatte sie eine Idee. Vielleicht wusste Herr Staude noch gar nichts von dem Verlust der Kreditkarte. Aus der Kundendatei suchte sie seine Telefonnummer heraus. Er hatte eine Mobilfunk- und eine Festnetznummer angegeben. Zuerst probierte sie es auf dem Handyanschluss, landete jedoch direkt auf der Mailbox. Bei der Festnetzleitung erklang eine halbe Minute das Freizeichen, ehe ein Anrufbeantworter ansprang.

»Hallo, Herr Staude«, sagte sie. »Hier ist Susanne Ziegner vom Apple Store im Alsterhaus. Es geht um Ihre Kreditkarte. Heute hat ein Betrüger versucht, mit Ihrer Karte zu bezahlen. Falls Sie Ihre Business Platinum Card noch nicht gesperrt haben, tun Sie das umgehend. Sie können auch gern zurückrufen. Ich bin bis neunzehn Uhr im Geschäft und Montag ab zehn Uhr früh. Ich hoffe, Ihnen geht's gut. Bis bald!«

26

Eine einfache Bildersuche hatte Joel Bredol ausgereicht, um Till Buchinger zu identifizieren. Dass der Mann nicht Larissas Vater war, hatte er von Anfang an gewusst, aber mit einem Personenfahnder als Gegner hatte er nicht gerechnet.

Wieso war Larissa zuerst allein im Club aufgetaucht, wenn eine Weile später Buchinger zu ihr stieß? Sogar mit einer Oberkommissarin im Schlepptau. Er verstand den Sinn dahinter nicht.

Larissa wäre ohne Unterstützung keine gefährliche Gegnerin. Wäre Buchinger nur eine halbe Stunde später im Club aufgetaucht, hätte Bredol das Mädchen unbemerkt in sein Haus gebracht. Oder direkt ins Bordell. Er hätte sie unter dem Einfluss der K.-o.-Tropfen befragt und sich anschließend mit ihr vergnügt. Nun waren allerdings die Bullen und ein Personenfahnder in den Fall verwickelt. Wie sollte er mit dieser Konstellation umgehen?

Buchinger und auch der Polizei musste er aus dem Weg gehen. Aber vielleicht gab es trotzdem eine Chance, an Larissa heranzukommen. Sie musste irgendwo schlafen, solange sie sich in Hamburg aufhielt. Bei diesem Buchinger? Unwahrscheinlich – oder kannte sie ihn persönlich?

Bredol startete das Videoüberwachungssystem des

Clubs. Am Eingangsbereich hingen drei Kameras, die geradeaus, nach rechts und nach links filmten. Er konzentrierte sich auf die Uhrzeit, zu der ihn Toto kontaktiert hatte. Er wählte in der Bedienungsmaske einen Zeitpunkt aus, der eine halbe Stunde davor lag. Langsam ließ er die Videos ablaufen.

»Hab ich dich«, sagte er schon nach wenigen Minuten siegesgewiss.

Die Kameras hatten Larissa in ihrem Wagen erfasst. Er stoppte die entsprechenden Bilder. Ihr Kennzeichen war deutlich zu erkennen.

Was sollte er mit dieser Information anfangen?

Er öffnete das anonyme Chatprogramm, das ihn mit ungefähr dreißig Gehilfen im ganzen Stadtgebiet verband.

Ich suche ein 18-jähriges Mädchen namens Larissa Staude, das mir momentan massiven Ärger macht. Sie lebt eigentlich in Köln, ist aber derzeit in Hamburg. Wer für mich ihren Aufenthaltsort herausfindet, bekommt fünftausend Euro Belohnung. Im Anhang findet ihr das Kennzeichen ihres Fahrzeugs und einen Link zum Instagram-Profil. Meinetwegen könnt ihr zusammenarbeiten und die Belohnung teilen.

27

»Herr Buchinger!«, begrüßte ihn Gereon Hirthe am frühen Mittag überrascht. »Mit Ihrem Besuch habe ich nicht gerechnet. Wieso haben Sie nicht vorher angerufen? Ich hätte unterwegs sein können. Gibt es Neuigkeiten?«

»Darf ich reinkommen?« Till hatte sich nicht telefonisch angekündigt, um dem Arzt keine Vorbereitungszeit zu schenken. Hirthe wirkte ruhig und trug normale Kleidung. Eine Stoffhose, Hausschuhe und eine Strickjacke.

»Haben Sie schlechte Nachrichten?«, fragte der Gynäkologe.

»Nein. Aber wir müssen miteinander reden.«

Nun trat Hirthe beiseite. »Natürlich! Kommen Sie. Gehen wir ins Wohnzimmer.«

»Kann mein Wagen da stehen bleiben?«, fragte Till. Er deutete über seine Schulter zum Auto.

Der Doktor lebte in einem freistehenden Einfamilienhaus mit großem Grundstück. Zu dem Haus gehörte eine Doppelgarage, vor der Till geparkt hatte.

»Sonst hätte ich direkt gemeckert. Seit ich mich von meiner Frau getrennt habe, parkt noch höchstens meine Haushälterin in der Garage. Und die hat am Wochenende immer frei.«

Till trat über die Schwelle und fühlte sich an einen

Fünfzigerjahre-Film erinnert, in dem der Privatdetektiv zwecks Ermittlungen bei einem herrschaftlichen Großindustriellen auftauchte. »Wow«, sagte er.

Hirthe lächelte. »Ich habe das Haus von meinen Eltern geerbt. Die wiederum von meinen Großeltern. Gebaut wurde das Ganze 1914.«

Das zweigeschossige Gebäude verfügte über viel Platz. Allein die Treppe nach oben war gut fünf Meter breit. Ausgelegt war der Boden mit Marmor. Hirthe führte ihn durch einen ebenfalls breiten Gang in den Wohnraum. An den Wänden hingen unzählige Gemälde, auf Podesten standen Skulpturen. »Nach dem Zweiten Weltkrieg haben britische Offiziere das Haus jahrelang beschlagnahmt. Neunundvierzig bekamen wir es wieder. Meine Großeltern waren zum Glück weder Nazis, noch haben sie von den Gräueltaten im Dritten Reich profitiert.«

»Und Sie leben hier allein? Schlägt Ihnen die Einsamkeit nicht aufs Gemüt?«

»Nein. Ganz im Gegenteil. Ich bin gern für mich allein. Im Job sehe ich ständig Menschen, fast jede Untersuchung führt zu intimen Situationen. Da tut mir dieser Rückzugsort seelisch gut.«

»Wann haben Sie sich von Ihrer Ehefrau getrennt?«

»Vor sechs Jahren. Ich hatte eine Affäre mit einer Kollegin, und meine Frau hat es herausgefunden. Ehrlich gesagt war es nicht meine einzige Affäre, nur die einzige, die aufgeflogen ist. Zum Glück haben wir nie Kinder in die Welt gesetzt, so konnten wir die Scheidung einigermaßen gesittet über die Bühne bringen.

Sie hat mich finanziell bluten lassen, aber dafür aufs Drama verzichtet.«

Hirthe nahm an einem Esstisch Platz, auf dem ein Teestövchen und die dazugehörige Kanne standen.

»Trinken Sie einen Tee mit mir?«

»Nein, danke«, sagte Till.

»Was führt Sie her?«

»Misstrauen gegenüber meinem Auftraggeber.«

Till hatte beschlossen, mit offenen Karten zu spielen und seine Strategie zuvor telefonisch mit Miriam besprochen. Sie hatte ihm ihren Segen erteilt. Er achtete genau auf Hirthes Reaktion.

Der lächelte und wirkte amüsiert. »Ich liebe das ehrliche Wort«, bekannte er. »Insofern bin ich froh, wenn Sie nicht lange um den heißen Brei herumreden. Was hat dieses Misstrauen ausgelöst?«

»Der Zeitpunkt der Auftragserteilung.« Till erzählte von den Entwicklungen des Vortages. »Derjenige, der für Herrn Staudes Verschwinden verantwortlich ist, könnte auf den Blog der Tochter gestoßen sein. Zumal sie darin anfangs sogar den Namen ihres Vaters genannt hat. Der Täter liest, dass Larissa nach Hamburg fährt und einen Personenfahnder engagiert und ...«

»Sind Sie der einzige Hamburger Personenfahnder?«

»Nein. Aber die meisten nennen sich lieber Privatdetektiv. Die Angebotspalette der Kollegen ist breiter.«

»Trotzdem sind Sie nicht der einzige?«

»Nein. Ich bin lediglich seit den Ereignissen um Spannberg der bekannteste unter meinen Kollegen. In meinen Augen ist es allerdings auch egal, ob Larissa jemand anderen aufgesucht hätte. Sie haben Eigeninitiative gezeigt und wirken dadurch erst mal unschuldig.«

Hirthe seufzte. »Ich versichere Ihnen, ich kenne weder Herrn Staude, noch habe ich jemals den Blog seiner Tochter gelesen. Allerdings verstehe ich Ihr Misstrauen. Meine Lebenssituation ist ungewöhnlich. Ich bin seit sechs Jahren Single. Habe höchstens Kurzzeitbeziehungen. In meinem Beruf sehe ich viele nackte Frauen. Manche von ihnen sind sehr attraktiv, andere hingegen ... nun ja. Man sollte als Arzt nie schlecht über seine Patientinnen reden. Denise war wenige Stunden vor dem Verschwinden in meiner Praxis, eventuell sogar im Bewusstsein, dass das Risiko einer Schwangerschaft bestand. Ich war nie auf Hauptkommissar Trichter sauer wegen der verschärften Vernehmung.«

»Er streitet das übrigens ab, Sie verschärft befragt zu haben. Aufgrund Ihres Alibis und des auf Sie zugelassenen stahlgrauen Autos sind Sie nie als Verdächtiger behandelt worden.«

Hirthe zuckte die Achseln. »Vielleicht habe ich das wegen meines schlechten Gewissens so empfunden.«

»Weswegen hatten Sie ein schlechtes Gewissen?«

»Denise war bei mir, offenbar hat sie etwas belastet. Ich habe nicht tief genug gebohrt. Mich peinigt seit Monaten eine Frage: Wäre sie nicht verschwunden, wenn sie sich mir anvertraut hätte?«

»Darüber sollten Sie nicht zu sehr grübeln. Schon gar nicht, solange Sie nicht wissen, was Denises

Zustand ausgelöst hat.«

Ohne Vorwarnung stand Hirthe auf. »Kommen Sie! Ich führe Sie durchs Haus. Nur damit Sie sicher sein können, dass ich meine Nichte nicht gefangen halte.«

Till erhob sich ebenfalls. Auf der Besichtigungstour unterhielten sie sich über die beiden Vermisstenfälle.

»Ich vermute, neben dem Misstrauen mir gegenüber, verdächtigen Sie auch diesen Staude.«

»Natürlich«, sagte Till. »Seine Tochter sieht Denise sehr ähnlich, die beiden hatten Streit. Staude hatte früher Ärger wegen Stalkings und war danach monatelang von der Bildfläche verschwunden.«

»Wow! Warum hat die Polizei mir gegenüber nie seinen Namen erwähnt?«

»Er gilt offiziell nicht als vermisst, denn er bezahlt Rechnungen und benutzt seine Kreditkarte.«

»Das wird ja immer mysteriöser.«

Till öffnete jeden einzelnen Raum und schaute nach. Aus dem Augenwinkel beobachtete er dabei den Arzt. Der hielt stets Sicherheitsabstand zu ihm ein, aus dem er ihn unmöglich hinterrücks angreifen konnte. Viele Zimmer standen leer, in den bewohnten Räumen deutete nichts auf eine gewaltsame Entführung hin.

»Denken Sie nie über einen Verkauf nach? Bei dem jetzigen Immobilienboom würden Sie vermutlich ...«

»Nein«, unterbrach Hirthe ihn. »Ich weiß, wie viel Platz ich hier verschwende, aber ich kann mich von dem Haus meiner Familie einfach nicht lösen. Darum sollen sich meine Erben kümmern. Haupterbin ist übrigens Denise ... falls sie ...« Er ließ den Satz unvollendet.

Im Keller hatte sich Hirthe einen Fitnessraum und einen Weinkeller eingerichtet. Der Fitnessraum war bestimmt dreißig Quadratmeter groß. Der Arzt hatte sich drei Ausdauergeräte, mehrere Kraftgeräte und sogar eine Sprossenwand angeschafft.

»Wie oft trainieren Sie?«, fragte Till.

»Zwei- bis dreimal in der Woche. Davon einmal wöchentlich mit einem Personal Trainer. Die meisten Sachen habe ich auf seine Empfehlung gekauft. Das hilft mir, mich körperlich fit zu halten. Ich gebe allerdings zu, dass ich lieber mit einem Glas Rotwein vor dem Kamin sitze.«

Hirthe führte ihn noch zu einem Hauswirtschaftsraum, einer eigenen Sauna und einem vollen Kellerraum, in dem sich unzählige Gegenstände stapelten. Der Boden und viele der Sachen waren verstaubt. Kurz darauf beendeten sie die Besichtigung.

»Wenn Sie wollen, lasse ich Sie einen Blick in meinen Computer werfen. Sie werden keine Spuren auf den Blog der Tochter finden – das versichere ich Ihnen. Allerdings weiß ich, wie wenig das beweist. Ich hätte ja Zeit genug gehabt, das alles zu löschen.«

»Sie haben recht. Deswegen verzichte ich darauf. Trotzdem bin ich froh über Ihr Angebot.«

28

Till stieg in seinen Wagen und wählte per Spracheingabe Miriam Deckings Nummer. Sie meldete sich rasch. Er berichtete ihr von den Eindrücken, die der Gynäkologe bei ihm hinterlassen hatte.

»Mein nächster Schritt würde mich zu Denises Kommilitoninnen führen. Und danach zu dem Teenager, der Denise eingeladen hatte.«

»Ich habe den Vormittag mit Grübeln verbracht. Können wir uns vorab irgendwo treffen, damit ich dir meine Ergebnisse präsentieren kann? Allerdings wäre ein Café oder Restaurant eher ungeeignet. Ich brauche Platz.«

»Wofür?«

»Das wirst du dann sehen.«

»Meinetwegen. Treffen wir uns in einer halben Stunde in meinem Büro. Du kennst die Adresse.«

Miriam tauchte mit einem Flipchartblock in der einen Hand und fünf unterschiedlich farbigen Stiften in der anderen auf. Till grinste bei ihrem Anblick.

»*Dafür* brauchst du also den Platz.«

»Hast du Klebestreifen, damit wir sie an die Wand hängen können? Die hab ich total vergessen.«

Er nickte. Miriam bat ihn, fünf Blätter aufzuhängen. Sobald das erledigt war, nahm sie die Abdeckung vom grünen Stift.

»Ich habe mir über die verschiedenen möglichen Varianten Gedanken gemacht. Fangen wir mit der Version an, die Kollege Trichter für wahrscheinlich hält.«

Sie trat an das erste Blatt und notierte: *Die Vermisstenfälle haben nichts miteinander zu tun.* Miriam wandte sich ihm zu. »In diesem Fall ist die beinahe zeitgleiche Beauftragung wirklich nur einem Zufall geschuldet.« Auch das schrieb sie in Stichworten auf. »Ehrlich gesagt und obwohl ich immer behaupte, Zufälle gibt es in Ermittlungen nicht, tendiere ich zu dieser Annahme.«

»Wieso?«, fragte Till.

»Wir reden bei Mats Staude von seinem spurlosen Verschwinden. Aber das stimmt ja gar nicht. Er hinterlässt Spuren. Staude zahlt Rechnungen und nutzt seine Kreditkarte. Vor einigen Jahren hat er schon einmal eine Auszeit genommen.« Auch das notierte sie. »Kommen wir nun zu den Varianten, dass Denises Verschwinden und Staudes Untertauchen zusammenhängen.« Sie nahm die Kappe von dem roten Stift. *Staude ist unser Täter*, schrieb sie. »Er hat sich nach der Trennung von seiner Ehefrau unangemessen einer Arbeitskollegin genähert. Denise hat Ähnlichkeiten mit Staudes Tochter Larissa, von der er sich im Streit verabschiedet hat. Dann müssen wir noch unterscheiden, ob Staude Denise zuvor kannte oder sie ein reines Zufallsopfer war. Zumindest im ersten Fall hätten wir die Chance, durch Nachforschungen Hinweise darauf zu finden.« Miriam hielt ihre Gedanken auf zwei der fünf

Blätter fest. »In beiden Varianten wäre dein zeitlich nah beieinander liegender Kontakt zu Larissa und Doktor Hirthe Zufall.«

»Mir raucht zwar langsam der Kopf, aber noch kann ich dir folgen.«

»Dann erlaube mir, dich weiter zu verwirren, indem ich die letzten beiden Varianten aufschreibe. Als Grundannahme steckt der Gedanke dahinter, dass Staude genau wie Larissa ein Opfer ist. Unterscheiden müssen wir, ob dein Kontakt zu Larissa und Hirthe Zufall war oder nicht.« Sie notierte ihre Ausführungen in unterschiedlichen Farben. »Ist es Zufall, stehen wir noch in den Startblöcken. Denn wieso sind die beiden nahezu zeitgleich zum Opfer geworden, obwohl sie sich anscheinend gar nicht kennen? Hat Staude Denises Entführer überrascht? Oder hat Denise Staudes Entführer überrascht? Beide Varianten wären denkbar.«

»Ist es allerdings kein Zufall ...«, begann Till.

»... bleibt Hirthe ein Verdächtiger. Trotz Alibi und falscher Lackierung seines Fahrzeugs. Dann müssen wir seinem Alibi auf den Grund gehen und herausfinden, ob er Zugriff auf einen schwarzen Wagen gehabt hat.«

»Hui«, stöhnte Till. »Viel zu tun!«

Sie suchten zuallererst Nina Jüllich auf, bei der zu Hause die Kommilitoninnen gelernt hatten.

Nina empfing Miriam und Till in ihrer aufgeräumten Zweizimmerwohnung und führte sie ins Wohnzimmer.

»An diesem Tisch haben wir gesessen und

gebüffelt«, erinnerte sie sich. »Das war Freitagabend. Ich habe ihr dann Samstag noch eine WhatsApp geschickt, um mich nach der Party und ihrem Lampenfieber zu erkundigen.«

»Lampenfieber wegen der Klausur?«, vergewisserte sich Till.

»Ja. Denise war immer schrecklich nervös, obwohl sie die besten Noten von uns allen schrieb. Na ja. Die Nachricht wurde nicht zugestellt. Ich ging davon aus, dass sie ihr Handy wegen der Klausur oder einer blöd gelaufenen Party ausgeschaltet hatte. Bis dann Samstagabend Denises Mutter bei mir anrief.«

»Wirkte Denise am Freitag anders als sonst?«, fragte Miriam.

»Darüber habe ich mir den Kopf zerbrochen. Aber ehrlich gesagt: Nein. Wenn wir uns in den Monaten vorher zum gemeinsamen Lernen vor Klausuren verabredet hatten, war sie nicht anders. Normalerweise ist Denise lebhaft und ein bisschen vorlaut. Je näher allerdings eine wichtige Prüfung rückt, desto schweigsamer wird sie. Sie zieht sich zurück. Fokussiert sich komplett auf den Lernstoff. Ich glaube, das ist einer der Gründe, warum sie uns alle überflügelt.«

»Hat sie in den Tagen oder Wochen vorher von einem unguten Gefühl gesprochen?«, fragte Miriam. »Zum Beispiel von einem Mann geredet, der sie unangemessen bedrängen würde? Solche Sachen?«

Nina zögerte keine Sekunde. »Nein.«

Nachdem Till und Miriam es erfolglos bei Theresa

Sussek versuchten, hatten sie bei der dritten Freundin mehr Erfolg. Saskia Reeses Eindruck von dem verhängnisvollen Freitag deckte sich mit dem von Nina Jüllich. Auch ihr war Denises Anspannung aufgefallen, und sie hatte es ebenfalls auf die anstehende Klausur geschoben.

Danach probierten sie es telefonisch bei Theresa und erreichten sie sogar. Sie ging an diesem Tag ihrem Studentenjob nach und war entsprechend kurz angebunden. Sie vereinbarten, dass Miriam und Till sie am Sonntagmittag besuchen würden.

»Ruiniere ich dir dein freies Wochenende?«, erkundigte sich Till anschließend bei der Oberkommissarin.

»Ganz im Gegenteil. Ich finde das spannend. Dein Vorgehen erinnert mich in mancher Hinsicht an klassische Polizeiarbeit, aber in einigen Punkten handelst du völlig anders als ein Polizist. Außerdem kann mir unsere Zusammenarbeit helfen, hier in Hamburg Sporen zu verdienen. Bin ja schließlich die Neue. Da muss man sich reinhängen. Soll ich dich morgen wieder abholen, oder treffen wir uns bei Theresa?«

»Hol mich ruhig ab«, sagte Till. »Du kennst ja mittlerweile den Weg zu meinem Büro.«

29

Joel Bredol fuhr sich durchs Haar. Er war vor zehn Minuten aufgewacht, nach einer langen Nacht, die ihn zuerst ins Bordell und dann in den Club geführt hatte. Er gähnte und wälzte sich zur Seite. Im Vergleich zum Freitagabend hatte ihm der gestrige Abend Spaß gemacht. Er hatte sich mit einer noch relativ unverbrauchten Nutte amüsiert, und danach im Club die Atmosphäre eines Samstagabends inhaliert, an dem die Leute ausgabefreudig waren.

Er griff zu seinem Handy und deaktivierte den Flugmodus. Sofort verband sich das Smartphone mit seinem Heimnetzwerk. Bredol scrollte durch die empfangenen Nachrichten der vergangenen Stunden. Bei einer Mitteilung blieb er hängen. Schlagartig verschwand der letzte Rest Müdigkeit. Er setzte sich auf.

Hallo, Joel. Hab schon versucht, dich telefonisch zu erreichen. Ich habe die Schlange entdeckt. Ruf mich zurück! Mirnes

Der Montenegriner führte gelegentlich kleine Botengänge für ihn aus. Er war besonders fleißig – wie er auch jetzt wieder bewies, falls er Larissa tatsächlich aufgestöbert hatte. Bredol rief den Mann an.

»Hi, Joel! Du hast also meine Nachricht gelesen.«

»Und du glaubst, sie gefunden zu haben.«

»Ich bin mir sicher. Warte, ich schicke dir eben das Beweisfoto.«

Es dauerte nicht lange, und Bredol empfing ein Foto von Larissas Auto, das am Straßenrand parkte. Viel mehr zeigte die Aufnahme jedoch nicht. Der Montenegriner war vorsichtig, um am Ende nicht auf die Belohnung verzichten zu müssen, weil er zu viele Informationen preisgegeben hatte.

»Meinen Glückwunsch, Mirnes. Wie hast du das so schnell geschafft?«

»In erster Linie war das eine Rätselaufgabe. Zuerst habe ich mich gefragt, wo sie wohl übernachtet. Hotel oder Apartment? Eine junge Frau nimmt sicher eher ein Apartment, denn die sind ja meistens günstiger. Zu teuer dürfte es nicht sein, also zum Beispiel nicht an der Alster oder direkt an der Elbe liegen. Zu weit weg vom Schuss darf es aber auch nicht sein. Junge Leute wollen im Regelfall keine Einsamkeit. Dann habe ich bei zwei Plattformen im Internet Suchanfragen gestellt. Ich habe nach Apartments gesucht, die in neun Monaten und übermorgen frei sind. Danach habe ich alle Angebote notiert, die ich in neun Monaten beziehen könnte, aber nicht übermorgen. Das waren am Ende noch weit über hundert potenzielle Adressen. Die habe ich sortiert und eine Rangliste erstellt. Nach Preis und Lage.«

»Und so hast du sie gefunden?«

»Ihr Apartment war an siebenundzwanzigster Stelle meiner Auflistung.«

Darauf hätte Bredol auch einen seiner eigenen Lakaien ansetzen können. Die Suchmethode klang einleuchtend. Zum Glück schmerzte ihn die ausgelobte Belohnung finanziell nicht. »Bist du gerade vor Ort?«

»Natürlich. Ich parke ungefähr einhundert Meter hinter ihr.«

»Hast du heute noch Pläne?«

»Du kannst frei über mich verfügen.«

»Dann bleib an Ort und Stelle. Ich komme gegen sechs Uhr abends zu dir. Vorher schaffe ich es wegen anderer Verpflichtungen nicht. Wenn sie wegfährt, fahr ihr nach. Die fünftausend Euro Belohnung bringe ich nachher mit. Aber vielleicht reden wir später über einen Zuschlag, der sich für dich lohnt.«

»Das klingt super. Danke!«

»Ich melde mich bei dir.« Bredol beendete die Verbindung. Bis zum frühen Abend gab es noch viel zu tun.

30

Theresa Sussek wohnte in einem Einzimmerapartment im Souterrain. Sie hatte alle Lampen angeschaltet, um die Düsternis des bewölkten Oktobertages zu vertreiben.

»Entschuldigen Sie die Unordnung«, sagte sie. »Es ist schwierig, in einer so kleinen Wohnung Ordnung zu halten. Vor allem, wenn man so gerne shoppt wie ich.«

Das Bett war ordentlich gemacht, und auch der Schreibtisch war aufgeräumt. Vermutlich meinte Theresa die Schuhe, die paarweise an verschiedenen Stellen herumstanden. Die Studentin setzte sich auf den Bettrand. Miriam zog sich den Schreibtischstuhl heran, Till nahm auf einem Hocker Platz.

»Wir haben gestern schon mit ihren Freundinnen Saskia und Nina gesprochen«, begann er.

»Ja, die haben mir das brühwarm erzählt. Tut mir leid, aber ich darf auf der Arbeit keine Privatgespräche führen. Deshalb war ich so kurz angebunden.«

»Kein Problem. Ihre Freundinnen geben an, Denise sei an dem Freitag schweigsam gewesen.«

»Korrekt, wie praktisch vor jeder Prüfung. Sie litt unter irrationaler Prüfungsangst.«

»Kann es für ihr Verhalten keinen anderen Grund gegeben haben?«, fragte Miriam.

Till fürchtete, Theresa würde die Frage verneinen.

Zu seiner Überraschung dachte sie darüber nach.

»Keine Ahnung«, gestand sie schließlich.

»Was geht Ihnen durch den Kopf?«, erkundigte sich Till.

»Ich bin mit Denise ein bisschen enger befreundet als mit den beiden anderen. Natürlich mag ich auch Nina und Saskia, aber Denise und ich ...« Sie hielt inne und schaute aus dem Fenster. »Oh Gott, Sie können sich nicht vorstellen, wie viel ich in den ersten Tagen geweint habe. Ich will sie nicht verlieren. Sie muss am Leben sein.« Theresa strich sich hektisch Tränen aus den Augen. »Sie lebt noch!«, sagte sie entschlossen. »Denise und ich ... wir haben uns Sachen anvertraut, die wir vor den anderen verschwiegen haben. Manchmal aus Scham, manchmal aus anderen Gründen.«

»Zum Beispiel?«, hakte Miriam nach.

»Außer mir weiß niemand, dass Denise eine kleine Hypochonderin ist. Vor der letzten Prüfungsphase hatte sie tagelang Kopfschmerzen. Wahrscheinlich kam das vom Nacken oder durchs ständige Lernen. Sie fürchtete allerdings, sie hätte einen Gehirntumor.« Theresa lächelte.

»Und diesmal?« Till ahnte, worauf die Antwort hinauslaufen würde. Hatte Denise ihr von einer eventuellen Schwangerschaft berichtet?

»Am Montag vor ihrem Verschwinden begleitete sie mich zu mir nach Hause und fragte, ob sie meine Toilette nutzen könnte. Also kam sie noch mit rein. Plötzlich gestand sie mir, sie würde seit zwei Tagen eine leichte Verhärtung an der Brust spüren. Sie fürchtete eine beginnende Brustkrebserkrankung. Ihr war das ziemlich peinlich, aber sie bat mich darum, ob ich ihren Busen abtasten könnte. Ich machte das, und wir kicherten dabei wie wild. Hat sich angefühlt, als würden wir Doktor spielen. Gespürt habe ich nichts – oder wenn überhaupt eine minimale harte Stelle.«

Damit hatte Till nicht gerechnet. Er schaute zu Miriam, die ebenso überrascht wirkte.

»Denise hatte vor Ihrem gemeinsamen Lernen einen Termin bei ihrem Onkel, dem Gynäkologen Doktor Hirthe. Hat sie das Ergebnis der Untersuchung Ihnen gegenüber erwähnt?«

»Nein«, antwortete Theresa. »Ich habe von dem Arzttermin auch erst hinterher erfahren.«

»Hätte sie dem Arzt von der Verhärtung erzählt?«

»Auf jeden Fall! Sie war im Jahr zuvor bei einem Lungenfacharzt, weil sie geträumt hatte, an Lungenkrebs zu sterben. Denise hat sehr auf sich achtgegeben.«

»Hauptkommissar Trichter oder einem anderen Polizisten haben Sie nicht von ihrer Befürchtung wegen der Verhärtung erzählt?«, vergewisserte sich Miriam.

Theresa sah sie erschrocken an. »Nein. Das war privat. Hätte ich das berichten müssen?«

31

»Hirthe hat das mit keinem Wort erwähnt«, sagte Till verärgert. »Wieso nicht? Er hat behauptet, sie hätte bedrückt gewirkt, weshalb er einen Schwangerschaftstest vorgeschlagen hätte. Aber von einer Verhärtung in der Brust war nie die Rede.«

Sie saßen in Miriams Auto. Die Oberkommissarin hatte zwar schon den Schlüssel ins Zündschloss gesteckt, jedoch noch nicht den Sicherheitsgurt angelegt.

»Dafür fallen mir nur zwei Erklärungen ein. Entweder hat Denise die Verhärtung ihrem Onkel gegenüber nicht erwähnt. Oder er hat uns in dieser Hinsicht bewusst angelogen.«

»Wieso sollte er lügen?«, fragte Till. »Das gehört zu seinem Job.«

»Das Abtasten einer Brust ist vermutlich wirklich Gynäkologenalltag, aber meine Frauenärztin macht das nicht regelmäßig«, erklärte Miriam. »Von Freundinnen weiß ich, dass das jeder Arzt anders handhabt.«

»Verrückt. Da muss es doch einheitliche Regeln geben. Meine Frau ist an Brustkrebs gestorben. Das kann Frauen in jedem Alter treffen.«

»Bastian hat das erwähnt. Tut mir sehr leid.«

Till wollte jetzt nicht über Antje sprechen. Schon gar nicht in Anbetracht der Informationen der letzten

Tage. Er wartete noch immer auf Sabines Rückmeldung, die demnächst aus Dubai zurückkehren würde. Bis dahin wollte er die Gedanken daran beiseiteschieben – was ihm bislang ziemlich gut gelang.

»Fahren wir zurück in mein Büro«, schlug er vor. »Wir sollten die Information auf dem Flipchart ergänzen.«

In seinem Büro notierte Till den neuen Punkt auf dem Flipchart, auf dem der Gynäkologe als Verdächtiger markiert war.

Hirthe hat bezüglich der Untersuchung gelogen.

Er löste den entsprechenden Papierbogen von der Wand und legte ihn auf den Schreibtisch. »Wenn der gute Doktor in die Entführung verstrickt ist, wieso engagiert er mich dann jetzt? Aufgrund meiner Recherchen verdächtige ich ihn, und genau damit hätte er rechnen müssen.«

»Es gibt die beliebte Theorie von den Verbrechern, die geschnappt werden wollen«, sagte Miriam. »Weshalb sie Botschaften hinterlassen. Zeitungen anschreiben. Solche Sachen.«

»Du meinst, es ist für ihn wie ein perverses Spiel? Eine Schachpartie mit mir und den ermittelnden Polizisten?«

»Zumindest könnte es erklären, wieso er dich einbezogen hat.«

Till dachte darüber nach. »Er hat seine Nichte entführt und vermutlich irgendwann getötet. Oder er hält sie gefangen. Währenddessen hat er sich großartig gefühlt. Überlegen. Die Polizei hat ihn befragt, aber nie verdächtigt. Er kam sich klug vor. Der Fahndungsdruck lässt nach, und sein Hochgefühl verrinnt. Dann hat er einen grandiosen Einfall. Indem er mich kontaktiert, richtet er wieder den Scheinwerfer auf sich. Die Schachpartie geht weiter.«

»Klingt aus Sicht eines Psychopathen logisch. Mit einer Einschränkung. In dieser Version ist Denise meiner Meinung nach schon lange tot. Wenn er sie gefangen hält, um sich immer wieder an ihr zu vergehen, gibt es keinen Grund, zurück in den Fokus der Ermittlungen zu wollen.«

»Ich fand den Abend mit Hirthe ohnehin seltsam. Er hat mir ein Geheimnis anvertraut, das mich seitdem stark beschäftigt.«

»Erzähl!«

Till berichtete, was ihm der Arzt mitgeteilt hatte.

»Er kommt damit einfach so nach acht Jahren ohne Kontakt zu dir?«, wunderte sich die Oberkommissarin. »Ganz schön seltsam!«

»Grund war angeblich der Tod der letzten Patientin aus der Therapiegruppe. Er hatte davon vor Monaten erfahren und deshalb wieder öfter an Antje gedacht.«

»Ich hab ein ungutes Gefühl«, bekannte Miriam. »Vielleicht ist er komplett unschuldig, und wir basteln uns hier ein Fantasiekonstrukt zusammen. Aber vielleicht ist der gute Doktor auch ein richtiger Psychopath.«

Till hielt beides für möglich.

»Wir sollten morgen Bastian und Trichter ins Boot

holen. Noch einmal dem Steuerberater auf den Zahn fühlen. Wegen des schwarzen Autos nachbohren.«

»Erscheint mir sinnvoll.«

»Ich bin ab halb neun im Büro. Wenn du um neun dazustoßen würdest, sitzt Bastian garantiert auch am Schreibtisch. Wäre das okay?«

»Klar. Und was machen wir mit dem Teenager, der in Denise verschossen war?«

»Wenn du willst, kannst du ihn aufsuchen. Ich verspreche mir nichts davon. Was soll er großartig beitragen? Die beiden hatten ja außerhalb der Uni keinen Kontakt zueinander.«

»Ich teile deine Meinung. Dann rufe ich gleich noch Larissa an und mache anschließend ebenfalls Feierabend. Danke für deine Unterstützung.«

Miriam gähnte. »Gern geschehen«, sagte sie kaum verständlich, weil sie sich die Hand vor den Mund hielt.

Diesmal erreichte Till seine Klientin beim ersten Versuch.

»Was machst du den ganzen Tag?«, erkundigte er sich. Er fürchtete, sie könnte vor Langeweile erneut auf eigene Faust handeln.

»Ich hab genug Schulsachen dabei, um für die Abiprüfungen im Frühjahr zu lernen«, sagte sie. »Das war einer der Gründe, wieso ich mit dem Auto gekommen bin. Im Kofferraum lassen sich die ganzen Schulbücher am besten transportieren.«

»Sehr fleißig!«, lobte er.

»Haben Sie neue Informationen?«

»Ich habe seit gestern viel mit Miriam zusammengearbeitet ...«

»Die ist voll nett«, unterbrach Larissa ihn.

»Find ich auch. Unsere Nachforschungen bezogen sich hauptsächlich auf Denises Verschwinden und ...«

»Ich habe mir die Zeitungsberichte zu dem Fall durchgelesen«, gestand sie. »Sie sieht mir wirklich ähnlich.« Leise fügte sie hinzu: »Was heißt das?«

»Das finden wir heraus. Versprochen.«

»Mein Vater kann das nicht gewesen sein. So gut kenne ich ihn. Er entführt keine jungen Frauen, die kaum älter sind als ich.«

Till beschloss, ihr Gespräch zu nutzen, um ihr reinen Wein einzuschenken. »Leider können wir diese Variante nicht außer Acht lassen, Larissa. Hätte er etwas mit Denises Verschwinden zu tun, würde das sein Untertauchen erklären.«

»Oh Gott! Ich mag mir das nicht vorstellen. Trotzdem bin ich froh, Sie engagiert zu haben. Wenn mein Vater das getan hat, gehört er ins Gefängnis.«

Till lächelte wegen der aufrichtigen Tapferkeit der jungen Frau. »Noch ist das ja alles bloß Spekulation. Ich melde mich morgen wieder bei dir. Vermutlich aber erst am späten Nachmittag. Versprichst du mir, bis dahin nichts Gefährliches anzustellen?«

»Ich bleibe in der Wohnung und lerne«, sagte sie. »Außerdem läuft seit Freitag eine neue Staffel meiner Lieblingsserie auf Netflix.«

»Klingt, als seist du gut beschäftigt.«

»Hundertprozentig. Machen Sie sich keine Sorgen.

Mein Bedürfnis nach einem Wiedersehen mit Joel liegt bei Null. Inzwischen jagt der mir eine Heidenangst ein. Keine Ahnung, warum ich im Sommer so verblendet war.«

32

Joel Bredol parkte in unmittelbarer Nähe zum Hauseingang. Von seiner Position entdeckte er Larissas Auto. Also hatte Mirnes Pepic gut aufgepasst. Im Rückspiegel sah Bredol den Montenegriner näherkommen. Wie es sich für ihr Machtverhältnis gehörte, blieb er zwei Wagenlängen entfernt stehen und senkte den Blick.

Bredol stieg aus. »Mirnes!«

Nun kam der Mann zu ihm, und sie reichten sich die Hände.

»Hat sie den ganzen Tag über nicht das Haus verlassen?«, vergewisserte sich Bredol.

»Es gibt nur diesen einen Ausgang. Das habe ich geprüft. Kein Fahrradkellerausgang oder was anderes, wodurch sie mir hätte entwischen können. Ihr Bedürfnis nach frischer Luft ist offenbar nicht sehr groß.«

»In ein paar Tagen wird sie bedauern, dass sie freiwillig wie eine Gefangene gelebt hat.«

Pepic grinste. Bredol zog aus der Innentasche seiner Lederjacke einen gefüllten Briefumschlag. »Die Belohnung hast du dir verdient.«

Der Montenegriner senkte den Kopf. »Danke, Joel. Ich kann die Kohle gerade verdammt gut gebrauchen.«

Das hörte Bredol gerne. »Es gibt für dich eine Möglichkeit, die Summe zu verdoppeln.«

»Ich bin ganz Ohr.«

Bredol zog einen zweiten Umschlag aus der Jacke. »Noch einmal Fünftausend, wenn du Schmiere stehst. Du musst nur darauf achten, ob die Bullen oder eine gewisse Person hier plötzlich auftauchen. Dann will ich vorgewarnt sein.«

»Welche Person?«, fragte Pepic.

»Er heißt Buchinger. Ein Personenfahnder.«

»Also kein Bulle?«

»Nein. Eher so eine Art Privatdetektiv. Ich kann ihn dir zeigen.« Bredol zückte sein Handy und präsentierte dem Montenegriner das Foto aus dem Club.

»Alles klar«, sagte Pepic. »Soll ich ihn ausschalten, wenn er sich nähert?«

Bredol hätte fast verneint, dann fiel ihm jedoch ein, dass Pepic noch vor wenigen Jahren an Mixed-Martial-Arts-Turnieren teilgenommen hatte. Bei einem der Wettkämpfe hatten sie sich kennengelernt. Eine Knieverletzung hatte Pepics Karriere beendet. Der Mann humpelte seitdem leicht.

»Bist du dazu in der Lage? Mit deinem kaputten Knie?«

»Hundertprozentig. Ich würde erst dich warnen und ihn dann von hinten ...« Er vollendete den Satz nicht.

»Mirnes, mir gefällt deine Eigeninitiative. Wir sollten öfter zusammenarbeiten. Darüber reden wir ein anderes Mal.«

Sein Gegenüber lächelte stolz. »Folgendes: Du kannst die Haustür ganz einfach aufdrücken. Das Apartment liegt im zweiten Stock, der Name Wolze steht am Klingelschild.«

»Du beeindruckst mich immer mehr.«

»Wie lange soll ich Schmiere stehen?«

»Bis ich zurückkehre. Könnte sein, dass ich in Begleitung komme. Dann wäre es gut, wenn du mir die Beifahrertür öffnest.«

»Für die Zehntausend poliere ich zwischendurch den Lack.«

Bredol lachte herzhaft. Er schlug Pepic auf die Schulter. »Das war nicht unser letzter Deal, mein Freund. Fähige Leute haben bei mir immer einen Platz.«

»Jederzeit!«

Bredol ging auf den Eingang zu. An der Haustür musterte er die Namensschilder. Keiner der Namen kam ihm bekannt vor. Er lehnte sich gegen die Tür, die mit leichtem Widerstand aufsprang. Bredol betrat den Flur und drückte die Tür mit dem Rücken zu. Er lauschte. Wie viele Bewohner waren an diesem Sonntagnachmittag zu Hause und würden im schlimmsten Fall auf Larissas Hilfeschrei reagieren? Bredol spielte mit vollem Risiko, denn er musste sie unter allen Umständen in seine Gewalt bringen.

33

Larissa Staude saß an dem Holztisch im Wohnzimmer des Apartments. Neben sich hatte sie drei Bücher aufgeschlagen, außerdem den Laptop eingeschaltet. Derzeit war sie in einen umfangreichen Wikipedia-Eintrag vertieft.

Bis zu den Abiturprüfungen vergingen zwar noch mehrere Monate, trotzdem hatte sie nach den Sommerferien angefangen, erste Inhalte der Oberstufe zu wiederholen. Sie wollte das Abitur mit einem Einserschnitt schaffen, um sich alle Studienoptionen offenzuhalten. Immerhin plante sie Bewerbungen an amerikanischen Eliteuniversitäten. Außerdem wollte sie ihren Vater stolz machen. Sobald Buchinger ihn lebend gefunden hätte, würde sie ihn mit positiven Nachrichten überschütten. Zum Beispiel mit ihren Noten in der dreizehnten Klasse. Sie hatte keine der bisher geschriebenen Klausuren schlechter als mit »Gut« abgeschlossen. Ihr Vater würde sich über ihren schulischen Einsatz freuen.

Larissa trank einen Schluck Früchtetee. Für einen Moment musste sie ihre Augen entlasten. Sie schaute aus dem Fenster. In der Nähe des Hauses stand ein Baum, dessen Blätter sich bereits verfärbt hatten. Der Winter war nicht mehr weit. Ob sie gemeinsam mit ihrem Vater Weihnachten feiern konnte? Vielleicht sogar als Familie in Köln? Sie dachte über Buchingers Verdacht nach. Steckte in der Theorie des Personenfahnders ein Fünkchen Wahrheit? War es vorstellbar, dass ihr Vater das Unvorstellbare getan hatte?

»Nein«, sagte sie laut. »Ausgeschlossen.«

Sie kannte ihren Vater. Manchmal war er ein schwieriger Mensch, aber sicher niemand, der eine Studentin verschleppte.

Und falls er sie versehentlich überfahren und dann die falschen Entscheidungen getroffen hatte? Wäre das denkbar? Eher als die andere Variante, doch ihr Vater fuhr kein schwarzes Auto. Insofern schied er in ihren Augen als Unfallverursacher aus.

Es klingelte an der Wohnungstür. Larissa zuckte zusammen. Wer konnte das sein? Buchinger? Sie griff zu ihrem Handy. In den letzten Stunden hatte sie keine Benachrichtigung verpasst. Der Personenfahnder hätte sich garantiert vorab abgekündigt. Also musste es jemand anders sein.

Erneut klingelte es. Larissa schob den Stuhl leise zurück und erhob sich. Sie schlich zur Wohnungstür. Mit etwas Abstand schaute sie durch den Spion. Im Flur stand ein Mann mit dem Rücken zur Tür. Er trug eine Kapuze.

»Ja«, sagte der plötzlich deutlich vernehmbar. »Ich kümmere mich darum.« Er gestikulierte in Richtung einer Person, die sie nicht erkannte. »Ich bin mir sicher, der Marihuanageruch kommt nicht von meiner Mieterin. Sie müssen nicht die Polizei rufen. Geben Sie mir kurz Zeit.«

Die Stimme hatte einen ausländischen Akzent. Sie war dem Vermieter nicht begegnet, Zugang hatte sie über eine im Hausflur hängende Schlüsselbox erhalten. Aber offenbar handelte es sich bei dem Besucher um den Wohnungsbesitzer.

Larissa öffnete die Tür. Im nächsten Moment stemmte sich der Mann dagegen. Larissa stolperte nach hinten und prallte gegen die Wand. Ein gerahmtes Bild fiel zu Boden. Bredol stürzte auf sie zu, warf die Tür zu und hielt ihr ein Messer an den Hals.

»Wenn du schreist, steche ich zu«, sagte er in dem imitierten ausländischen Akzent. »Da bist du wohl auf meinen falschen Akzent reingefallen«, flüsterte er ihr in seiner normalen Sprechweise ins Ohr.

Sollte sie schreien und die Nachbarn alarmieren? Doch sie zweifelte nicht an seiner Kaltblütigkeit.

»Tu mir nichts«, flehte sie.

Er packte sie an den Haaren. »Das kommt darauf an. Wo ist das Wohnzimmer?«

Erleichtert, dass er sie nicht direkt ins Schlafzimmer zerrte, um sie zu vergewaltigen, zeigte sie in die entsprechende Richtung. Bredol schleppte sie dorthin. An der Türschwelle blieb er kurz stehen und verschaffte sich einen Überblick. Dann schob er sie zu dem Stuhl, auf dem sie vorhin gesessen hatte.

»Wenn du schreist, bist du tot.«

Er drückte sie auf die Sitzfläche und riss grob ihre Arme nach hinten.

»Das tut weh«, stöhnte sie. Tränen schossen ihr in die Augen, die sie nicht wegwischen konnte.

»Arme Prinzessin.«

Er legte etwas Kaltes um ihre Handgelenke, das sich in die Haut bohrte.

»Arschloch«, zischte sie wütend.

»Trotz deiner Lage noch immer frech.«

Bredol erhob sich und baute sich vor ihr auf. Larissa zerrte an den mit Handschellen gefesselten Händen.

»Hör mir genau zu! Ich stelle dir Fragen, und du antwortest ehrlich. Lügen durchschaue und bestrafe ich. Keine Ahnung, ob deine Eltern dir je ins Gesicht geschlagen haben, ich würde nicht eine Sekunde zögern. Und wenn du zu laut schreist, stech ich dich wie ein Schwein ab.«

Hasserfüllt schaute sie ihn durch die tränenverschmierten Augen an. Wie hatte sie dieses Arschloch je attraktiv finden können?

»Freitagabend im Club. War das dein Vater?«

»Nein«, antwortete sie, ohne zu zögern. Er kannte garantiert die Wahrheit.

»Wer dann?«

»Der Mann heißt Till Buchinger. Ich habe ihn engagiert.«

»Engagiert?«, fragte ihr Peiniger amüsiert. »Was ist er? Ein Gigolo?«

»Er ist ein Personenfahnder.«

»Wofür hast du ihn *engagiert*?« Er zog vom Tisch einen Stuhl heran und setzte sich mit dem Bauch zur Lehne darauf.

»Um meinen Vater zu finden.«

»Wo ist dein Vater?«

»Wenn ich das wüsste, würde ich ihn nicht suchen, du Schwachkopf.«

Statt sie für ihr vorlautes Mundwerk zu bestrafen, grinste der Mistkerl. »In dir steckt eine Wildkatze. Aber keine Sorge, die Frechheiten treibe ich dir noch aus. Wieso suchst du nach deinem Vater?«

»Weil er seit dem Sommer wie vom Erdboden verschluckt ist. Kein Lebenszeichen von ihm. Und ich bin mir fast sicher, du steckst dahinter. Oder irre ich mich?«

Ihr Gegenüber grinste diabolisch, antwortete jedoch nicht.

34

Bredol ließ sich ihre Worte durch den Kopf gehen. Trotz ihrer Frechheiten schien sie zu viel Angst vor den Konsequenzen einer Lüge gehabt zu haben. Er hatte die gewünschten Antworten bekommen. Um den Rest würde er sich später kümmern.

Er erhob sich vom Stuhl. Der verängstigte Blick, mit dem sie jede seiner Bewegungen aufmerksam verfolgte, gefiel ihm. Er würde noch viel Spaß mit ihr haben – allerdings war es dafür jetzt zu früh. Aus einer Jackentasche nahm er ein Tuch heraus.

»Was hast du vor?«, fragte sie.

»Das hier musst du nur kurz ertragen.«

»Nein, Joel! Bitte nicht!«

»Sorry, Prinzessin.« Er knebelte sie und verknotete das Tuch hinter ihrem Kopf. Lange würde es wahrscheinlich nicht halten. »Du siehst durstig aus. Ich besorge dir etwas zu trinken.«

Bredol ging in den Flur. Dem Wohnzimmer gegenüber lag die Küche. Aus einem Schrank holte er ein Glas, in das er Leitungswasser fließen ließ. Dann nahm er die Ampulle mit den K.-o.-Tropfen aus der Hosentasche und schüttete das Mittel in das gefüllte Glas. Er kehrte ins Wohnzimmer zurück und zog den Knebel hinunter. Mit der freien Hand hielt er ihr die Nase zu. Sie versuchte, sich zu wehren, konnte ihm aber nichts entgegensetzen. Schließlich klappte ihr Mund auf. Er flößte ihr das präparierte Wasser bis zum letzten Tropfen ein. Larissa verschluckte sich und hustete.

»Jetzt dauert es gar nicht mehr lange, dann bringe ich dich in dein neues Zuhause.« Er knebelte sie erneut. »Ich freue mich auf unsere gemeinsame Zeit.«

Tränen flossen ihre Wangen hinab. Ihre weinerliche Hilflosigkeit erregte ihn. Ein hübsches, 18-jähriges Mädchen. Er musste sie bloß noch aus dem angemieteten Apartment schaffen, um viel Spaß mit ihr zu haben.

35

Till hatte sich wegen einer gesperrten Straße um ein paar Minuten verspätet und kam erst um zehn nach neun im Präsidium an. Er klopfte an die Bürotür.

»Herein«, erschallte Miriams Stimme.

Till öffnete die Tür. Die Oberkommissarin saß noch allein an dem Schreibtisch.

»Guten Morgen! Steckt Bastian auch im Stau?«, fragte er.

»Keine Ahnung. Er hat sich bisher nicht bei mir gemeldet.«

»Hast du den Rest des gestrigen Sonntags entspannt?«

Miriam verdrehte die Augen. »Meine Mutter hat angerufen und sich beklagt, wie selten wir seit meinem Umzug nach Hamburg telefonieren. Also habe ich mir Zeit genommen und mich eine Stunde über die neuesten familiären Entwicklungen informieren lassen. Tante Olga, ich kann dir sagen, uiuiui. Was die sich wieder erlaubt hat.«

Till grinste. »Das musst du mal bei ...«

»Wie hast du denn davon schon erfahren?«, erklang aus dem Hintergrund Dorfers Stimme. »Und seit wann duzt ihr euch? Was habe ich verpasst?« Mit großen Schritten kam er in den Raum und legte eine Aktentasche auf den Tisch. »Wie hast du so früh davon erfahren?«, wiederholte er.

»Wovon?«, erwiderte Till.

Dorfer musterte ihn irritiert. »Bist du nur aus Langeweile hier? Oder belästigst du meine Partnerin?«

»Till und ich hatten seit Freitag regen Kontakt. Erzählen wir dir später. Aber du wirkst so, als sei etwas passiert, was ich auch hätte erfahren müssen.«

»Der Kollege Trichter hat mich am Fahrstuhl abgefangen. Am Samstag gab es einen Kreditkartenbetrugsversuch mit der Karte von Mats Staude.« Dorfer setzte sie über den Vorfall in Kenntnis. »Anhand des Videomaterials aus dem Store konnten wir den Betrüger identifizieren. Er heißt Nils Pieper. Der Mann ist vorbestraft. Er betreibt illegale Geschäfte im Darknet. Wegen Waffenverkaufs hat er eine dreijährige Haftstrafe abgesessen. Trichter hat die Informationen bekommen, weil sein Name im Zusammenhang mit Mats Staude in unserem System aufgeführt ist. Die Kollegen wollen in einer Viertelstunde bei einer Besprechung ihr weiteres Vorgehen koordinieren. Da die Möglichkeit eines Tötungsdeliktes im Raum steht, ist Trichter mit unserer Anwesenheit einverstanden.«

»Kann ich mitkommen?«, fragte Till.

Dorfer schaute ihn ungläubig an. »Du bist mir wirklich sympathisch – und anscheinend auch meiner neuen Partnerin. Aber natürlich kannst du nicht an einer internen Dienstbesprechung teilnehmen. Miriam, komm!«

Dorfer verließ zuerst den Raum.

»War meine Frage so übergriffig?«, erkundigte sich

Till leise.

»Ein bisschen, du Zivilist!«, gestand sie lächelnd. »Aber keine Sorge, ich berichte dir hinterher alles.«

»Danke!«

Gemeinsam verließen sie das Büro. Vor den Fahrstühlen trennte sich ihr Weg. Till nahm die Treppe zum Erdgeschoss und trat schließlich ins Freie. Anders als am bewölkten und teilweise regnerischen Wochenende verwöhnte der Wettergott Hamburg heute mit einem strahlend blauen Himmel.

In seinem Büro bereitete sich Till eine Tasse Kaffee zu, mit der er sich an den Computer setzte. Zu gern hätte er gewusst, was das LKA beschloss. Wann würde ihn Miriam darüber in Kenntnis setzen?

In seinen Notizen suchte er nach dem Namen des Steuerberaters, der Hirthe ein Alibi gegeben hatte, fand ihn allerdings nicht. Selbst in Trichters Unterlagen nicht. Also zog er das Internet zurate und gab als Suchanfrage den Gynäkologen in Kombination mit der Berufsbezeichnung des Alibigebers ein. Leider hatte die Methode keinen Erfolg. Verschaffte er Hirthe einen Hinweis auf die derzeitige Ermittlungsrichtung, wenn er sich bei ihm nach dem Berater erkundigen würde? Vermutlich schon. Vielleicht könnte er anderweitig an die Information gelangen. Statt den Gynäkologen direkt anzurufen, meldete er sich in dessen Praxis, wo eine jung klingende Helferin das Gespräch entgegennahm.

»Till Buchinger hier, guten Morgen. Ist Doktor

Hirthe zu sprechen?«

»Der Herr Doktor befindet sich gerade in einem Patientengespräch.«

»Wissen Sie, wie lange das dauert? Ich brauche von ihm nur eine Kleinigkeit.«

»Worum geht es denn?«

»Gereon, also Herr Doktor Hirthe, hat mir seinen Steuerberater empfohlen. Meiner hat nämlich leider Mist gebaut. Und nun stehen Finanzbeamte in meinem Büro. Haben Sie eventuell den Namen des Beraters, mit dem Gereon zusammenarbeitet?«

»Einen Moment, ich frage eine Kollegin.«

Sie drückte ihn in die Warteschlange. Nach einer halben Minute kehrte sie zurück. »Wir arbeiten mit Herrn Stefan Zahn zusammen. Hilft Ihnen das weiter?«

»Ja, klar. Vielen Dank.« Damit die Arzthelferin oder ihre Kollegin Hirthe nicht über den Anruf in Kenntnis setzten, musste er ein Ablenkungsmanöver starten. »Und jetzt habe ich noch eine kleine Bitte.«

»Welche?«

»Ich plane mit gemeinsamen Freunden eine Überraschung für Gereon zu Nikolaus. Ist die Praxis am vierten Dezember geöffnet?«

»Einen kleinen Augenblick.« Es folgte eine kurze Stille. »Ja, da vergeben wir regulär bis dreizehn Uhr Termine. Wie jeden Freitag im Dezember.«

»Wunderbar. Also ist er nicht im Urlaub. Dann plane ich weiter. Erzählen Sie ihm bitte nichts davon. Das soll eine große Überraschung werden.«

»Versprochen.«

»Vielen Dank. Sie haben mir sehr geholfen.« Till beendete das Gespräch. Nun musste er darauf hoffen, dass Hirthes Mitarbeiterin ihrem Chef den Anruf verschwieg.

Till gab den Namen des Steuerberaters ein. Er rief zunächst die Homepage der Kanzlei auf, ohne etwas Interessantes zu finden. Dafür entdeckte er verschiedene private Informationen, da Zahn den Hamburger Hockeyverein Harvestehuder THC sponsorte, der in der Gruppe Nord der Ersten Bundesliga spielte. Zahn war verheiratet und hatte insgesamt drei volljährige Kinder.

Till ergänzte seine Suchanfrage um den Namen des Gynäkologen. Zu seiner Überraschung fand er mehrere Zeitungsartikel, in denen sie gemeinsam abgelichtet waren. Die *Morgenpost* hatte sie gleich bei zwei verschiedenen Events fotografiert und ihre Namen unter die entsprechenden Bilder gesetzt. Einmal waren Zahn und Hirthe Seite an Seite bei einem Spiel des Hockeyclubs vom Fotografen der MOPO erwischt worden, ein anderes Mal während des Galoppderbys. Ganz offenbar waren die Männer befreundet und verbrachten gelegentlich ihre Freizeit miteinander.

War das Alibi, das Zahn Hirthe gegeben hatte, dadurch weniger wert?

36

Hauptkommissar Richard Trichter und sein Partner Konstantin Brühl hielten mit Bastian Dorfer und Miriam Decking eine Lagebesprechung ab.

»Pieper ist nach zwei Jahren wegen guter Führung unter Bewährungsauflagen entlassen worden. In der anschließenden Bewährungszeit ist er nicht auffällig gewesen«, erklärte Brühl.

»Der Bezahlversuch mit der fremden Kreditkarte ist keine schwere Straftat«, fügte Trichter hinzu. »Da die Karte einer möglicherweise vermissten oder zumindest untergetauchten Person gehört, sind verschiedene Möglichkeiten denkbar. Wir können wohl die Variante ausschließen, dass Staude Pieper die Kreditkarte freiwillig zum Einkaufen überlassen hat. Sonst hätte Pieper keinen Grund gehabt abzuhauen.«

Miriam Decking nickte zustimmend.

»Pieper könnte für Staudes Verschwinden verantwortlich sein«, fuhr Trichter fort. »Möglicherweise hat er die PIN von seinem Opfer erpresst. Oder er hat die Karte im Darknet erworben. Für gestohlene, nicht gesperrte Kreditkarten gibt es im Darknet einen regen Handel.«

»In den beiden letztgenannten Varianten könnte uns Pieper zu Staude führen«, sagte Dorfer. »Wissen wir, wo er wohnt?«

»Er ist in Winterhude gemeldet«, antwortete Brühl.

»Genau wie Staude. Zufall? Vermutlich. Alarmieren wir ein SEK?«, fragte Dorfer.

»Das gibt die Sachlage nicht her«, widersprach Trichter.

»Wieso?«, erkundigte sich Dorfer. »Von Staude fehlt seit drei Monaten jede Spur. Wir haben das nicht als Vermisstenfall eingestuft, weil Staude weiter Rechnungen bezahlt und seine Kreditkarte einsetzt. Nun müssen wir vermuten, dass mit diesem Verhalten absichtlich falsche Hinweise gelegt wurden. Für mich klingt es so, als stecke Pieper hinter Staudes Verschwinden. Er könnte ihn getötet haben. Oder ihn zumindest irgendwo festhalten.«

»Aber kaum in einem Mehrfamilienhaus in Winterhude«, entgegnete Brühl.

»Weiß man's?«, unterstützte Miriam ihren Partner. »Bastian, du denkst an Ludgers Tod, oder?«

Dorfer nickte. »Er ist bei einem Zugriff auf die Wohnung der Verdächtigen gestorben.«

»Wer hat den Einsatz geleitet?«, fragte Trichter.

»Das sächsische LKA. Aber die haben keine Fehler ...«

»Das meine ich nicht. Wenn ich mich richtig erinnere, haben die Kollegen ein SEK hinzugezogen.«

»Das stimmt.«

»Und trotzdem ist die Scheiße passiert.«

Miriam achtete genau auf ihren Partner. Er hatte ihr von den Vorfällen in Leipzig berichtet, allerdings stets nur knapp. In seinem Gesicht las sie, wie sehr ihn der

Verlust des Kollegen noch beschäftigte.

»Ich weiß«, murmelte er.

»Für einen Zugriff auf die Wohnung kriegen wir niemals den Einsatz eines SEK genehmigt«, zog Trichter einen Schlussstrich unter die Diskussion. »Ich bin schon froh über die reibungslose Erstellung einen Durchsuchungsbeschlusses. Wir sind zu viert. Er ist allein und hat sich bislang keine Gewaltdelikte zuschulden kommen lassen. Ihr seid bei dem Zugriff dabei?«

»Natürlich«, sagte Miriam.

Dorfer nickte lediglich.

»Okay, dann kümmere ich mich um den Durchsuchungsbescheid. Sobald wir den haben, fahren wir gemeinsam in die Maria-Louisen-Straße.«

37

Zwei Stunden später erreichten sie die Adresse im Stadtteil Winterhude. In dem Mehrfamilienhaus lebten insgesamt sechs Parteien auf vier Etagen. Der Name *Pieper* stand in der obersten Reihe. Die Haustür war geschlossen. Brühl hatte ihnen eine kleine Ramme besorgt, die er allein tragen und benutzen konnte. Mit dem Gerät sollten zwei oder drei Schläge ausreichen, um sich Zutritt zu Piepers Wohnung zu verschaffen. Neben dem Durchsuchungsbeschluss hatte der Richter ihnen auch einen Haftbefehl ausgestellt.

»Ich klingle zuerst bei einem anderen Bewohner«, sagte Trichter. »Würde mich interessieren, ob wir vor seiner Tür Geräusche aus der Wohnung vernehmen.«

Bei den ersten beiden Versuchen reagierte niemand. Dann erklang eine ältere Damenstimme.

»Wer ist da?«, fragte sie.

»Hauptkommissar Trichter, LKA Hamburg. Ich muss in den Hausflur, aber nicht zu Ihnen. Machen Sie uns bitte auf.«

»Halten Sie Ihren Dienstausweis vor die Kamera«, bat die Bewohnerin.

Trichter zog ihn aus der Jackentasche und hielt ihn vor das Kameraauge. Sekunden später ertönte der Türöffner.

»Danke!«

Im Hausflur verteilten sie sich. Trichter und Brühl würden übers Treppenhaus in die oberste Etage laufen, Miriam und Dorfer nahmen den Fahrstuhl.

»Du wirkst sehr angespannt«, sagte Miriam, als sich die Aufzugstür schloss.

»Das solltest du auch sein. Bei solchen Einsätzen kann verdammt viel schiefgehen.«

»Irgendwann musst du mir mal ausführlich von Leipzig erzählen«, bat sie ihn.

»Lieber nicht! Ich weiß, dass das nicht sehr partnerschaftlich ist, aber ich denk nicht gern daran zurück.«

Sie erreichten die oberste Etage, in der Trichter und Brühl bereits warteten. Miriam beschloss, das Thema ruhen zu lassen.

»In dieser Etage wohnt nur Pieper«, sagte Brühl leise. »Ist wahrscheinlich nicht gerade billig, wenn sich die Wohnung über das ganze Stockwerk erstreckt.«

»Darknetbetrüger müsste man sein«, erwiderte Dorfer.

Sie traten vor die Tür. Trichter drückte den Klingelknopf, neben dem ein kleiner Bildschirm und ein Videoauge hingen. Mit dem Ertönen des Klingeltons erwachte der Monitor zum Leben. Zunächst blieb er nur weiß, dann tauchte das Gesicht eines Mannes darin auf.

»Zähle ich da etwa vier Personen vor meiner Wohnungstür?«, sagte Pieper amüsiert. »Ich vermute, Zeugen Jehovas. Danke, ich habe kein Interesse. Der Tag des Jüngsten Gerichts interessiert mich nicht.«

»Hauptkommissar Trichter. LKA Hamburg. Herr

Pieper, machen Sie uns bitte die Tür auf.«

»Was möchte denn das LKA von mir?«

»Wir haben einen Durchsuchungsbeschluss für Ihre Wohnung.«

»Das kann ja jeder behaupten.«

»Öffnen Sie uns, dann können Sie den richterlichen Beschluss in Ruhe durchlesen.«

»Halten Sie ihn vor das Videoauge«, verlangte Pieper. »Danach reden wir weiter.«

Trichter ließ sich darauf ein.

»Ein bisschen näher, stopp, nicht so nah«, wies Pieper an. »Okay«, sagte er schließlich. »Scheint seine Richtigkeit zu haben. Keine Ahnung, wie Sie das Gericht davon überzeugt haben, aber das nützt Ihnen hier nichts.«

»Hören Sie!«, unterbrach Trichter ihn. »Entweder Sie öffnen uns, oder wir wenden andere Mittel an.«

»Jetzt klingen Sie unangemessen rabiat«, erwiderte Pieper. »Dann muss ich Sie leider über Folgendes informieren: Die Gesetze der Bundesrepublik Deutschland haben für mich keine Gültigkeit. Die Verletzung meines Staatsterritoriums ...«

»Ihres was?«, fragte Trichter fassungslos.

»Sie stehen vor meinem Staatsterritorium. Wenn Sie die Grenze verletzen, hat das ernsthafte Konsequenzen. Hier gilt nicht das Schengen-Abkommen.«

Trichter zeigte sofort zum Fahrstuhl. Die Polizisten zogen sich dorthin zurück.

»Ist Pieper jemals als Reichsbürger aufgefallen?«, fragte Brühl fassungslos. »Bezeichnet der seine

Wohnung ernsthaft als *Staatsterritorium*?«

»Vielleicht verarscht der uns bloß«, spekulierte Dorfer.

»Auf jeden Fall scheint er Zeit gewinnen zu wollen«, fügte Miriam hinzu.

»Den Eindruck habe ich auch«, bestätigte Trichter. »Um Beweise zu vernichten?«

»Ich hab kein gutes Gefühl«, brummte Dorfer.

»Wir müssen die Wohnung stürmen!«, entgegnete Brühl. »Jetzt sofort.«

»Bist du dabei, Bastian?«, vergewisserte sich Trichter.

»Ja.«

»Dann los.«

Außer Brühl, der die Ramme in den Händen hielt, zogen alle Polizisten ihre Waffen. Auf dem Monitor war nach wie vor Piepers Gesicht zu sehen.

»Da sind Sie ja wieder. Ich fühle mich leider noch immer nicht an Ihren Beschluss gebunden.«

»Herr Pieper, das ist Ihre letzte Chance. Entweder öffnen Sie freiwillig, oder wir verschaffen uns zwangsweise Zutritt«, warnte Trichter ihn.

»Wie Sie wollen. Ich mache ohne Warnschuss von meinem Recht auf Selbstverteidigung Gebrauch.« Der Bildschirm erlosch.

»Scheiße!«, brummte Dorfer.

Trichter machte für Brühl Platz. Der holte mit der Ramme aus und schlug zu. Beim dritten Schlag flog die Tür aus der Angel.

»Achtet auf Stolperfallen«, warnte Dorfer.

Sie blieben für einen Moment in Deckung stehen. Nichts passierte. Niemand schoss auf sie. Brühl legte die Ramme beiseite und griff zu seiner Dienstwaffe.

»Ich gehe vor«, sagte Trichter. »Konstantin, du gibst mir Feuerschutz.« Er löste sich aus der Deckung der Wand und betrat die Wohnung.

»Ist die Diele leer?«, fragte Brühl. »Ich sehe keine Möbel. Nichts.«

»Komplett leer«, bestätigte Trichter.

Die Polizisten betraten nacheinander die Wohnung. Links und rechts von ihnen gingen Räume ab, außerdem handelte es sich um eine Maisonette mit Treppenaufgang nach oben.

Sie teilten sich in Zweierteams auf. Dorfer ging vor, Miriam gab ihm Schutz.

»Leer!«, rief Trichter.

»Leer«, bestätigte Dorfer, nachdem sie ebenfalls das erste Zimmer geprüft hatten.

In der ganzen unteren Ebene stand nicht ein Möbelstück. Keine Lampe hing von der Decke, kein Bild an der Wand.

»Ob er sich oben verschanzt?«, fragte Dorfer leise.

Miriam wirkte skeptisch. »Oder er verarscht uns total.«

Sie trafen an der Holztreppe aufeinander.

»Der ist nicht hier«, sprach Miriam ihren Verdacht aus.

»Das werden wir gleich wissen«, erwiderte Trichter. »Konstantin, du folgst mir und gibst mir Deckung. Ihr bleibt unten.«

Die beiden Männer stiegen vorsichtig nach oben.

»Leer!«, rief Trichter schließlich.

Miriam marschierte in den Hausflur zurück. Auf dem Display sah sie Piepers Gesicht.

»Was soll der Scheiß?«, fragte sie wütend.

Pieper grinste höhnisch. »Verletzung meines Staatsterritoriums. Haben Sie das wirklich geglaubt?«

»Wo sind Sie? Wir müssen mit Ihnen reden.«

»Ich wünsche Ihnen erst einmal viel Spaß bei der Durchsuchung meiner Wohnung. Da haben Sie reichlich zu tun.«

»Wo sind Sie?«

»Das werden Sie allein herausfinden müssen.«

Der Bildschirm erlosch.

Die nächsten Minuten verbrachten sie damit, die Nachbarn zu befragen. Um die Uhrzeit trafen sie jedoch zunächst nur die Dame an, die ihnen geöffnet hatte.

»Ihren Nachbarn aus der obersten Etage. Wann haben Sie den das letzte Mal gesehen?«, erkundigte sich Miriam.

»Keine Ahnung«, gestand die Frau. »Was hat er denn angestellt? Muss ich mir Sorgen um meine Gesundheit machen?«

»Nein. Die Wohnung steht komplett leer. Ich schätze, Sie bekommen ihn nie wieder zu Gesicht.«

Die Frau wirkte erleichtert. An der Haustür erklangen Geräusche. Ein kleines Kind plapperte munter vor sich hin, eine Frau gab einsilbige Antworten.

»Hallo?«, rief Miriam. »Warten Sie bitte kurz?«

»Meinen Sie mich?«, antwortete die Mutter.

»Genau.«

Miriam lief nach unten. An einer der beiden Erdgeschosswohnungen stand eine schwangere Frau. Die Tür zur entsprechenden Wohnung war geöffnet, im Inneren erkannte Miriam einen Jungen, der einen Ball unter dem Arm trug.

»Oberkommissarin Decking, LKA.« Sie zeigte der Frau ihren Dienstausweis.

»Polizei?«, fragte die erstaunt.

»Ich habe nur eine kurze Frage. Herr Pieper aus der obersten Etage. Wann haben Sie ihn das letzte Mal gesehen?«

»Bei seinem Auszug im Sommer.«

»Im Sommer? Wann genau?«

»Juli oder August. Wieso, was ist mit ihm?«

»Seitdem ist er nie wieder hier gewesen?«

»Er wohnt nicht mal mehr hier. Mein Mann und ich haben schon mit der Hausverwaltung gesprochen. Wir wären an der größeren Wohnung interessiert.« Sie strich sich über den Bauch. »Aber als Antwort kam eine Absage. Herr Pieper hat angeblich den Mietvertrag nicht gekündigt und würde weiter Miete bezahlen. Verrückt, oder?«

»Allerdings«, bestätigte Miriam. »Danke!«

»Falls Sie mitbekommen, dass das Mietverhältnis enden wird, sagen Sie uns bitte Bescheid.«

Miriam nickte geistesabwesend. Stand Piepers Auszug mit Staudes Verschwinden in Verbindung?

38

»Wenn du nichts dagegen hast, sage ich Till Bescheid«, kündigte Miriam an.

Nach dem misslungenen Einsatz in Winterhude waren sie zurück ins Präsidium gefahren. Sie warteten auf eine richterliche Genehmigung, Mats Staudes Wohnung betreten zu dürfen. Vielleicht würden sie dort Hinweise finden, die Licht ins Dunkel brachten.

»Was läuft da zwischen dir und Till?«, fragte Dorfer.

Miriam verdrehte die Augen. »Da läuft nichts, wenn du das so meinst, wie ich es befürchte. Ich habe den Eindruck, er kann uns in der ganzen Ermittlung weiterbringen. Seien wir ehrlich. Ohne ihn wäre uns der Name Staude noch immer völlig unbekannt.«

»Und wie habt ihr das Wochenende verbracht?«

Miriam erzählte ihm von den Erkenntnissen, die sie gesammelt hatten. Dorfer hörte ihr aufmerksam zu.

»Das sind verdammt viele Verdächtige. Dieser schmierige Bredol. Der verschwundene Mats Staude. Der gute Doktor Hirthe. Und jetzt auch noch der vorbestrafte Pieper. Ziemlich undurchsichtig.«

»Ich weiß. Insofern finde ich Tills Blick auf die Fakten nicht unwichtig.«

»Ruf ihn ruhig an. Und bestell ihm schöne Grüße.« Er zwinkerte ihr zu.

Miriam grinste. »Du bist so kindisch.«

Sie griff zu ihrem Handy und wählte Tills Telefonnummer.

»Wie ist es gelaufen?«, fragte er anstelle einer Begrüßung.

»Der Typ hat uns komplett verarscht.« Sie berichtete Till ausführlich, was in Winterhude passiert war.

»Scheiße!«, brummte Till. »Und jetzt?«

»Trichter beantragt einen Durchsuchungsbeschluss für Staudes Wohnung. Sobald wir den vorliegen haben, sehen wir weiter.«

»Ich habe mich übrigens ein bisschen mit Hirthe beschäftigt. Er hat ja ein Alibi für die fragliche Zeit, weil er mit seinem Steuerberater zusammengesessen hat.«

»Ich erinnere mich.«

»Weißt du, wie genau Hauptkommissar Trichter das Alibi geprüft hat? Dieser Steuerberater und der Gynäkologe sind nämlich befreundet. Ich schick dir mal die Links zu zwei Zeitungsartikeln, die ich gefunden habe.«

»Mach das! Sobald ich die Links habe, frage ich beim Kollegen nach.«

Sie verabschiedeten sich voneinander. Kurz darauf erhielt sie eine Nachricht und klickte die Links an. Tatsächlich schienen die beiden Männer befreundet zu sein. Tills nicht ausgesprochener Verdacht eines falschen Alibis erschien ihr nicht abwegig.

Sie meldete sich bei Trichter.

»So schnell ist der Staatsanwalt auch nicht, Frau Kollegin«, begrüßte der sie. »Oder der zuständige Richter.«

»Mir geht's um etwas anderes. Der Alibigeber von Doktor Hirthe.«

»Steuerberater Zahn.«

»Genau. Sind wir sicher, dass es nicht ein Gefälligkeitsalibi ist?«

»Wieso sollte Zahn uns anlügen?«

»Weil er und der gute Doktor befreundet sind.«

»Woher weißt du das?«

»Ich schick dir zwei Links zu Artikeln aus der Morgenpost. Warte kurz.« Miriam leitete die Nachricht weiter.

»Das gefällt mir gar nicht«, murmelte Trichter, nachdem er die Quelle geprüft hatte. »Wie hast du das herausgefunden?«

»Das war Buchinger.«

Trichter seufzte. »Hat er auch schon herausgefunden, ob Hirthe ein schwarz lackiertes Fahrzeug besitzt, gemietet hat oder dergleichen? Dann kann ich mir die Mühe sparen, diesbezüglich nachzuforschen.«

39

Nach dem Telefonat mit Miriam beschloss Till, Larissa Staude zu informieren. Sie wusste nichts von den Ereignissen im Alsterhaus. Oder würde die Information sie erschüttern? Auf Tills Schreibtisch lag eine Zweieuromünze. Er stellte sie aufrecht hin und schnippte dagegen. Um seine Gedanken zu fokussieren, half es ihm, ihrer Rotation zuzusehen. Als die Münze hinfiel, traf er eine Entscheidung. Till griff zum Handy und wählte Larissas Nummer. Statt eines Freizeichens sprang sofort die Mailbox an.

»Buchinger. Larissa, rufst du mich bitte zurück. Die Polizei hat einen Betrüger im Visier, der mit der Kreditkarte deines Vaters bezahlen wollte. Die Version, dass dein Vater freiwillig untergetaucht ist, lässt sich nicht länger halten. Bis später!«

Er legte das Telefon beiseite. Dann trat er an die Wand, an der seit Samstag die Flipcharts hingen. Sollte er die Notizen ergänzen? Miriam hatte weder den Block noch die Stifte mitgenommen. Aber zu welchem der Zettel passte die neueste Information am ehesten? Wäre es besser, einen sechsten Themenaspekt hinzuzufügen?

Ehe er für sich die Frage beantworten konnte, klingelte sein Handy. War das Larissa? Er ging zum Schreibtisch. Zu seiner Überraschung stand der Name

»Sabine Funkel« im Display – Antjes beste Freundin, auf deren Anruf er wartete.

»Hallo, Sabine«, begrüßte er sie. »Zurück aus Dubai?«

»Ja. Wir sind seit einer Stunde wieder zu Hause.«

»Oh. Dann vielen Dank für deinen schnellen Rückruf.«

»Du hast ja lange genug gewartet.«

Etwas in ihrer Stimme verriet ihm, dass sie nicht bloß die letzten Tage meinte.

»Das heißt?«, fragte Till. »Hat deine Andeutung etwas mit einer experimentellen Therapieform zu tun, die Antje ohne mein Wissen abgelehnt hat?«

Sabine seufzte. »Was hältst du davon, wenn du jetzt vorbeikommst? Zacharias muss gleich direkt ins Büro zu einem Meeting. Ich schmeiße bloß die Wäsche in die Maschine. Einkaufen kann ich später. Wir hätten ein bisschen Ruhe. Oder passt es dir gerade nicht?«

Till hatte keinen Zweifel. Sabine wusste über Antjes damalige Beweggründe Bescheid. »Ich bin in einer halben Stunde bei dir.«

40

Da es keinen Grund gab, sich gewaltsam Zugang zu Staudes Wohnung zu verschaffen, kontaktierte Trichter gleich nach der Ausstellung des Durchsuchungsbeschlusses einen Schlüsseldienst. Mit dem Mitarbeiter der kleinen Firma trafen sie sich vor dem Haus. Ein Bewohner öffnete ihnen und erzählte freimütig, Staude schon lange nicht mehr gesehen zu haben.

Der Mann vom Schlüsseldienst benötigte keine zwei Minuten, um das Türschloss zu öffnen. Er versprach ihnen, in seinem Wagen auf Abruf zu bleiben, um gleich ein neues Schloss einbauen zu können. Miriam nahm sich vor, einen Schlüssel des neuen Schlosses Larissa zu überlassen. Falls sich die Wohnung nicht als Tatort herausstellen würde, könnte die Schülerin in ihre gewohnte Umgebung überwechseln und vielleicht sogar Geld sparen.

Trichter betrat den Flur zuerst, Miriam folgte ihm direkt. Keiner von ihnen zog seine Waffe. Miriam bemerkte sofort den abgestandenen Geruch in den Räumen. Hier hatte seit vielen Wochen oder sogar Monaten niemand gelüftet.

Die erste Musterung der Zimmer brachte keine Anzeichen eines Gewaltverbrechens zutage. Die Möbelstücke standen an Ort und Stelle. Nirgendwo waren Blutspritzer zu sehen. In dem Raum, den offenbar

Larissa belegt hatte, war das Bett nicht gemacht.

»Ich setze mich an den Computer und versuche herauszufinden, wann der letzte Login stattgefunden hat«, sagte Brühl.

Miriam sah sich weiter um. Larissa hatte von dem Streit erzählt. Erklärte sich dadurch, wieso sie ihr Zimmer so unaufgeräumt verlassen hatte? Ein Wasserglas stand halb gefüllt auf einem Schreibtisch. Daneben lag der Verpackungsmüll eines Schokoriegels. Das würde zu dem zickigen Verhalten eines Teenagers passen, der seinen Vater ärgern wollte. Außerdem sprach es dafür, dass Mats Staude nach dem Abschied keine Gelegenheit gefunden hatte, hinter seiner Tochter aufzuräumen.

»Ich habe die Information«, rief Brühl. »Der User MStaude hat sich am 17. Juli um vierzehn Uhr zwölf das letzte Mal eingebucht.«

»Dann ist Staude nach der Verabschiedung am Bahnhof nicht hierher zurückgekehrt«, spekulierte Miriam. »Klingt für mich eher so, als sei er ein Opfer.«

»Wieso?«, wollte Trichter wissen.

»Spielen wir verschiedene Varianten durch. Staude ist wütend auf seine Tochter und überfährt in diesem Zustand eine Unbeteiligte, nämlich Denise Kittel. Er entsorgt ihre Leiche. Da wäre es naheliegend, dass er vor der Flucht noch einmal in seine Wohnung zurückkehrt und wichtige Gegenstände einsteckt. Wahrscheinlich sogar ein teures Notebook wie dieses.« Sie deutete auf das Gerät, an dem Brühl saß.

Trichter nickte zustimmend. »Weiter!«

»Staude ist wütend auf seine Tochter und *entführt* eine junge Frau, die Larissa ähnlich sieht. Er verfrachtet sie wohin auch immer und hält sie dort gefangen. Dann wäre eine Rückkehr in seine Wohnung ebenfalls nicht unwahrscheinlich. Zum Beispiel, um den Nachsendeantrag online zu stellen – für den er sich in seinen Rechner eingeloggt hätte. Und um es Polizisten, die ihm auf die Spur kommen, nicht zu leicht zu machen, hätte er auch in dieser Variante das Notebook mitgenommen.«

»Sehe ich auch so«, sagte Trichter. »Weiter!«

»Dritte Version. Irgendwo auf dem Weg zwischen Bahnhof und seinem Zielort wird Staude entführt. Dann passt alles, was wir hier vorfinden, ins Bild. Larissas Zimmer ist unaufgeräumt. Inklusive halb gefülltem Wasserglas und nicht weggeworfenem Müll.«

»Sieht wohl so aus, als hätte ich den Fall Staude falsch eingeschätzt. Scheiße!«, fluchte Trichter. »Die Frage ist bloß, ob Staude und Kittel von derselben Person verschleppt worden sind.«

41

Sabine Funkel öffnete Till die Tür. »Hallo«, begrüßte sie ihn. Dem Blickkontakt hielt sie nur einen Sekundenbruchteil stand. »Komm rein.« Sie trat beiseite.

Till folgte ihr ins Wohnzimmer. Aus dem Hauswirtschaftsraum drang das Betriebsgeräusch einer Waschmaschine. »Ist Zacharias schon aufgebrochen?«

»Vor zehn Minuten. Setz dich. Willst du etwas trinken?«

»Nein. Mir reicht die Wahrheit. Du wirkst bedrückt. Also kann ich davon ausgehen, dass du von der experimentellen Therapie wusstest.«

Sabine nickte. »Antje hat es mir erzählt.«

»Ich kann das echt nicht glauben! Sie hat dich und Tanja Pusch ins Vertrauen gezogen. Mit ihrem Ehemann hat sie nicht gesprochen. Hast du ihr von der Therapie abgeraten?«

»Oh nein! Du verstehst das falsch«, sagte Sabine. »Antje hat mich erst ins Boot geholt, als sie ihre Entscheidung schon getroffen hatte.«

»Das kapiere ich nicht. Wieso hat sie es dir dann überhaupt erzählt? Das klingt unlogisch.«

»War aber so. Sie hatte ihren Entschluss nach einem Gespräch mit Tanja gefasst – und aufgrund von Informationen aus dem Internet. Von mir wollte sie etwas anderes.«

»Was denn?«

»Sie hat geahnt, dass du nach ihrem Tod von ihrer Entscheidung erfahren wirst. Wahrscheinlich hat sie sich nicht vorstellen können, wie viele Jahre seitdem ins Land gezogen sind – trotzdem hat sie Vorbereitungen getroffen.«

»Vorbereitungen?«

Sabine griff zu einem unbeschrifteten großen Briefumschlag auf dem Wohnzimmertisch, den Till bislang nicht bemerkt hatte. Darin steckte ein weiterer Umschlag, auf dem er Antjes Handschrift erkannte.

»Was ist das?«, fragte er.

»Sie hat ihn mir zwei Monate vor ihrem Tod gegeben und mich gebeten, ihn aufzubewahren.«

»Das hast du mir nie erzählt!«, sagte er wütend. Es fiel ihm schwer, die Stimme nicht zu erheben.

»Weil Antjes Anweisungen eindeutig waren. Du solltest diesen Brief erst bekommen, wenn du dich bei mir wegen der Therapie erkundigst.«

»Was steht darin?«

»Der Briefumschlag ist verschlossen. Ich weiß es nicht!«

»Wieso hast du mir das vorenthalten? Du hättest das spätestens auf der Beerdigung erwähnen müssen.«

»Auch wenn ich deine Wut verstehe, Till, aber man missachtet nicht den letzten Wunsch seiner besten Freundin.«

»Und wenn ich nie davon erfahren hätte?«

Sabine zuckte lediglich die Achseln. Sie gab ihm den Briefumschlag. In ihm rang der Wunsch, Antjes Zeilen auf der Stelle zu lesen, mit dem Bedürfnis, keine weitere Sekunde mit Sabine in einem Raum zu verbringen.

Er stand auf. »Ich hätte mich umgekehrt anders verhalten.«

»Hättest du nicht. Aber ich bin nicht beleidigt. Ruf mich an, wenn du reden willst. Oder komm vorbei.«

Ohne ein weiteres Wort verließ er das Haus. Genau in diesem Moment klingelte sein Handy. Miriam rief ihn an. Er überlegte, den Anruf zu ignorieren, doch das hatte die Oberkommissarin nach ihrem Einsatz der letzten Tage nicht verdient.

»Hi, Miriam. Ich kann gerade nicht. Tut mir leid.«

»Ist etwas passiert?«, fragte sie besorgt.

»Nichts, was mit den Aufträgen zu tun hat. Es geht um meine verstorbene Ehefrau.«

»Okay. Meld dich einfach, wenn du reden willst.«

»Danke.« Er beendete das Telefonat.

In seinem eigenen Wohnzimmer öffnete Till mit zittrigen Fingern den Brief. Antjes vertraute Handschrift zu sehen, versetzte ihm einen Stich. Er hatte ihre Schrift geliebt. Sie hatten sich regelmäßig Liebesbriefe geschickt – auch, als sie schon längst zusammenwohnten und verheiratet waren. Er faltete das Schreiben auseinander. Sie hatte es gut zehn Wochen vor ihrem Tod verfasst.

Liebster Till,

nun ist es also so weit. Du hast von meiner Entscheidung erfahren, und Sabine hat dir den Brief gegeben.

Vermutlich bist du gerade wütender auf sie als auf mich. Aber dafür gibt es keinen Grund. Sei ihr nicht böse. Es war mein letzter Wunsch, den mir meine beste Freundin erfüllen sollte. Wie hätte sie anders handeln können?

Ich kann nur spekulieren, wie du von der Therapie erfahren hast. Auch wenn du meine nächsten Worte ungerecht oder selbstgefällig finden wirst, will ich nicht verhehlen, meine Entscheidung deinetwegen getroffen zu haben. Ich habe Tanja um ihren Rat gebeten und viel im Internet recherchiert. Natürlich im Inkognitomodus, damit du nichts davon erfährst. Mir war schnell klar, die Therapie würde mich nicht heilen, aber mein Leiden verlängern. Und dann habe ich mich gefragt, ob ich dir das antun kann. So sehr, wie ich jede einzelne Minute mit dir geliebt habe, so wenig konnte ich dir das zumuten. Denn ich fürchte, jeder zusätzliche Monat mit einer sterbenskranken Frau an deiner Seite würde dich umso stärker belasten. Bestimmt machen wir in den Wochen, nachdem ich diese Zeilen schreibe, schreckliche und traurige Dinge gemeinsam durch. Mich tröstet allerdings der Gedanke, dass das Ende absehbar ist. Diese Qual in die Länge zu ziehen, ist keine Option. Keine Ahnung, wie viel Zeit seit meinem Tod vergangen ist, aber ich kann mir vorstellen, wie du dich seit der Beerdigung verhältst. Bestimmt sitzt du regelmäßig an meinem Grab. Wie oft bringst du frische Blumen mit? Einmal wöchentlich? Nun ist es jedoch an der Zeit loszulassen. Du warst und bist die Liebe meines Lebens. Ohne dich hätte ich ein viel graueres Leben gehabt. Mit dir war es immer bunt. Und ich möchte, dass dein Leben bunt bleibt. Öffne dein Herz für eine andere Frau, denn du bist ein Herdentier und hast so viel zu geben. Eine neue Beziehung ändert nichts an unserer Liebe!

Ich liebe dich, Till Buchinger. Der Tag, an dem wir uns begegnet sind, war der schönste Tag meines Lebens. Genau wie all die anderen Tage, die wir seitdem miteinander verbracht haben. Danke für all die schönen Jahre!

Sie hatte den Brief mit einem Kussmund beendet. Till strich sich die Tränen aus den Augen. Er schluchzte jämmerlich. Am liebsten wäre er sofort zu ihrem Grab gerannt, denn dort fühlte er sich ihr am nächsten. Doch der Friedhof war kein Ort, an dem man laut herumbrüllen konnte – und er hatte das Bedürfnis, seine tote Frau anzuschreien. Also richtete er den Blick einfach nach oben.

»Diese Entscheidung stand dir nicht zu!«, rief er mit tränenerstickter Stimme. »Wir hätten darüber reden müssen!«

42

Mitten in der Nacht schreckte Till aus dem Schlaf hoch. Er war hellwach und schaute zum Wecker. Vier Uhr siebenundzwanzig. Nachdem er gestern Antjes Brief gelesen hatte, waren die folgenden Stunden in einem emotionalen Ausnahmezustand verflogen – bis er sich ins Bett geschleppt hatte. Nun jedoch schien sein Denkvermögen zurückgekehrt zu sein. Till hatte von Larissa geträumt und dachte auch nach dem Aufwachen sofort an sie. Die 18-Jährige hatte wieder einmal nicht auf seinen Rückrufwunsch reagiert.

Till schlug die Bettdecke beiseite und schlurfte ins Wohnzimmer, wo er das Smartphone am Abend zuvor hatte liegen lassen. Er überprüfte den Nachrichteneingang, ohne auf eine Mitteilung von Larissa zu stoßen. WhatsApp zeigte ihm an, dass sie zuletzt Sonntag online gewesen war.

Was hatte das zu bedeuten?

Nach kurzem Zögern wählte er ihre Nummer. Wieder schaltete sich automatisch die Mailbox an.

»Das darf nicht wahr sein!«

Diesmal hatte Larissa keinen Grund, ihn zu ignorieren. Im Gegenteil. Wenn nicht zufällig ihr Handy seit Sonntag defekt war, musste er mit dem Schlimmsten rechnen.

Da es zu früh war, um zu dem Apartment

aufzubrechen, stellte sich Till zunächst zehn Minuten unter die heiße Dusche. Seine Gedanken schweiften von Larissa zu Antje ab. Nachdem er ein paar Stunden geschlafen hatte, konnte er die Entscheidungen seiner Ehefrau zwar noch immer nicht billigen, aber zumindest ein klein wenig besser nachvollziehen. Er stellte die Wassertemperatur auf eiskalt und biss die Zähne zusammen.

Um halb sechs morgens erreichte Till die Straße, in der Larissa untergekommen war. Langsam fuhr er an den geparkten Autos vorbei und entdeckte das in Köln angemeldete Fahrzeug. Nicht weit davon entfernt fand er eine Lücke am Straßenrand. Till stellte seinen Wagen ab und wählte erneut Larissas Handynummer. Die Mailbox sprang an.

Er verließ das Auto und ging aufs Haus zu. Zweimal drückte er die Klingel der Wohnung. Keine Reaktion. Wohl oder übel musste er sich auf eine unbestimmte Wartezeit einstellen.

Kurz nach sechs öffnete sich die Haustür. Ein Mann in den Fünfzigern trat heraus. Er hatte einen Hund an der Leine, der sofort den nächsten Baum ansteuerte und das Bein hob.

»Guten Morgen«, sagte Till, der am Bürgersteig gewartet hatte. »Entschuldigen Sie die frühe Störung.«

»Was wollen Sie?«

»Im Apartment von Herrn Wolze wohnt derzeit eine junge Frau. Larissa Staude. Sie wollte sich schon am

Sonntag bei mir melden. Langsam mache ich mir Sorgen.«

Der Nachbar musterte ihn kritisch. »Eine sehr junge Frau«, bestätigte er. »Zu jung für ...«

»Ich bin Personenfahnder. Wir arbeiten zusammen. Ihr Vater ist verschwunden, und sie hat mir den Auftrag gegeben, ihn zu finden. Das LKA Hamburg unterstützt uns. Falls Sie mir nicht glauben, wird Ihnen Oberkommissarin Decking meine Angaben bestätigen.«

»Schon gut«, sagte der Mann. »Ich glaube Ihnen ja! Mit diesem blöden Apartment gibt's bloß ständig Ärger. Wundert mich gar nicht. Dieser Wolze verdient dicke Kohle, aber wir Anwohner baden das aus.«

»Haben Sie die junge Frau in den letzten Tagen bei einer Ihrer Gassirunden gesehen? Oder andere Personen, die hier nicht hingehören?«

Der Mann dachte kurz nach. Sein Hund drehte sich zu ihm um und blickte ihn erwartungsvoll an.

»Ich lege nicht meine Hand ins Feuer, ob das die gesuchte Person war. Als Balou und ich am späten Nachmittag von der Gassirunde wiederkamen, habe ich gesehen, wie ein Mann und eine Frau das Haus verließen. Irgendwie wirkte die Körperhaltung der Dame seltsam. Allerdings kam ich von hinten und war bestimmt noch hundertfünfzig Meter entfernt. Allzu viel habe ich nicht erkannt.«

Hatte Bredol ihren Aufenthaltsort herausgefunden und sie überlistet?

»Könnte es sein, dass die Frau unter dem Einfluss

von K.-o.-Tropfen stand, also wehrlos war?«

Nun wirkte der Hundebesitzer erschrocken. »Will ich nicht ausschließen. Aber Sonntag habe ich keinen Gedanken an so was verschwendet. War das fahrlässig?«

»Nicht, wenn Sie so weit entfernt waren«, beruhigte Till ihn.

Sein nächster Weg führte ihn zu dem Haus, in dem der Besitzer des Apartments gemeldet war. Trotz der frühen Uhrzeit klingelte Till Sturm. Es dauerte nur kurz, bis ein genervter Mann im Bademantel die Tür aufriss.

»Was soll das? Wissen Sie, wie spät es ist?«

»Simon Wolze?«

»Und wer sind Sie?«

»Till Buchinger. Es geht um ihr vermietetes Apartment, in dem momentan ein 18-jähriger Gast aus Köln wohnt. Larissa Staude. Ich bin Personenfahnder und fürchte, dem Mädchen ist etwas zugestoßen.«

»Wie kommen Sie darauf?«

»Können wir uns drinnen unterhalten?«

»Können Sie sich ausweisen?«

Till zeigte ihm seinen Personalausweis und eine Visitenkarte. »Wenn Sie mir nicht glauben, rufen Sie Oberkommissarin Decking vom LKA Hamburg an. Die weiß Bescheid.«

Der Mann überlegte kurz, dann trat er beiseite. »Kommen Sie rein. Trinken wir einen Kaffee.«

In der Küche begrüßte eine Frau Till und stellte sich als Martina Wolze vor. Sie schenkte ihm eine Tasse

Kaffee ein.

»Nun erzählen Sie mal genau, was passiert ist«, forderte ihr Mann Simon.

Till berichtete von dem Auftrag, den ihm Larissa erteilt hatte, und was er in den ersten Tagen herausgefunden hatte. Dann schilderte er die Beobachtung des Nachbarn.

»Und jetzt fürchten Sie, dieser Clubbesitzer könnte das Mädchen überwältigt und verschleppt haben?«, schlussfolgerte Martina Wolze.

»Genau.«

»Wie schrecklich.« Sie schaute ihren Mann an.

Der Ehemann registrierte das und verdrehte genervt die Augen. »Martina!«, zischte er.

»Was verschweigen Sie mir?«, fragte Till.

»Sie müssen mir versprechen, dass ich keinen juristischen Ärger bekomme«, verlangte Wolze.

»Ich kann Ihnen nichts versprechen, was ich nicht halten kann.«

»Herrje!«, stöhnte der Mann. »Gut gemacht, Martina!«

»Es geht um einen Teenager.«

»Was verschweigen Sie mir?«, wiederholte Till.

»Ich schütze lediglich mein Eigentum«, erklärte der Mann. »Einige Gäste stehlen wie die Raben. Deswegen habe ich heimlich eine Kamera im Wohnzimmer versteckt, denn dort stehen die teuren Gegenstände.«

»Haben Sie darauf etwas mitverfolgt?«

»Ich gucke mir die Aufnahmen immer erst am Abreisetag an.«

»Ich muss das Material sichten. Bitte!«

Wolze erhob sich. »Kommen Sie mit in mein Arbeitszimmer.«

43

Till alarmierte telefonisch Miriam Decking, die ihm versprach, sofort zum Präsidium aufzubrechen und auch Dorfer aufzuscheuchen. Mit dem aussagekräftigen Videomaterial, das ihm Wolze auf einen USB-Stick gezogen hatte, raste Till zum LKA.

An der Haupteingangstür des Gebäudes traf er auf Miriam.

»Wieso hast du gestern nicht mehr angerufen? Was war los? Du erwähntest deine tote Frau.«

»Lange Geschichte. Ich habe gestern überraschend einen Brief von ihr erhalten, den eine Freundin aufbewahrt hatte. Wäre mir ganz recht, wenn wir ein anderes Mal darüber sprechen würden.«

»Wie du willst.« Zum Glück klang sie überhaupt nicht eingeschnappt.

In ihrem Büro steckte sie den Stick in den Computer und sichtete das Material.

»Dieser Scheißkerl!«, fluchte Miriam. »Den machen wir fertig.«

»So wütend habe ich dich noch nie erlebt«, erklang Dorfers Stimme, der in diesem Moment das Büro betrat. »Was ist los? Meine Frau war von meinem verfrühten Aufbruch nicht begeistert.«

Till fühlte sich in den folgenden Stunden wie ein zur

Untätigkeit verurteilter Zuschauer. Wenigstens durfte er im Büro der beiden Kommissare warten, während die beiden hektisch Informationen zusammentrugen. Bredol besaß eine fünfzigprozentige Beteiligung an dem Club. In der Stadt kursierten hartnäckige Gerüchte, dass er der heimliche Besitzer eines Bordells war, der offiziell auf einen anderen Namen lief. Weder die Sitte noch das Finanzamt hatten ihm allerdings je einen direkten Bezug zu dem Etablissement nachweisen können.

In den letzten Jahren hatte es immer wieder Razzien gegeben, ohne dass dadurch gravierende Rechtsverstöße ans Licht befördert worden wären. Doch nun wurde Bredol verdächtigt, mit dem Verschwinden einer jungen Frau zu tun zu haben – und vielleicht noch mit mehr. Dorfer übernahm die Federführung und konferierte mit Kollegen und Vorgesetzten. Manchmal wurden seine Wünsche direkt erfüllt, manchmal musste er mit Engelsgeduld auf seine Gesprächspartner einreden. Zur Mittagszeit hatte er sein Ziel erreicht. Er beendete ein weiteres Telefonat und lächelte zufrieden.

»Um achtzehn Uhr schlagen wir konzertiert zu. Wir führen eine Razzia in dem Bordell durch und durchsuchen zeitgleich Bredols Haus. Falls wir an beiden Orten nicht fündig werden, haben wir auch einen Durchsuchungsbeschluss für den Club, obwohl der heute geschlossen hat. Jetzt heißt es warten. Kommt ihr mit in die Kantine?«

44

Bredols Handy klingelte. Der Name des Anrufers versetzte ihn in Alarmbereitschaft: ein Informant aus Polizeikreisen, den er seit Jahren bezahlte, um frühzeitig vor Razzien und ähnlichem Unheil gewarnt zu sein. So hatte er sich bislang jeglichen Ärger vom Hals gehalten.

»Was gibt's?«, fragte Bredol.

»Probleme im Anmarsch. Um achtzehn Uhr durchsuchen Kollegen das Bordell und dein Privathaus.«

»Scheiße!«

»Du solltest dich nicht mehr in der Nähe des Puffs blicken lassen und sofort untertauchen.«

»Wieso?«

»Zivilbeamte sind unterwegs, um sowohl dein Haus als auch das Bordell zu beschatten. Aber wie schon gesagt: Sie greifen erst um sechs Uhr zu. Vorher haben sie nicht das nötige Personal zusammen. Hast du eine 18-Jährige entführt?«

»Ich erteile ihr bloß eine Lektion.«

»Dumme Idee.«

»Wie lange habe ich noch?«

»Maximal zwanzig Minuten. Eher weniger.«

»Kann ich Beweismittel aus dem Bordell verschwinden lassen?«

»Kannst du zaubern? Rette lieber deine nackte Haut.

Wenn sie dich beim Verlassen des Hauses erwischen, nehmen sie dich fest.« Der Informant beendete das Gespräch.

45

Genau um achtzehn verschafften sich die Polizisten Zugang zu dem Bordell, in dem sich um die frühe Uhrzeit erst wenige Freier aufhielten. Trichter und Brühl leiteten den Einsatz. Sie gaben den anwesenden Prostituierten und ihren Kunden die Zeit, sich rasch anzuziehen, bevor sie zum Sammelpunkt zu einem Mannschaftsbus gehen mussten. Dort wurden ihre Personalien aufgenommen.

Sobald das Gebäude geräumt war, überprüften die Polizisten jeden einzelnen Raum. Brühl übernahm die Aufgabe, die eingesetzten Beamten zu unterstützen.

Trichter achtete vor dem Bordell darauf, dass sich niemand unbemerkt entfernte. Er ließ den Blick schweifen. Zwei der kontrollierten Freier wirkten panisch, zumindest einer von ihnen trug einen Ehering. Sie bettelten wortreich darum, ihre Anwesenheit in dem Etablissement vertraulich zu behandeln, und sprachen von zerstörten Existenzen. Einem von ihnen standen Tränen in den Augen. Trichter hatte kein Mitleid mit solchen Gestalten.

In der Nähe des Mannschaftsbusses sah er zwei Damen, die sich aufgeregt unterhielten. War die Ältere die Puffmutter? Sie packte eine junge Frau am Handgelenk und sprach eindringlich auf sie ein.

Was hatte das zu bedeuten?

Unauffällig beobachtete er die beiden. Nachdem sie zu Ende gesprochen hatten, blieb die Puffmutter in der Nähe der Prostituierten stehen. Offenbar wollte sie ihre Mitarbeiterin unter Kontrolle halten.

Nach einer Weile kam Brühl aus dem Gebäude. Er schaute sich kurz um und entdeckte seinen Partner.

»Da drinnen ist keine Menschenseele. Wir haben in einigen Zimmern Drogen gefunden, die könnten mengenmäßig jedoch für den Eigenbedarf der arbeitenden Bevölkerung bestimmt sein.«

»Von Larissa Staude also keine Spur?«, vergewisserte sich Trichter.

»Leider nicht.«

Unzufrieden kniff er die Lippen zusammen. Er bemerkte den musternden Blick der Puffmutter, die ungefähr zwanzig Meter entfernt stand.

»Ich glaube, eine Chance haben wir noch«, murmelte er. »Dazu müssen wir bloß die Mutter von ihrem Küken trennen.« Er sah zu den Frauen herüber, Brühl folgte seinem Blick.

»Wie kommst du auf die Idee?«

»Instinkt. Du nimmst dir die ältere Dame vor.«

Die beiden stiefelten los. Vor dem Zweiergespann blieben sie stehen.

»Ich würde mich gern mit Ihnen unterhalten«, sagte Trichter zu der jungen Frau.

»Wieso?«, wollte die bestimmt zwanzig Jahre ältere Frau an ihrer Seite wissen.

»Sind Sie ihre Mutter?«, fragte Brühl provokant.

»Natürlich nicht.«

»Kommen Sie mal mit.« Brühl deutete nach rechts.

»Und Sie mit mir«, sagte Trichter zu der jungen Prostituierten.

Er führte sie gut zehn Meter zur Seite. Die Frau wirkte nervös und blickte zweimal über die Schulter.

»Ich bin Hauptkommissar Trichter. Kennen Sie den Grund der Razzia?«

»Machen Sie so etwas nicht öfter?«

»Zumindest nicht aus dem heutigen Anlass. Es geht um einen gewissen Joel Bredol.«

Die Prostituierte riss die Augen auf.

»Wie heißen Sie überhaupt?«

»Sunny.«

»Ich meine Ihren richtigen Namen.«

»Sandra Kehler.«

»Ihre Reaktion auf den Namen Bredol fand ich aufschlussreich. Er hat einer 18-Jährigen K.-o.-Tropfen eingeflößt und sie entführt. Das war am Sonntag. Wir suchen sie dringend und hatten gehofft, sie in dem Etablissement zu finden. Leider war das ein Schlag ins Wasser. Haben Sie dieses Mädchen gesehen?« Auf seinem Handy zeigte er ihr ein Foto der Schülerin.

»Nein.« Kehler warf einen Blick über die Schulter. Dann beugte sie sich zu Trichter vor. »Es gibt einen geheimen Raum in dem Bordell. Haben Sie den gefunden? Man übersieht ihn, wenn man nicht weiß, wo er sich befindet.«

»Was passiert in dem Raum?«, fragte Trichter.

»Der wird zur Bestrafung eingesetzt. Ist wie Einzelarrest. Von innen kann man nicht raus.«

46

Dorfer und Decking trafen noch vor dem Einsatzkommando an dem Haus ein, in dem Joel Bredol lebte. Ein Gittertor verwehrte den Zutritt zum Grundstück. Wenn es irgendwo die Möglichkeit gab, Menschen ungesehen verschwinden zu lassen, dann sicher hier.

Vor dem Haus stand ein ziviler Polizeiwagen mit Zweierbesatzung. Dorfer ging zu den Kollegen.

»Keine Aktivitäten seit unserem Eintreffen«, sagte einer der Männer.

»Ungewöhnlich, oder?« Miriam schaute zum Gebäude. »Ob er rechtzeitig ausgeflogen ist?«

»Das werden wir gleich wissen«, murmelte Dorfer.

Der Mannschaftsbus mit dem Einsatzwagen traf ein. Dorfer lief zum Tor und drückte die Klingel. Nichts passierte. Der Videobildschirm blieb schwarz, und das Gittertor schwang nicht auf. Der Leiter des Einsatzkommandos kam zu ihm.

»Niemand da?«, fragte er.

»Oder es steckt jemand den Kopf in den Sand.«

»Okay, dann verschaffen uns meine Männer Zutritt. Wir übernehmen erst mal, bis das Haus gesichert ist.«

Dorfer nickte zustimmend. Sein Bedürfnis, an vorderster Front das Gebäude zu stürmen, war nicht sehr ausgeprägt.

Mit einer Ramme überwand das SEK zunächst das

Gittertor, ehe sie mit insgesamt drei Stößen die Haustür aufbrachen. Sechs Beamte stürmten das Gebäude. Dorfer schaute auf seine Uhr. Die Kollegen benötigten ziemlich genau zwölf Minuten, bis der Einsatzleiter wieder nach draußen trat.

»Niemand im Haus. Ihr könnt reinkommen. Hier scheint jemand fluchtartig verschwunden zu sein.«

»Woran machst du das fest?«, fragte Dorfer.

»Das kann ich euch zeigen.«

Der Leiter des Einsatzkommandos führte ihn ins Schlafzimmer. Dort lagen einige Kleidungsstücke vor dem begehbaren Kleiderschrank. »Entweder ist die Putzkraft länger nicht mehr hier gewesen, oder da hat jemand hektisch Sachen zusammengesucht. Und jetzt ins Arbeitszimmer.«

Schon an der Türschwelle erkannte Dorfer, was der Kollege meinte. Zwei Schubladen am Schreibtisch standen offen. Außerdem hing ein ausgestöpseltes LAN-Kabel über der Tischkante.

»Wart ihr auch im Keller?«, fragte er.

»Natürlich. Da unten befinden sich eine private Sauna, ein Hauswirtschaftsraum und eine Bar. Keine Spur von entführten Personen.«

»Scheiße!« Unschlüssig ging Dorfer in die Küche und überprüfte den Müll und die Kühlschrankvorräte. Auch hier gab es keine Hinweise auf einen erhöhten Verbrauch an Lebensmitteln. Sprach das für Bredols Unschuld im Falle der verschwundenen Denise Kittel und Mats Staude? Oder hatte er deren Leiche längst entsorgt?

47

Sandra deutete in den Raum hinein. »Der Zugang führt über den Schrank.«

»Ernsthaft?«, fragte Trichter ungläubig.

Sie standen in einem Zimmer, in dem das Mobiliar aus einem Bett, einem Nachttisch und dem Kleiderschrank bestand.

»Hat man Sie dort auch eingesperrt?«

»Vier volle Stunden. Und ich wusste nicht, wann ich wieder freikommen würde.«

»Was hat Sie überhaupt in dieses Etablissement geführt?«

»Mein Mann und ich haben bei Bredol einen Kredit aufgenommen, als uns Banken kein Geld mehr liehen. Wir wollten damit unser Geschäft retten. Ein kleines Fahrradgeschäft am Rand der Stadt. Zwei Tage, nachdem die große Summe eingegangen war, räumte der Wichser die Konten und verschwand.«

»Sie haben hier Ihre Schulden abgearbeitet?«

Sandra nickte betrübt. »Bredol hat das verlangt. Was blieb mir anderes übrig?«

»Sie hätten zur Polizei gehen können.«

Die Prostituierte zuckte die Achseln. »In sieben Monaten wäre ich schuldenfrei gewesen. Das erschien mir akzeptabel. Bis er mich das erste Mal vergewaltigt hat.«

»Joel Bredol?«

Sie nickte. Trichter nahm sich vor, den Mann für Jahrzehnte hinter Gitter zu bringen. Um nicht weiter auf Sandras Lebensgeschichte einzugehen, trat er an den Schrank und öffnete ihn. Im Inneren hingen an einer Stange verschiedene Kleider.

»Das dient der Täuschung. In diesem Zimmer arbeitet kein Mädchen«, sagte sie.

Trichter schob die Kleidungsstücke beiseite. Er klopfte gegen die Rückwand.

»Sie können die zur Seite schieben.«

Er folgte der Anweisung und legte eine Tür frei. Die ließ sich einfach aufdrücken. Hinter dem Schrank lag ein karger Raum mit einem Bett, einer Kloschüssel und einem Wasserbecken. Außerdem standen Nahrungsmittel auf einem Tisch. Auf dem Bett kauerte die verängstigte Schülerin.

»Hallo, Frau Staude. Sie sind in Sicherheit.«

Larissa schluchzte erleichtert. Mit wackligen Beinen erhob sie sich und kam zu ihn. Trichter nahm sie in den Arm.

»Was hat er Ihnen angetan?«, fragte er leise. Er fürchtete, die Antwort aufgrund von Sandras Beschreibung zu kennen.

»Nichts«, sagte sie. »Ich bin hier aufgewacht. Vermutlich Sonntag. Was für ein Tag ist heute?«

»Dienstagabend.«

»Oh mein Gott.«

»Sie haben seit dem Aufwachen keinen Menschen gesehen?«

»Nein.«

»Glauben Sie, er hat Ihnen etwas angetan, als sie betäubt waren?«

»Ich habe nirgendwo an mir Blut entdeckt. Mir tut auch nichts weh. Ich bin wohl glimpflich davongekommen.«

»Er hat Sie entführt. Dafür bezahlt er.«

48

Nachdem Miriam Till über den glücklichen Ausgang der Entführung informiert hatte, musste er mit jemandem reden. Die Oberkommissarin schied als Gesprächspartnerin aus, sie wäre noch Stunden mit den Folgen der Razzien beschäftigt. Larissa würde die Nacht bewacht in einem Krankenhaus verbringen. Also rief Till Jessica Sturm an, die ehemalige Partnerin seines ermordeten Mentors Jonathan Albrecht. Auch sie arbeitete als Personenfahnderin und saß gegen zwanzig Uhr noch immer in ihrem Büro.

Bei einer Tasse Kaffee tauschten sie Ideen aus.

»Mein Gefühl sagt mir, dass nicht dieser Bredol der Schlüssel zur Lösung ist.«

»Sondern?«, fragte Jessica.

»Nils Pieper. Entweder ist er selbst in Staudes Verschwinden verstrickt, oder er hat von jemandem, der darin verwickelt ist, die Kreditkarte bekommen. Aber wir wissen nicht, wo er sich aufhalten könnte.«

»Pieper macht schmutzige Geschäfte im Darknet, richtig? Ich glaube, ich habe damals sogar seine Verhaftung am Rande mitbekommen und konnte mit seiner Darknet-Identität, die durch die Presse waberte, etwas anfangen.«

»Was schwebt dir vor?« Till sah seiner Kollegin an, dass sie einen Einfall hatte.

»Du weißt ja, ich besitze verschiedene

Scheinidentitäten im Darknet. Das ist in unserem Metier sehr hilfreich. Auch wenn du davon nicht viel hältst. Unter anderem bin ich Kathinka aus Hamburg. Kathinka hat eine bewegte Lebensgeschichte und schon zwei Artikel illegal im Darknet erworben. In den letzten Monaten war es allerdings ruhig um sie. Vertreibt Pieper noch immer Waffen?«

»Würde mich nicht wundern.«

»Kathinka könnte an den falschen Mann geraten sein und nun Schutz in Form einer Pistole benötigen.«

Till verstand, worauf sie hinauswollte. »Aber wie willst du den Kontakt zu Pieper herstellen?«

Jessica lachte. »Das ist fast wie bei Kleinanzeigen. Gewisse Dinge kann man lokal besser als global vertreiben. Und so viele illegale Waffenhändler gibt es in Hamburg nicht.«

»Funktioniert das?«

»Die Frage ist, was schlimmstenfalls passiert. Entweder meldet sich jemand anders, oder niemand reagiert auf mein Gesuch.«

»Ich frage Miriam nach ihrer Meinung. So einen Schritt sollten wir nicht ohne Unterstützung der Polizei in Angriff nehmen. Nicht, dass du an Undercoverpolizisten gerätst. Einverstanden?«

»Die Meinung dieser Oberkommissarin scheint dir ziemlich wichtig zu sein. Freut mich für dich.« Sie zwinkerte ihm zu.

»Sei nicht so blöd«, antwortete Till. Er griff zum Handy.

49

Mats Staude trank einen Schluck Wasser, den er sich zuvor aus dem Wasserhahn in den Plastikbecher eingefüllt hatte. Er ging zurück zu der Liege, auf der er seit Monaten unbequem schlief. Seine Rücken- und Nackenschmerzen waren wohl das geringste Problem. Sollte er hier jemals wieder herauskommen, würde er seine gesundheitlichen Probleme bestimmt schnell in den Griff bekommen.

Aber lohnte es sich überhaupt, darauf zu hoffen, irgendwann frei zu sein?

Zum vermutlich tausendsten Mal dachte er an den verhängnisvollen Zwischenfall. Hätte er mit einer anderen Reaktion Schlimmeres vermeiden können? Doch wie hätte er ahnen sollen, Zeuge einer Entführung zu werden? So etwas passierte nur in Filmen mit Liam Neeson in der Hauptrolle. Der hätte den Entführer überwältigt, würde nicht seit Monaten in einem Kerker vor sich hinvegetieren und sich von nebenan schreckliche Dinge anhören müssen. Genauso wenig, wie er selbst Undenkbares tun würde.

Ein Knacken riss ihn aus den Gedankengängen.

»Nein, nein, nein, nein«, flüsterte Staude. »Nicht schon wieder.«

In den letzten Wochen hatte sich der Entführer nicht mehr an ihn gewandt – und auch Denise viel seltener missbraucht als in der Anfangszeit. Zumindest, wenn er die ausbleibenden Schreie aus dem anderen Kerker als Maßstab dafür ansah. Nun schien diese Ruhephase vorbei zu sein.

»Hallo, Mats«, sagte die Stimme aus dem Lautsprecher in der Ecke. »Ich habe gute Neuigkeiten für dich!«

Die kannst du dir in den Arsch schieben, du Schweinehund!, dachte er wütend.

»Du warst nach den schwierigen Anfangstagen sehr kooperativ. Ein vorbildlicher Gefangener. Dafür hast du dir eine Belohnung verdient. Deine Belohnung wartet im Raum nebenan auf dich.«

Was sollte er tun? Wieder das arme Mädchen auspeitschen und den Mistkerl dabei zusehen lassen? Oder hatte er sich in seinem krankhaften Wahn neue Foltermethoden ausgedacht?

»Ich öffne dir in ein paar Minuten die Tür. Du darfst zu Denise rüber und dich an ihr ausleben. Du darfst es mit ihr treiben und dir alle sexuellen Wünsche von ihr erfüllen lassen. Das schenke ich dir. Mach dich bereit. Gleich geht es los.«

Oh nein!, dachte er entsetzt. *Das ist nicht gut!*

Was bezweckte der Entführer, wenn er ihn an seine Beute heranließ?

Ihm fielen spontan nur zwei Möglichkeiten ein. Erhoffte sich der Mann von einer live miterlebten Vergewaltigung neue Stimulation? Staude bezweifelte es. Vielmehr befürchtete er, der Entführer wollte nur sicherstellen, dass man fremdes Sperma im Körper der Studentin finden würde. Was das bedeutete, war nicht schwer auszurechnen. Dann stände ihr beider Ende unmittelbar bevor.

Die Minuten verstrichen und schienen sich endlos in die Länge zu ziehen. Bis es in dem Lautsprecher wieder knackte.

»Bist du so weit? Ich habe Denise angewiesen, ihre schönste Unterwäsche anzulegen. Dir wird der Anblick gefallen. Freust du dich?«

»Ich mache das nicht«, sagte Staude.

»Du machst was nicht?«

»Ich vergewaltige sie nicht. Vergessen Sie's!«

»Du hast gar keine andere Wahl.«

»Hab ich wohl!«

»Hast du verdrängt, wie ich dich am Anfang gezähmt habe? Glaubst du, ich würde die Strombestrafung nicht erneut einsetzen?«

»Tun Sie, was Sie nicht lassen können.«

»Du gehorchst mir gefälligst!«, schrie der Doktor. Der Widerstand seines Gefangenen schien ihn zu überraschen.

»Nein.«

»Dann stirbst du!«

»Pech für mich und Pech für Sie! Sie werden es nicht schaffen, dass man mein Sperma in Denise findet. Niemals! Lieber sterbe ich«, brüllte er.

»Ganz wie du willst.«

Der Entführer verstummte. Wie würde er reagieren? Von nun an käme es darauf an, jederzeit mit einem Überraschungsangriff zu rechnen. Kampflos würde Staude sein Leben nicht verschenken.

50

Es dauerte rund vierundzwanzig Stunden, bis jemand im Darknet Jessicas Anfrage beantwortete. In den ersten Nachrichten redeten sie um den heißen Brei herum. Jessica und Till gingen jede einzelne Antwort vor dem Absenden genau durch, um keinen Fehler zu begehen. Dabei holten sie auch Oberkommissarin Miriam Decking ins Boot, die wiederum ihrerseits Kollegen benachrichtigte.

Die Fachabteilung des LKA fand schnell heraus, dass es sich bei dem User, der mit Jessica kommunizierte, höchstwahrscheinlich um Nils Pieper handelte. Und der schien am Donnerstagnachmittag endlich die Geschichte des stalkenden Ex-Partners, vor dem sie sich schützen wollte, zu akzeptieren. Er schickte Jessica eine vielsagende Nachricht.

Wenn Sie von Ihrem Ex belästigt werden, wieso zeigen Sie ihn dann nicht an? Warum wollen Sie Ihr Recht auf Selbstverteidigung lieber selbst in die Hand nehmen?

Mit einer solchen Frage hatten Jessica und Till gerechnet. Und sich darauf vorbereitet.

Ich habe vor sechs Wochen eine Anzeige erstattet. Seitdem ist er zwar vorsichtiger geworden, aber ich sehe ihn immer noch in der Nähe meiner Wohnung herumlungern. Am Montag kam ich erst spät am Abend nach Hause und hatte das Gefühl, dass mich jemand verfolgt. Das war garantiert mein Ex. Zufällig haben wir einen Nachbarn und seinen Hund getroffen. Die beiden haben ihn vertrieben.

Ihr Chatpartner ließ sie nicht lange zappeln.

Haben Sie von der Polizei eine Kopie der Strafanzeige erhalten?

Mit dieser Frage hatten Till und Jessica gerechnet und den Punkt mit Miriam besprochen. Sie war zu dem Entschluss gekommen, dass man zur Untermauerung der erfundenen Stalkingvorwürfe eine Anzeige fälschen könnte. Gemeinsam mit Dorfer hatte sie das bei ihrem Vorgesetzten nach einigen Diskussionen durchgesetzt.

Habe ich.

Zeigen Sie mir eine Kopie?

Auch damit hatten sie gerechnet.

Nur mit geschwärzten Namen etc. Ist das okay?

Ihr Chatpartner stimmte zu. Jessica lud das gefälschte Dokument hoch und schrieb eine Nachricht dazu.

Mein Antrag auf einen Waffenschein wurde trotz der Anzeige abgelehnt. Das kann ich Ihnen auch beweisen.

Wunderbar, antwortete der Mann. *Ich melde mich.*

Vier Stunden später löste er sein Versprechen ein. Er nannte ihr den Preis, den er für eine Pistole mit zehn Schuss Munition verlangen würde. Außerdem den Aufschlag, den zwanzig weitere Kugeln kosteten – falls sie irgendwo in einem einsamen Wald schießen üben wollte. Dann kam er auf die Art der Bezahlung zu sprechen, denn er akzeptierte nur Bitcoins. Er nannte die virtuelle Geldbörse, in der die digitale Währung landen sollte.

Was gibt mir die Gewissheit, dass Sie anschließend liefern?

Da müssen Sie mir wohl vertrauen, lautete die lapidare Antwort. *Aber Sie sind hier auf mich gestoßen. Das sollte Referenz genug sein.*

Till und Jessica besprachen sich mit der Polizei, die das Honorar auf ihre Kosten organisierte. Sobald die Zusage erteilt war, bezahlte Jessica.

Ich habe Ihnen die Bitcoins überwiesen. Wie komme ich an die Pistole?

Nachdem er sich eine Stunde nicht gemeldet hatte, fürchteten sie schon, seinem Betrug auf dem Leim gegangen zu sein. Doch dann schickte er die erlösende Nachricht.

Sie kennen das Café Bodo's Bootssteg *an der Außenalster? Da gibt es eine öffentliche Toilette. Ich werde die Lieferung morgen um Punkt elf Uhr in der linken der beiden Herrentoiletten platzieren. Ihnen würde ich raten, einen vertrauenswürdigen Freund einzubeziehen, der das Paket abholt. Aber natürlich können Sie auch selbst das Herrenklo betreten. Leider habe ich keine weibliche Aushilfe, sonst würde ich es ins Damenklo legen. Als Mann fällt man im Damenklo stärker auf. Sind Sie einverstanden?*

Till und Jessica wussten sofort, welchen Ort der Mann meinte. Seine Auswahl wunderte ihn, weil direkt neben dem Café eine kleine Polizeiinspektion der Wasserpolizei lag.

Halten Sie den Übergabeort für klug gewählt? Da sind Bullen in der Nähe.

Genau deswegen funktioniert das, antwortete der Mann. Vertrauen Sie mir. Das ist so sicher, weil die Bullen niemals mit illegalen Geschäften in ihrer unmittelbaren Nähe rechnen. Wir bewegen uns dort quasi in einem toten Winkel. Morgen, elf Uhr?

Till telefonierte zunächst mit Dorfer. Der gab nach kurzem Überlegen sein Einverständnis. Die Außenalster bot zahlreiche Möglichkeiten, um eine unauffällige Beschattung zu organisieren.

Okay, morgen um Punkt elf Uhr schleiche ich mich in die erwähnte Toilette. Danke!

Der Mann antwortete ihr nicht mehr.

51

Miriam Decking informierte Till über die Maßnahmen des LKAs. Es war Viertel nach zehn, in einer Dreiviertelstunde sollte der Deal über die Bühne gehen.

»Wir haben insgesamt vierzehn Einsatzkräfte vor Ort. Manche sind als Paare getarnt, andere als Sportler oder Spaziergänger mit Hund unterwegs. Dank des Sonnenscheins ist es nicht auffällig, dass viele Leute unterwegs sind.«

»Du und Bastian seid nicht in der Nähe des WCs?«, vermutete Till.

»Nicht direkt. Wir sitzen in einem Einsatzwagen, gar nicht so weit weg von deinem Büro. Pieper kennt unsere Gesichter. Insofern dürfen wir uns nicht blicken lassen. Wie geht es Larissa?«

Till schaute zu der Schülerin, die in seiner Besucherecke saß und nervös wirkte. Nachdem sie aus dem Krankenhaus entlassen worden war, hatte er sie bei sich zu Hause aufgenommen. Solange Bredol auf der Flucht war, schwebte sie in Gefahr.

»Genauso aufgeregt wie ich«, antwortete Till.

»Und gesundheitlich? Hat sie die Gefangenschaft schon weggesteckt?«

»Noch nicht komplett. Dafür ist es zu früh.«

»Du hast recht. Seien wir froh, dass ihr nichts passiert ist. Ich mache jetzt Schluss. Sobald es Neuigkeiten gibt, erfährst du davon.«

Till legte das Handy beiseite. Er stand von seinem Schreibtisch auf und setzte sich zu Larissa.

»Im Laufe des Vormittags sind wir hoffentlich schlauer.«

Sie wich seinem Blick aus. »Als ich in dem Raum gefangen war, hab ich mir ausgemalt, wie mein Vater seit drei Monaten irgendwo festgehalten wird. Der Horror! Trotzdem glaube ich, dass er damit klarkommen würde. Er hat schon immer gern Sportübungen wie Liegestütz und andere Sachen gemacht. Also alles, was mit dem eigenen Körpergewicht zu tun hat. Ich wäre in der kurzen Zeit beinahe durchgedreht, mein Vater packt das geistig garantiert viel länger.«

»Du kennst ihn am besten. Was du sagst, klingt nachvollziehbar.«

Nun suchte sie den Augenkontakt. »Wir müssen ihn befreien.« Tränen traten ihr in die Augen.

Till legte ihr tröstend eine Hand auf den Oberarm und streichelte sie sanft. »Der Verdächtige hat die Kreditkarte deines Vaters besessen. Selbst wenn er nicht der Entführer ist, hilft uns seine Verhaftung weiter. Zu wissen, von wem er die Karte bekommen hat, wäre ein riesiger Fortschritt.«

»Ich weiß.« Sie schaute auf die Uhranzeige des Handys. »Noch so lange, bis wir Neues erfahren. Wie halten Sie Ihren Job bloß aus?«

Eine aufschrillende Sirene verhinderte Tills Antwort. Larissa riss die Augen auf.

»Was ist das?«, fragte sie.

»Der Rauchmelder im Hausflur. Wahrscheinlich eine Fehlfunktion.«

Statt die Tür zu öffnen und gegebenenfalls dem Rauch eine Eintrittspforte zu verschaffen, ging Till zu seinem Schreibtisch. Er aktivierte die Kameras. Die vor seiner Bürotür zeigte keine Rauchentwicklung.

»Ich sehe weder Rauch noch Feuer.«

»Warum ist dann der Alarm losgegangen?«

Till antwortete nicht. Er sah, wie sich im Büro gegenüber die Tür öffnete und drei der dort arbeitenden Personen den vorgegebenen Ablauf einhielten: Sie gingen nach draußen.

Sollten sie ihnen folgen?

Till wechselte das Bild und schaltete auf die Haustüransicht. In dem kleinen Ausschnitt erkannte er nichts Ungewöhnliches.

»Warten wir noch einen Augenblick. Fehlalarme werden im Regelfall schnell abgestellt.«

Auch nach einer halben Minute endete der Alarm nicht. War es fahrlässig, im Büro auszuharren, wenn es irgendwo im Haus brannte?

Eine weitere Person trat aus dem Gebäude.

»Okay«, sagte Till. »Gehen wir. Vergiss dein Handy nicht! Und zieh dir eine Jacke über. Im Wind ist es draußen bestimmt trotz der Sonne kalt.«

»Ja, Onkel Till«, erwiderte sie grinsend.

Ihm gefiel ihre fast schon freche Reaktion. Sie würde ihre Gefangenschaft sicher schnell verarbeiten.

Die beiden zogen sich die Jacken über. Ehe sie das Büro verließen, schaltete Till noch einmal die unterschiedlichen Kamerabilder durch. Von einer Rauchentwicklung war hier im Erdgeschoss nichts zu sehen. Trotzdem heulte die Sirene weiter.

»Gehen wir!«

Sie verließen das Büro. Ihnen kam eine Bewohnerin entgegen, die in dem teils gewerblich, teils privat genutzten Gebäude wohnte.

»Wo ist der Hausmeister, wenn man ihn mal braucht? Ich sehe keinen Rauch, ich rieche keinen Rauch. Ist die Anlage defekt?«

»Das werden wir in ein paar Minuten wissen.«

Zu dritt gingen sie zur Haustür. Till öffnete der Bewohnerin und ließ ihr den Vortritt. Larissa folgte ihr, dann betrat Till den Bürgersteig. Aus dem Augenwinkel nahm er eine rasche Bewegung wahr. Jemand schrie auf. Till riss den Kopf herum und sah Bredol auf sich zustürmen. Der Mann prallte mit ihm zusammen. Von der Wucht überrascht, torkelte Till zurück, bis ihn die Haustür stoppte. Bredol schlug zu und landete einen schmerzhaften Treffer im Magen. Till krümmte sich.

»Ich mach dich fertig!«, zischte er hasserfüllt.

»Lass das!«, schrie Larissa.

Sie klammerte sich von hinten an ihren Entführer. Der schüttelte sie ab.

»Helfen Sie uns!«, bettelte Larissa.

Doch die anderen, überwiegend älteren Anwesenden hielten Abstand.

Trotzdem half Larissas Eingreifen. Till konnte sich sammeln. Bredol schlug wieder zu. Till hob schützend die Arme und blockte den Schlag größtenteils ab. Bredol packte seinen Jackenkragen und zog ihn fort von der Tür. Das war ein Fehler. Hatte Till zuvor wie in einer Ringecke gestanden, konnte er nun ausweichen. Der nächste Schlag Bredols ging daneben. Till setzte zum Gegenangriff an. Er täuschte einen Kinnhieb an, Bredol riss die Arme hoch, und Till verpasste ihm einen Rippentreffer.

»Ruf Miriam an!«, schrie er.

Ohne auf Larissas Antwort zu warten, ging Till auf seinen Gegner los. Er landete eine Kombination aus zwei Körpertreffern. Bredol wollte ihn mit einem Tritt aus dem Konzept bringen, doch Till sprang rechtzeitig nach hinten. Durch den Tritt ins Leere geriet Bredol aus dem Gleichgewicht und versuchte, seinen Stand zu stabilisieren. Till griff an. Er erwischte ihn am Kinn, sein Gegner taumelte rückwärts ... und stürzte. Da sich Till an ihn klammerte, fiel auch er, blieb aber obenauf.

Bredols Hinterkopf prallte hart auf den Asphalt. Er ächzte. Seine Augenlider flatterten. Till schlug ihm ins Gesicht und beendete den Kampf endgültig.

Schwer atmend schaute er zu Larissa hoch. »Hast du die Polizei alarmiert?«, fragte er. Er nannte absichtlich nicht lediglich Miriams Namen. Die Umstehenden sollten nicht in ihm den Bösen sehen.

»Ja«, sagte sie. »Sie und Hauptkommissar Dorfer wollen in wenigen Minuten hier sein.«

Till wandte sich an die Hausbewohner. »Ich vermute, dieser Mann hat den Rauchmelder ausgelöst. Er hat am Sonntag Larissa entführt. Die Polizei hat sie erst am Dienstag befreit. Ihrem Entführer gelang es unterzutauchen.«

»Das stimmt«, bestätigte die Schülerin.

»Wahrscheinlich können Sie ...«

»Was ist denn hier los?«, erklang eine Stimme.

Der für das Haus zuständige Hausmeister eilte herbei. Nachbarn erklärten ihm, was vorgefallen war.

»Vermutlich ein Fehlalarm«, sagte Till. »Ausgelöst von diesem Mann. Aber bevor wir die Leute wieder hineinschicken, sollten Sie nachsehen.«

Mit ernster Miene schritt der Hausmeister voran.

Fünf Minuten später kehrte er zurück. »Es ist alles in Ordnung. Das war ein Fehlalarm.«

Till hatte sich von einem der Bewohner einen Gürtel ausgeliehen, Bredol auf den Bauch gedreht und ihm die Hände auf den Rücken gefesselt. Ein Streifenwagen näherte sich mit eingeschaltetem Blaulicht, aber ohne Sirene. Der Wagen hielt in der Nähe des Hauseingangs. Miriam sprang heraus.

»Alles in Ordnung?«, fragte sie.

Bredol stöhnte. Er schien zu sich zu kommen.

»Der Mistkerl hat den Rauchmelder ausgelöst und mich beim Verlassen des Hauses angegriffen.«

»Wir bringen ihn ins Präsidium und verhören ihn dort«, sagte Dorfer.

»Was ist mit dem Einsatz an der Alster?«

»Die Kollegen waren froh, dass sie die Einsatzleitung untereinander aufteilen konnten. Wir waren für das eingespielte Team wie Fremdkörper.«

Dorfer zog den noch immer benommenen Bredol auf die Beine und belehrte ihn über seine Rechte. Er löste den Gurt und legte ihm Handschellen an.

»Darf ich zur Vernehmung mitkommen?«, fragte Till.

»Guter Witz!«, entgegnete Dorfer. »Du weißt, wie das läuft.«

Er schob den Verhafteten zum Auto.

»Ich ruf dich an, sobald Bredol gesteht«, versprach Miriam.

»Und ihr werdet auch rechtzeitig über die Observation des öffentlichen WCs informiert?«

»Natürlich«, sagte sie. »Du musst jetzt nur ein bisschen Geduld haben. Kümmere dich um Larissa.« Miriam flüsterte ihm ins Ohr: »Guck mal, wie sie dich anschaut. Du bist ihr Held. Bis später.«

Till schaute der Oberkommissarin nach. Die stieg in den Rückraum des Wagens und setzte sich zum verhafteten Clubbesitzer. Dorfer fuhr los, und Miriam hob grüßend ihre Hand. Till wandte sich an Larissa.

»Gehen wir wieder rein«, sagte er.

Miriam hatte recht: Die Schülerin himmelte ihn an.

»Was ist?«, fragte Till irritiert.

»Sie sind voll ... stark.«

Till lachte. »Ehrlich gesagt hatte ich vor allem Glück. Und dein Eingreifen hat mir sehr geholfen, als ich in Bedrängnis war. Gehen wir vom Bürgersteig. Drinnen fühle ich mich wohler.«

52

Zunächst lief er die Straße Alsterufer entlang. In seinen Ohren steckten drahtlose Kopfhörer, aus denen allerdings keine Musik erklang. Sie dienten zur Tarnung, die er mit gelegentlichen rhythmischen Bewegungen des Kopfes untermalte.

Er schaute nach links und rechts, manchmal blieb er für ein paar Sekunden stehen und drehte sein Gesicht der Sonne entgegen. Wie ein Spaziergänger, der das schöne Herbstwetter genoss. Doch in Wahrheit hielt er Ausschau und versuchte, Muster zu erkennen. Er lief ungefähr einen halben Kilometer am vereinbarten Übergabeort vorbei, bis er umdrehte und auf seine Uhr schaute. Viertel vor elf. Wenn die Käuferin pünktlich das WC aufsuchen würde, müsste er spätestens zwei Minuten vorher den Austausch vorbereitet haben. Also blieb ihm noch ein bisschen Zeit. Auf dem Rückweg sah er Menschen, die ihm schon zuvor aufgefallen waren. Insgesamt drei Hundebesitzer, die mit ihren Tieren spielten, dabei jedoch abgelenkt wirkten. Ein junges Paar, das in den letzten Minuten verharrt zu sein schien. Er verlangsamte seinen Schritt. Fünfzig Meter rechts von ihm dehnte sich ein Sportler. Hatte derselbe Mann das nicht schon zuvor getan?

Bildete er sich die Warnsignale bloß ein, oder war das eine fingierte Transaktion?

Was sollte er tun?

Er näherte sich dem Übergabeort. Wenn er die zeitliche Vorgabe einhalten wollte, müsste er nun seine Lieferung deponieren.

Sein Instinkt warnte ihn. Er verlangsamte seinen Schritt und schaute blitzschnell über die Schulter. Der Sportler dehnte sich nicht mehr und blickte in seine Richtung.

Zufall?

Zumal der Sportler ausgerechnet jetzt gemächlich loslief. Sehr langsam. Fast so, als würde er auf der Stelle laufen.

Er schaute wieder nach vorne.

Ein Hundebesitzer näherte sich den Toiletten, ging allerdings nicht die Stufen hinunter.

Falle!, schrie es laut in ihm.

Aber was, wenn er sich irrte?

53

Dorfer brachte Bredol in den Vernehmungsraum, Miriam beobachtete das Ganze durch einen Einwegspiegel im Zimmer nebenan. Gleichzeitig telefonierte sie mit der Einsatzleitung an der Außenalster, um keine wichtige Information zu verpassen. Es war eine Minute vor elf.

»Haben Sie Pieper schon entdeckt?«, fragte Miriam ungeduldig.

»Wir haben eine Person im Visier, die wir allerdings nicht hundertprozentig identifizieren können.«

»Wieso nicht? Sie haben doch die Bilder.«

»Der Kerl trägt eine Mütze und hat einen Vollbart. Könnte aufgeklebt sein. Moment, da passiert gerade was. Ich melde mich wieder.«

Der Einsatzleiter trennte die Verbindung. Miriam schüttelte sich. Normalerweise wäre sie jetzt an der Außenalster und würde über Monitore alles verfolgen. Stattdessen war sie wie eine Internetnutzerin, deren Livestream unterbrochen war, zum Abwarten verdammt.

»Ohne Anwalt sage ich gar nichts«, erklang es aus dem Nebenraum.

Miriam verdrehte die Augen. Bredol hatte während der Fahrt zum Präsidium geschwiegen. Dies waren seine ersten Worte.

»Welchen Anwalt sollen wir kontaktieren?«, fragte Dorfer.

»Moritz Bunk. Sie finden seine Kontaktdaten im Internet.«

Dorfer erhob sich und verließ den Raum.

54

Das ist eine Falle!

Um seine Haut zu retten, rannte er los. Er lief an der öffentlichen WC-Anlage vorbei. Sollte er sich Richtung Stadt orientieren oder lieber zum Bahnhof Dammtor? Er entschied sich für die zweite Möglichkeit und bog in die Seitenstraße ein, die am Luxushotel *Fontenay* vorbeiführte.

Er musste dringend aus dem Alsterumfeld verschwinden. Sich in eine S-Bahn setzen und ...

Hinter sich hörte er Schritte. Ein Mann hetzte ihm nach und holte deutlich auf.

Er rannte schneller.

»Stehen bleiben!«, erklang es laut. »Polizei!«

Die Scheißbullen hatten mit dem Zugriff gewartet, bis er sich nicht mehr in der Nähe der öffentlichen Toilette aufhielt. Nur für den Fall, dass sie sich bei ihm irrten, wollten sie offenbar nicht die ganze Aktion ruinieren.

»Polizei?«, rief er, während er austrudelte. »Was soll der Scheiß? Sie haben mich zu Tode erschreckt.« Er drehte sich zu dem Polizisten um und schaute ihn vorwurfsvoll an.

Der Mann schloss zu ihm auf. »Wieso sind Sie weggerannt?«

»Ich hatte das Gefühl, dass mich jemand verfolgt.

Waren Sie das?«

»Verfolgt?«

»Ja, Mann. Ich bin vor zwei Jahren hinterrücks überfallen worden. Seitdem ... na ja.« Er lächelte mitleidheischend.

»Zeigen Sie mir Ihren Ausweis.«

Sollte er der Aufforderung Folge leisten? Der Bulle konnte ihn nicht dazu zwingen. Doch die Staatsmacht hatte Möglichkeiten, seine Identität auch gegen seine Kooperationsbereitschaft herauszufinden.

»Na klar. Kein Problem. Mein Portemonnaie steckt in der vorderen Hosentasche. Ich hole es heraus.«

»Und Sie haben keine spitzen Gegenstände dabei? Oder sogar eine Waffe?«

»Nein. Wieso sollte ich? Für wen halten Sie mich?« Er zückte die Geldbörse und faltete sie auseinander. Ein Fehler, wie er sich eingestand. Denn der Zettel, den er auf dem Herrenklo deponieren wollte, steckte im vordersten Fach. Das hatte er für einen Moment vergessen. Bemerkte der Bulle das Stück Papier? Rasch zog er den Ausweis aus einem Fach und klappte die Börse wieder zu. »Hier.«

»Sie sind André Baier?«

»Genau.«

Der Bulle musterte ihn ein paar Sekunden eingehend und verglich das Foto mit seinem Gegenüber. Dann gab er ihm den Ausweis zurück. »Drehen Sie sich bitte einmal um.«

»Mein Gott!«, stöhnte Baier. »Was habe ich in Ihren Augen getan?« Um seine Kooperationsbereitschaft zu signalisieren, drehte er sich dabei langsam um die eigene Achse.

»Okay, vielen Dank. Das war ein Missverständnis.«

Hast du wirklich geglaubt, ich würde die Waffe bei mir führen, du Schwachkopf?

»Kann ja mal passieren. Sie machen auch nur Ihren Job. Schönen Tag«, sagte Baier und lächelte.

Der Polizist nickte ihm zu.

55

Das Kürzel *AB* im Display stand für André Baier. Pieper schaute auf seine Uhr. Sieben Minuten nach elf. War alles gut gegangen, oder hatte es Schwierigkeiten gegeben? Aufgrund der Uhrzeit war beides möglich.

»Erzähl!«, forderte Pieper.

»Eine Falle.«

»Scheiße! Bist du entkommen?«

»Ja«, antwortete der Mann. »Da waren unzählige Zivilisten, die sich seltsam verhalten haben. Ich hab die Aktion abgebrochen und bin auf dem Weg zum Dammtor.«

»Du bist also gar nicht in die Toilette rein?«

»Genau.«

»Und du hast den Zettel noch?«

»Natürlich. Wie schon gesagt. Die Bullen waren zu auffällig.«

»Wann läuft der Zeitraum ab?«

»In neunzig Minuten.«

»Mach mir ein Foto von dem Code, und schick mir das Bild.«

»Kriegst du.« Baier trennte die Verbindung.

Pieper hatte nie vorgehabt, eine Waffe direkt zur Außenalster zu bringen. Stattdessen hatte er Baier den Auftrag gegeben, die Pistole in einem Schließfach des Hamburger Hauptbahnhofs zu deponieren. Dann hätte er den Zettel mit dem Zugangscode auf dem Klo hinterlegt. Seine Geschäftspartnerin hätte das garantiert verstanden. Oder von ihm eine Nachricht bekommen

Doch Baiers Erlebnis veränderte alles. Die Schlampe hatte versucht, ihm eine Falle zu stellen.

Das Foto traf ein.

Neunzig Minuten. Er würde maximal dreißig zum Hauptbahnhof benötigen und könnte sich danach in Ruhe umsehen, ob die Bullen den Trick durchschaut hatten. Aber wie sollten sie? Baier hatte es geschafft, sich ungesehen von der Außenalster zu entfernen.

Pieper war hin- und hergerissen. Die Bitcoins hatte er erhalten, er könnte die Waffe als bezahlt abschreiben. Doch die Bullen hatten versucht, ihn aufs Kreuz zu legen. Insofern war es besonders verlockend, die Waffe zurück in seinen Besitz zu bringen. Gedanklich wog er die Vor- und Nachteile gegeneinander ab.

56

Der Anwalt von Bredol benötigte nur eine knappe halbe Stunde, bis er im Präsidium erschien. Zuallererst besprach er sich mit seinem Mandanten, dann kehrte er zu den Polizisten zurück, die in ihrem Büro auf ihn warteten.

»Was genau werfen Sie Herrn Bredol vor?«, erkundigte er sich.

Dorfer hatte seiner Partnerin im Vorfeld offenbart, mit offenen Karten spielen zu wollen. Er kannte den Anwalt Bunk – ein sehr cleverer Rechtsanwalt, der seinen Mandanten regelmäßig zur Kooperation mit der Polizei riet, wenn die Schuld klar bewiesen war. So holte er häufig die geringstmöglichen Strafen heraus.

Dorfer berichtete von der Entführung, die nicht nur durch die Aussage des Opfers, sondern auch aufgrund von Videomaterial belegbar war. Die Razzia in dem Bordell kam ebenfalls zur Sprache, ebenso der heute erfolgte tätliche Angriff.

»Also reden wir mindestens über Freiheitsberaubung und Körperverletzung«, führte Dorfer aus. »Allerdings haben wir Bredol im Falle zweier weiterer Entführungen im Visier und halten ihn für verdächtig. Im Juli verschwanden die Studentin Denise Kittel und der Vater von dem Entführungsopfer Larissa Staude am selben Tag.«

»An die Berichterstattung über Frau Kittel erinnere ich mich«, sagte Bunk. »Aber was passiert, wenn Herr Bredol damit nichts zu tun hat? Dann hilft ihm ein Geständnis bei den anderen Delikten nicht weiter.«

»Das stimmt«, bekannte Dorfer. »Wir werfen ihm außerdem Zwangsprostitution und Freiheitsberaubung in weiteren Fällen vor. Mindestens eine Zeugin ist bereit, gegen ihn auszusagen. Ich schätze, wenn wir tief genug stochern, kommen zahlreiche Vorwürfe gegen ihn ans Licht. Ach ja, Vergewaltigung steht auch auf der Liste.«

»Das höre ich nicht gerne.«

»Ihr Mandant wird für viele Jahre im Gefängnis landen.«

»Ich beratschlage mich und gebe ihm einen guten Rat. Vorausgesetzt, er hat etwas davon. In der einen oder anderen Sache wird bestimmt Aussage gegen Aussage stehen, nicht wahr?«

»Möglich.«

»Rufen Sie einen Staatsanwalt herbei. Ich bin überzeugt, Herrn Bredol zu absoluter Kooperation bewegen zu können – wenn Strafmilderung herausspringt.«

»Der Staatsanwalt besitzt keinen großen Handlungsspielraum. Dafür sind die Hauptvorwürfe zu klar belegt.«

»Und ich erwarte keine Wunderdinge.« Bunk lächelte. »Keine Sorge, ich schätze die Situation meines Mandanten realistisch ein. Aber kommen Sie uns zumindest ein kleines Stück entgegen.«

57

In dem Vernehmungsraum saßen Dorfer und der zuständige Staatsanwalt auf der einen Seite des Tisches, Joel Bredol und dessen Anwalt Bunk ihnen gegenüber. Miriam Decking beobachtete das Ganze durch den Einwegspiegel vom Nebenzimmer aus. Dorfers Handy war auf Vibrationsmodus gestellt und steckte in seiner Hosentasche. Wenn der Oberkommissarin etwas auffallen würde, könnte sie ihn sofort benachrichtigen.

Dorfer legte zuerst die Fakten zur Entführung der Schülerin dar und fragte Bredol, ob er sich dazu äußern wollte.

Der Mann blickte kurz zu seinem Anwalt, der ihm zunickte.

»Ja, ich habe sie aus dem Apartment entführt, in dem ich ihr Rohypnol zwangsweise eingeflößt habe. Von ihrer Unterkunft habe ich sie direkt ins Bordell gebracht, um sie da zwei Tage weichzukochen. Ich habe sie allerdings nicht angerührt. Niemand hat das. Hätten Sie nicht die Razzia durchgeführt, hätte ich sie allerspätestens am nächsten Morgen freigelassen.«

»Was wollten Sie mit der Freiheitsberaubung erreichen?«

Bredol trank einen Schluck Wasser und schien seine Worte abzuwägen. »Ich wollte die Wahrheit erfahren.«

»Welche Wahrheit?«

»Ist Larissa ein Lockvogel? Um hinter mein Geschäftsmodell zu kommen?«

»Wie sieht Ihr Geschäftsmodell aus?«, fragte der Staatsanwalt.

Wieder rückversicherte sich Bredol bei seinem Anwalt. »Ich habe mich auf junge Frauen spezialisiert, die Geldnöte haben. Denen leihe ich Geld zu Zinssätzen, die mir einen erträglichen Gewinn verschaffen, wenn sie brav ihre Schulden tilgen. Die Bank gibt mir Geld für einen oder maximal zwei Prozent Zinsen, ich gebe es den Frauen für zwanzig Prozent. Das Beste an unserem Deal: Falls sie es nicht zurückzahlen, müssen sie ihre Schuld in meinem Bordell abarbeiten. Deswegen nehme ich nur hübsche, unverbrauchte Frauen. Am liebsten aus Deutschland, denn die Freier stehen auf deutsches Frischfleisch. Aber Osteuropa ist auch okay, manchmal sogar Afrika.«

Innerlich ballte Dorfer die Faust. Er musste Bredols Worte ausblenden, um nicht zu explodieren. Ihm hatte schon ganz anderer Abschaum gegenübergesessen.

»Das funktioniert?«, fragte der Staatsanwalt.

Bredol lächelte. »Oft genug. Manche Freier merken genau, welche Frauen nicht so viel Spaß an dem Job haben, und genießen den Akt mit ihnen umso mehr. Aber in den letzten Wochen häuften sich die Warnsignale. Ein ehemaliger Geschäftspartner, mit dem ich mittlerweile heillos zerstritten bin, zog Erkundigungen über mich ein. Deswegen hielt ich Larissa für einen Lockvogel.«

»Ich meinte vorhin eher den Schuldneraspekt,

wollte aber Ihren Redefluss nicht unterbrechen. Arbeiten die Frauen wirklich als Prostituierte?«

»Glauben Sie mir, ich leiste vortreffliche Überzeugungsarbeit.«

»Wie kamen Sie darauf, die Polizei könnte Larissa Staude als Lockvogel eingesetzt haben?«, erkundigte sich Dorfer.

»Ich hab das Mädchen im Sommer kennengelernt. Scheinbar zufällig. Hinterher habe ich mich gefragt, ob das arrangiert war. Sie erzählt mir von ihren hochtrabenden Plänen nach dem Abitur. Sie will in Amerika an einer Eliteuni studieren, aber ihre Eltern machen ihr deutlich, dass sie das finanziell niemals stemmen können. Also erwähne ich ihr gegenüber, dass ich manchmal Geld verleihe. Ob man nicht bei anderer Gelegenheit darüber reden soll. Ich lade sie in meinen Club ein, doch sie erscheint nicht. Monatelang höre ich nichts von ihr. Dann taucht sie unangekündigt im Club auf. Kurz darauf gibt sich der Personenfahnder als ihr Vater aus, und eine Polizistin haben die beiden zur Unterstützung auch an ihrer Seite. So abwegig war mein Gedanke nicht. Oder? Ich wollte herausfinden, was sie weiß. Dann hätte ich sie freigelassen und jede Beteiligung abgestritten. Aussage gegen Aussage.«

»Und damit man Ihnen nicht in die Quere kommt, haben Sie Larissas Vater im Juli entführt. Wo ist ...«

»Nein!«, unterbrach Bredol ihn. »Ich habe ihn in meinem ganzen Leben nicht gesehen ... und schon gar nicht verschleppt. Wieso sollte ich? Meine Spezialität sind junge Frauen.«

»Frauen wie die Studentin Denise Kittel?«, fragte Dorfer.

»Wie wer?«

»Denise Kittel. Tun Sie nicht so scheinheilig! Lebt Sie noch?«

»Die gehört nicht zu meinen Schuldnern. Sorry, da kann ich Ihnen nicht weiterhelfen. Bei dem Namen klingelt's überhaupt nicht.«

58

In zehn Minuten würde die Mietzeit des Schließfachs ablaufen. Pieper wollte unter keinen Umständen ein Risiko eingehen. Er würde den Zeitraum bis zum letzten Augenblick ausreizen, um sich vorab umzusehen. Um besser getarnt zu sein, hielt er einen Plastikbecher mit frischem Orangensaft in der Hand, für den er unverschämt viel Geld bezahlt hatte.

Pieper schlenderte in dem Gewusel des Hamburger Hauptbahnhofs umher und wechselte mehrfach abrupt die Richtung. Er hielt nach Zivilisten Ausschau, die sich ungewöhnlich verhielten. Die uniformierten und bewaffneten Bundespolizisten, die zum normalen Bild des Hauptbahnhofs dazugehörten, störten ihn nicht. Zumindest nicht, solange sie ihn nicht auffällig musterten.

Er bemerkte niemanden, der sich für ihn zu interessieren schien. Langsam ging er zu den Schließfächern. Unterwegs trank er den Orangensaft aus und warf den Becher in einen Mülleimer.

Kurz vor den Schließfächern blieb er erneut stehen und drehte sich ruckartig um. Er achtete auf jeden Passanten. Niemand verhielt sich auffällig.

Noch zwei Minuten.

Langsam musste er den Code eingeben.

Er betrat den Schließfachbereich, in dem sich

niemand anders aufhielt. Auf einer Zahlentastatur gab er den PIN ein. Das System bestätigte die Richtigkeit seiner Eingabe, dann sprang ein Fach auf, das nicht weit von seiner Position entfernt war. Darin lag ein rechteckiges Paket, eingepackt in rotem Geschenkpapier. Nichts, was Aufsehen erregt hätte, wenn seine Chatpartnerin es herausgeholt hätte. Doch die hatte sich in den letzten Stunden nicht gemeldet. Für Pieper stand fest, dass er trotz aller Vorsichtsmaßnahmen fast einer Polizistenschlampe auf den Leim gegangen wäre. Das würde ihm für zukünftige Geschäfte eine Warnung sein.

Er schaute noch einmal nach links, bevor er das Paket herausholte.

»Polizei!«, rief jemand laut hinter ihm.

Frustriert schloss Pieper die Augen.

»Legen Sie das Paket ins Fach! Und dann treten Sie mit erhobenen Armen zwei Schritte zurück.«

59

»Wir haben den Waffenhändler verhaftet!«, ertönte es in seinem Ohr. »Schnapp dir die Ratte.«

Polizeioberkommissar Putaro war stolz auf seinen Instinkt. Er hatte genau gespürt, dass mit dem Mann, den er beim Luxushotel kontrolliert hatte, etwas nicht stimmte. Außerdem hatte er den Zettel in seinem Portemonnaie erkannt und identifiziert. Nach der Kontrolle war er in eine Seitenstraße geschlüpft und hatte Kontakt zu seinem Vorgesetzten aufgenommen. Kurzentschlossen hatten sie beschlossen, dass Putaro dem Mann unauffällig folgen sollte und zugleich mit den Verantwortlichen vom Hamburger Hauptbahnhof besprochen, wie man den Schließfachbereich am besten überwachen könnte. Da das Ganze fast vier Minuten in Anspruch genommen hatte, war Baier in der Zwischenzeit aus Putaros Blickfeld verschwunden.

Putaro hatte alles auf eine Karte gesetzt und war zum Bahnhof Dammtor gelaufen. Dort hatte er den Mann in buchstäblich letzter Sekunde in eine S-Bahn steigen sehen. Der Oberkommissar hatte es geschafft, unauffällig das nächste Abteil zu betreten. Nach einer kurzen Fahrt über vier Stationen war Baier wieder ausgestiegen, hatte jedoch bloß einmal flüchtig über die Schulter zurückgeschaut. Putaro war ihm ohne größere Probleme zu der im Ausweis aufgeführten

Adresse gefolgt. In der untersten Reihe der Klingelschilder stand der Name des Mannes. Die Haustür war unverschlossen, sodass Putaro die ganze Zeit im Flur gewartet hatte. Bis sein Chef den Zugriffsbefehl erteilte.

Putaro trat vor die Wohnungstür. Er drückte die Klingel und hockte sich zu Boden, damit ihn der Mann nicht durch den Spion sehen konnte. Das Haus verfügte über keine Gegensprechanlage – ein weiterer Pluspunkt für den Polizisten.

Durch die Wohnungstür hörte er gedämpft Schritte, dann wurde es still. Schaute Baier durch den Türspion? Er betätigte den Türöffner und schwang seine Wohnungstür auf.

»Überraschung!«, rief Putaro und richtete seine Dienstpistole auf den Mann.

Der zuckte zusammen, reagierte aber gedankenschnell. Er warf die Tür zu und rannte ins Innere der Wohnung. Putaro verhinderte, dass die Tür ins Schloss fiel, erhob sich blitzschnell und hetzte Baier hinterher.

»Bleiben Sie stehen! Sie sind verhaftet.«

Der Flüchtige dachte nicht daran. Er hatte die verschlossene Balkontür erreicht und zog am Griff. Doch er war nicht schnell genug. Bevor er über den Balkon flüchten konnte, packte Putaro ihn an der Schulter und zog ihn zurück. Baier verlor das Gleichgewicht und schlug hart mit dem Rücken am Boden auf.

»Au!«, schrie er.

Putaro richtete die Waffe auf ihn.

»Wir unterhalten uns jetzt!«

»Was wollen Sie von mir?«

Putaro schaute sich kurz um. »Zur Couch. Ich gebe Ihnen die Chance Ihres Lebens.« Er griff zum Handy und wählte die Nummer seines Chefs.

Baier krabbelte zur Couch, an der er sich hochzog.

»Hauptkommissar Aal, ich stelle Sie auf Lautsprecher. Baier ist verhaftet.«

Putaro legte das Handy auf einen gläsernen Couchtisch. »Der Verdächtige kann Sie hören.«

»Hallo, Herr Baier. Ich bin Hauptkommissar Aal. Hören Sie mir genau zu. Wir machen dieses Angebot nur einmal. Wir wissen, Sie haben für einen Mann namens Nils Pieper heute ein Paket in ein Schließfach am Hamburger Hauptbahnhof deponiert. Ich bin optimistisch, dass Sie dabei keine Handschuhe getragen haben und wir folglich Ihre Fingerabdrücke sichern können. In dem Paket lag eine Pistole. Pieper ist in unserem Gewahrsam, nachdem er versucht hat, das Paket abzuholen. Er redet nicht mit uns, sondern besteht auf einen Anwalt. Bis dahin wird er weiter schweigen. Das ist Ihre Chance. Sie sind noch nicht vorbestraft. Sie können jetzt mit uns kooperieren, dann werden wir keine Anklage gegen Sie erheben. Oder wir setzen später Himmel und Hölle in Bewegung, um Ihnen Ihre Beteiligung an einem illegalen Waffengeschäft nachzuweisen. Wofür entscheiden Sie sich?«

Putaro beobachtete Baier genau. Ihm schien eine patzige Antwort auf der Zunge zu liegen, die er jedoch nicht aussprach. Stattdessen fuhr er sich durchs Haar, während sein Blick umherirrte. Wägte er Vor- und

Nachteile ab?

»Wenn Nils von meiner Kooperation mit Ihnen erfährt, macht er mich fertig.«

Hauptkommissar Aal zögerte keine Sekunde. »Ihre Beteiligung an dem Waffendeal ist vermutlich ziemlich klein?«, baute er ihm eine Brücke.

»Ich wusste nicht mal, dass in dem Paket eine Waffe ...«

»Nicht lügen!«, warnte Aal schneidend.

»Das war ein Botengang, für den er mir vierhundert Euro gegeben hat. Die Hälfte als Anzahlung, den Rest sollte ich später bekommen. Dafür will ich nicht in den Knast«, jammerte Baier.

»Geben Sie uns Hintergrundmaterial, mit dem wir Pieper festnageln können.«

»Aber dann weiß Nils, dass ich Ihnen geholfen habe.«

»Wir werden Ihren Namen nicht erwähnen.«

»Und wie haben Sie ihn verhaftet?«, fragte Baier.

»Wieso sagen wir nicht die Wahrheit?«, mischte sich Putaro ein. »Wir hatten Pieper ohnehin im Visier und haben bei einer Kontrolle den Zettel in Ihrem Portemonnaie entdeckt. Darauf haben wir eins und eins zusammengezählt und sind vorsorglich am Hauptbahnhof aufgetaucht. Informationen, die Sie uns jetzt geben, dienen nur dazu, die Anklage gegen Pieper zu untermauern. Im Verhör verschweigen wir das.«

»Genau so ist es«, bestätigte Aal. »Allerdings sollten Sie sich beeilen, Herr Baier. Piepers Anwalt trifft in wenigen Minuten im Präsidium ein.«

»Sie halten dicht? Versprechen Sie mir das?« Baier suchte flehentlich Putaros Blick.

»Hundertprozentig«, versprach Putaro.

»Was wollen Sie wissen?«

60

Nach dem Zwischenfall mit Bredol hatte Larissa Till gebeten, sie zu sich nach Hause zu bringen. Till hatte ihr den Wunsch erfüllt, war aber danach wieder ins Büro gefahren. Zu Hause zu sitzen und auf Nachrichten zu warten, zerrte viel stärker an seinen Nerven. Sein Angebot, Jessica Sturm könnte sich um Larissa kümmern, lehnte die Schülerin dankend ab. Till ließ sie trotzdem guten Gewissens allein. Durch Bredols Verhaftung schwebte sie nicht länger in Gefahr.

In seinem Büro überlegte er, wie er mit dem Steuerberater Stefan Zahn umgehen sollte. Wegen der sich überschlagenden Ereignisse hatte er noch keine Zeit gehabt, konkrete Schritte einzuleiten. Till rief am PC die Homepage des Mannes auf und musterte sein Porträtfoto. Ein Plan formte sich in seinem Kopf. Er griff zum Telefon und wählte die Nummer des Steuerberaters. Eine jung klingende Frau nahm den Anruf entgegen.

»Buchinger, guten Tag. Ist Herr Zahn zu sprechen?«

»Worum geht es denn?«, fragte dessen Sekretärin.

»Ich bin auf der Suche nach einem neuen Steuerberater, aber bevor ich mir einen Termin geben lasse, würde ich gern ein paar Fragen vorab klären.«

»Einen kleinen Moment Geduld bitte.«

Sie drückte ihn in die Warteschlange. Sekunden

später meldete sich der Steuerberater.

»Zahn! Hallo?«

»Guten Tag, Herr Zahn. Ein gemeinsamer Freund hat Sie mir empfohlen, denn ich bin auf der Suche nach einem neuen Steuerberater.«

»Das höre ich gerne. Wer ist dieser gemeinsame Freund?«

»Doktor Gereon Hirthe.«

»Meine Assistentin hat mir Ihren Namen nicht genannt. Wie heißen Sie?«

Aus einem Gefühl heraus nannte Till einen falschen Namen. »Gräser. Frank Gräser.«

»Es tut mir sehr leid, Herr Gräser, aber ich habe derzeit keine Kapazitäten für neue Klienten. Auf Wiederhören.«

Der Mann trennte abrupt die Verbindung. Till legte verwirrt auf. Was hatte das schnelle Ende zu bedeuten? Nichts Gutes, so viel stand fest. Hatte er ein Eigentor geschossen? Würde Zahn den Gynäkologen vorwarnen? Ungeduldig trommelte er mit den Fingern auf die Tischplatte. Am liebsten hätte er sich mit Miriam abgesprochen, doch die steckte gerade in Vernehmungen. Till beschloss, das Zepter selbst in die Hand zu nehmen. Er wählte Hirthes Nummer. Der meldete sich rasch.

»Hallo, Herr Buchinger. Gibt es Neuigkeiten?«

Aus dem Hintergrund vernahm Till Motorenlärm. Offenbar war Hirthe unterwegs.

»Hallo, Herr Doktor. Ich habe gerade einen Anruf der Polizei bekommen. Für die nächsten Stunden sind

Fortschritte zu erwarten. Dem zuständigen Kommissariat ist die Verhaftung einer wichtigen Person gelungen.«

»Das klingt großartig. Haben Sie Einzelheiten für mich? Oder noch besser: Können Sie zu mir nach Hause kommen? Ich habe vorhin Feierabend gemacht und bin auf dem Heimweg. Sagen wir, in zwanzig Minuten. Schaffen Sie das?«

Till war unschlüssig. Einerseits war es immer vorteilhaft, die Gesichtszüge eines Menschen zu lesen. Andererseits könnte der Arzt zwei Personen in seine Gewalt gebracht haben. Müsste sich Till vor ihm in Acht nehmen?

»Ich fahre direkt los«, sagte er. »Keine Ahnung, wie lange ich im Freitagsverkehr brauche.«

»Bis gleich.« Der Arzt beendete das Gespräch.

Till beruhigte sich mit dem Gedanken, dass er dem Mann körperlich eindeutig überlegen war. Er durfte Hirthe bloß keine Gelegenheit geben, ihn zu überraschen. Vor allem würde er jedes angebotene Getränk ablehnen und ihm nicht den Rücken zukehren.

Um sich zusätzlich abzusichern, schickte er Miriam eine Nachricht.

Ich fahre zu Hirthe. Vorhin habe ich beim Steuerberater Zahn angerufen. Der hat sich seltsam verhalten, als ich Hirthes Namen erwähnte. Daraufhin habe ich dem Arzt gegenüber durchklingen lassen, dass ihr einen Verdächtigen verhaftet habt. Er hat mich sofort zu sich gebeten, um Einzelheiten zu erfahren. Das Angebot auszuschlagen hätte merkwürdig gewirkt. Wir hören voneinander.

Er schickte die Nachricht ab. Rasch erschienen zwei graue Häkchen hinter der Mitteilung. Sie war ausgeliefert. Till löschte sie vom eigenen Handy.

61

Till parkte wie bei seinem letzten Besuch vor der Garage des Hauses. Als er ausstieg, sah er Hirthe an der Haustür. Der Arzt lächelte freundlich.

»Herr Buchinger. Sind Sie also gut durch den Verkehr gekommen?«

»Ja, die Straßen waren erfreulich frei.«

Der Gynäkologe streckte ihm die Hand entgegen. »Schön, dass Sie es einrichten konnten.«

Till ergriff die Hand. Der Arzt drückte überraschend fest zu. Ehe Till reagieren konnte, spürte er einen Einstich. Reflexartig sprang er zurück.

»Ganz ruhig, Herr Buchinger. Das Mittel fließt schon durch Ihre Venen. Wehren Sie sich nicht dagegen.«

Till blieb nicht mehr viel Zeit. Ihm wurde bereits schummrig. Um nicht kampflos aufzugeben, lief er auf den Arzt zu und schubste ihn. Der Mann torkelte. Till holte mit der Faust aus. Wenn es ihm gelingen würde, Hirthe bewusstlos zu schlagen, könnte er vielleicht ...

Seine Sicht verschwamm. Er blinzelte. Wie lange blieb ihm noch?

»Setzen Sie sich auf den Boden. Sonst verletzen Sie sich beim Sturz.«

Hirthe war nur noch eine schemenhafte Gestalt. Till blinzelte erneut. Für einen Moment sah er wieder klar. Der Arzt hielt einen Spazierstock in der Hand.

»Ich will Ihnen nicht weh tun. Bleiben Sie ruhig.«

Till stützte sich mit der Hand an der Wand ab. Er musste angreifen. Jetzt sofort! Er trat einen Schritt vor.

»Stehen bleiben!«, rief der Arzt.

Noch ein Schritt. Tills Beine schienen wie in Zement einbetoniert. Er holte mit dem rechten Arm aus.

»Ich habe Sie gewarnt. Es tut mir leid.«

Hirthe schlug zu. Ein unerträglicher Schmerz explodierte an Tills Stirn. Er wankte zurück und verlor das Gleichgewicht. Till stürzte zu Boden und sackte bewusstlos zusammen.

62

Dorfer und Decking saßen am Tisch im Vernehmungsraum, Pieper und sein Anwalt Köhler hatten ihnen gegenüber Platz genommen.

Köhler forderte die Polizisten auf, ihre Vorwürfe zu benennen. Dorfer übernahm das Wort, seine Kollegin fügte nur gelegentlich Informationen hinzu. Der Rechtsanwalt hörte sich alles in Ruhe an. Als sein Mandant während Dorfers Schilderung zu einem Einspruch ansetzte, legte er ihm eine Hand auf den Arm, woraufhin Pieper schwieg.

»War das alles?«, fragte Köhler schließlich.

»In Anbetracht der Vorstrafe Ihres Mandanten ist das eine Menge«, erwiderte Dorfer.

»Ich fasse einmal zusammen«, begann Köhler. Er sprach aufreizend langsam, als würde er jedes einzelne Wort genau abwägen. »Herr Pieper wollte mit einer Kreditkarte bezahlen, die er am Tag zuvor zufällig gefunden hat. Übrigens mit der aufgeklebten PIN an der Rückseite.«

»Wie überaus praktisch«, spottete Dorfer.

»Dann bemerkt Herr Pieper, dass sein Betrugsversuch in dem Geschäft auffliegt. Aufgrund seiner Vorstrafe gerät er in Panik und flieht. Zunächst ins Alsterhaus und anschließend durch die Parkgarage. Bei dieser Flucht hat sich unseres Wissens niemand verletzt.

Wie hoch ist das Strafmaß für den Versuch, eine gefundene Kreditkarte einzusetzen?«

Köhler schaute Dorfer herausfordernd an. Der hielt dem Blickkontakt stand. Innerlich gab er dem Anwalt leider recht. Bei dieser Verteidigungsstrategie würde Pieper nichts passieren.

»Und was sagt Herr Pieper zu dem Vorwurf, erneut ein illegales Waffengeschäft übers Darknet abgewickelt zu haben?«, fragte Dorfer.

»Welches Waffengeschäft meinen Sie? Herr Pieper ging davon aus, dass ein Freund in dem Schließfach ein Geschenk für Piepers 12-jährigen Cousin hinterlegt hat.«

Dorfer sah seine Partnerin an. Beide lachten lauthals.

»Also diesen Punkt haben Sie nicht durchdacht«, fuhr Dorfer fort. »Ob derjenige, der das vermeintliche Geschenk deponiert hat, die Angaben bestätigen wird?«

Erstmals wirkte Pieper beunruhigt. Nur Köhler schien sich nicht aus der Ruhe bringen zu lassen.

»Wie groß ist denn die Beweislast eines fingierten Waffengeschäfts?«, fragte der Rechtsanwalt.

»Das würde in letzter Konsequenz wohl ein Richter festlegen.«

»Vielleicht ist mein Mandant nur zum Schein auf den Waffenverkauf eingegangen. Eventuell hat er vorgehabt, den Abholer zu filmen, um der Polizei die Daten zur Verfügung zu stellen.«

»Weswegen er eine voll funktionsfähige Waffe

deponiert?«, fragte Dorfer. »Mit der man spielend leicht hätte töten können?«

»Haben Sie ihn dabei gefilmt? Können Sie beweisen, dass er es war? Oder können Sie lediglich beweisen, dass er den Zugangscode für das Fach hatte?«

Dorfer überlegte kurz. Sie standen auf brüchigem Eis. Bezüglich der Kreditkarte hatte Köhler die besseren Karten in der Hand. Bei dem Waffengeschäft hingegen konnten die Polizisten dank Baiers Aussage punkten. War das eine Pattsituation? Sollte er Baiers Aussage zur Sprache bringen, obwohl die Kollegen dem Mann Anonymität zugesagt hatten?

»Ist Herr Pieper bereit, uns zu sagen, wie er in den Besitz der Kreditkarte gekommen ist?«, fragte Dorfer. »Und hören Sie bitte mit Ihrem schlechten Märchen auf. Unser oberstes Ziel ist es nämlich nicht, Ihren Mandanten zu überführen. Wir wollen wissen, wo sich der Kreditkarteninhaber aufhält. Alles, was uns dabei hilft, wäre wichtig.«

»So wichtig, dass Sie in dem Punkt des Waffengeschäfts auf Strafverfolgung verzichten?«

Dorfer wandte sich seiner Partnerin zu. »Reden wir draußen über Herrn Piepers Wunsch.«

63

Auf dem Flur vor dem Vernehmungszimmer zog Miriam das Handy aus der Hosentasche. Direkt zu Beginn der Vernehmung hatte es vibriert – doch sie hatte währenddessen nicht nachschauen wollen.

»Till hat mir geschrieben.«

»Weswegen?«

Miriam öffnete die Nachricht und las sie ihrem Partner vor.

»Puh«, stöhnte der. »Bredol fällt als Verdächtiger in den Entführungsfällen aus. Pieper wirkt ziemlich gelassen. Ich kann mir kaum vorstellen, dass er in Schwerverbrechen verstrickt ist.«

»Dann wäre Hirthe einer unserer letzten verbliebenen Kandidaten.«

»Hirthe. Staude. Oder Mister X«, sagte Dorfer.

»Machst du dir Sorgen um Till? Ich kann ihn anrufen und zurückpfeifen.«

»Schick ihm eine Nachricht, dass er vorsichtig sein muss. Körperlich wäre er dem Arzt wohl überlegen. Wir haben ja gesehen, was er mit dem deutlich muskulöseren Bredol angestellt hat.«

Miriam tippte rasch eine Antwort ein, die sie ihrem Partner vorlas: »Hi Till, pass bitte auf dich auf. Wir stecken gerade in der Vernehmung Piepers und haben nicht das Gefühl, dass er der Entführer sein könnte. In wenigen Minuten erfahren wir wohl, woher er die Kreditkarte hat. Dann melde ich mich wieder.«

Sie sah ihren Partner an, der ihr zunickte. Also berührte sie das Senden-Symbol.

»Was machen wir mit Pieper?«, fragte Dorfer.

»Bei der Kreditkarte hat er leider recht, da können wir ihm maximal einen Betrugsversuch nachweisen. Wird einen Richter nicht sonderlich beeindrucken.«

»Und das Waffengeschäft? Hauptkommissar Aal hat Baier zugesichert, dass wir Pieper nicht mit Baiers Aussage konfrontieren. Würden wir das tun, könnte Baier sie zurückziehen und wir ständen mit leeren Händen da.«

»Bieten wir ihm einen Kompromiss an. Wenn er Staude die Kreditkarte nicht gewaltsam abgenommen hat ...«

»... und somit nicht sein Entführer ist ...«

»... stellen wir die Ermittlung wegen des Waffendeals ein. Obwohl mir das nicht schmeckt. Er saß dafür schon im Gefängnis und lässt es trotzdem nicht sein.« Miriam verzog unzufrieden ihr Gesicht.

»Wir kriegen ihn ein anderes Mal. Du weißt doch, wie man so schön sagt. Die Katze lässt das Mausen nicht. Die Entführung aufzuklären hat höchste Priorität.«

Miriam nickte. Gleichzeitig prüfte sie das Chatprogramm. Till hatte ihre Nachricht offenbar gelesen - zumindest signalisierten das die beiden blauen Häkchen.

»Sollen wir zurückgehen?«, fragte Dorfer.

»Warte kurz. Till hat die Nachricht gelesen.«

»Antwortet er schon?«
»Bislang nicht.«
Auch in den nächsten zwei Minuten schrieb er nicht zurück. Miriam war versucht ihn anzurufen, unterließ es aber. Schließlich schob sie das Telefon zurück in die Hosentasche. »Gehen wir zu unserem Freund.«
Sie betraten den Vernehmungsraum wieder und setzten sich auf die Stühle.
»Sind Sie zu einem Ergebnis gekommen?«, fragte Rechtsanwalt Köhler.
Dorfer zögerte und fixierte Piepers Blick. Der hatte nichts von seiner Selbstsicherheit verloren.
»Wenn ihr Mandant dem Kreditkartenbesitzer Mats Staude die Karte nicht mit Gewalt abgenommen hat, sind wir bereit, den Betrugsversuch unter den Tisch fallen zu lassen.«
»Das ist ja nur der kleinere der beiden Vorwürfe«, antwortete Köhler zurückhaltend.
»Sollte uns Herr Pieper ausführlich beschreiben, wie er in den Besitz der Karte gekommen ist, verfolgen wir auch das Waffengeschäft nicht weiter. Obwohl das eine nichts mit dem anderen zu tun hat. Herr Pieper saß wegen illegalen Waffenhandels im Gefängnis. Ganz offenbar hat er aus der Haftstrafe nichts gelernt und betreibt seine Geschäfte weiterhin.«
»Ich wollte der Polizei helfen«, behauptete der Verdächtige unverfroren. »Ihnen einen Waffenkäufer auf dem Silbertablett präsentieren.«
»Hören Sie mit diesen Märchen auf!«, sagte Dorfer genervt.

Der Anwalt und sein Klient sahen sich kurz an. Pieper nickte.

»Da kein Staatsanwalt im Raum ist, muss ich mich auf Ihr Wort verlassen«, sagte Köhler. »Ich hätte allerdings gern, dass Sie Ihr Angebot für uns handschriftlich festhalten. Das hat zwar keinen verbindlichen Charakter, aber sollte es zu einer Anklage kommen, würde das bei den Kleinigkeiten, die Sie ihm vorwerfen, den Richter beeinflussen.«

Er schlug die vor ihm liegende Ledermappe auf und schob sie Dorfer zu. Der formulierte das Angebot handschriftlich auf einem Schreibblock, der in der Mappe steckte. Zunächst unterschrieb Dorfer, anschließend setzte auch Miriam ihre Unterschrift unter das Dokument.

»Wunderbar.« Köhler zog die Ledermappe zu sich, schlug sie zu und steckte sie in seine Aktentasche. »Herr Pieper, erzählen Sie uns bitte, wie Sie in den Besitz der Kreditkarte gekommen sind.«

»Irgendwann im Juli bin ich übers Darknet kontaktiert worden«, begann Pieper.

»Erinnern Sie sich an das genaue Datum?«, fragte Dorfer. »Und kannten Sie den Namen der Person, die Sie angeschrieben hat?«

»Ich glaube, es war der zwanzigste Juli. Auf den Namen komme ich gleich zu sprechen.«

Dorfer notierte das. »Drei Tage nach Herrn Staudes Verschwinden. Reden Sie weiter! Und spannen Sie uns nicht überflüssig auf die Folter.«

»Dann unterbrechen Sie mich nicht. Der

Chatpartner bot mir einen interessanten Deal an. Er sei im Besitz einer Platinum American Express Businesskarte, deren PIN er kennen würde. Er brauchte jemanden, der offline gelegentlich mit der Karte einkaufen gehen würde. Kleidung. Technik. Ganz egal. Hauptsache im stationären Handel. Die Begleichung der Rechnungsbeträge sei gewährleistet. Außerdem würde er jemanden brauchen, der in den Folgetagen nach der Post des Kreditkartenbesitzers schauen würde. Ein Nachsendeantrag sei schon gestellt, doch die Zeit, bis das reibungslos funktionieren würde, müsse überbrückt werden. Der Chatpartner sicherte mir zu, dass ich ohne Probleme zehntausend Euro über die Karte umsetzen könnte, außerdem bot er mir für meine Dienstleistungen 5000 Euro. Da konnte ich nicht widerstehen.«

»Haben Sie sich nicht gefragt, wie Ihr Geschäftspartner an die Kreditkarte gekommen ist?«, fragte Dorfer.

Pieper zuckte lediglich mit den Achseln.

»Das war Ihnen also egal«, folgerte Dorfer.

Pieper verdrehte die Augen. »Ich habe nie behauptet, ein höchst moralisch handelnder Bürger zu sein. Wir müssen alle über die Runden kommen, oder?«

»Und deswegen ist es Ihnen auch gleichgültig, wenn andere Menschen entführt ...«

»Oh nein!«, unterbrach der Vorbestrafte ihn. »Von einer Entführung war nie die Rede. Das wäre mir zu heikel gewesen. Ich bat im Chat um den Namen des Kartenbesitzers. Sobald ich ihn erhielt, googelte ich ihn. Von einem Entführungsopfer namens Mats Staude war in der Presse nie die Rede. Zu dem Zeitpunkt ging es lediglich um die verschwundene Studentin.«

»Sie hätten folgern können, dass Staude irgendwie mit Denise Nickel zusammenhängt«, sagte Miriam. »Deren Name damals sehr wohl durch die Presse geisterte.«

»Das wäre eher Ihre Aufgabe gewesen, oder? Sobald ich also überprüft hatte, dass ich mich in keine heißen Sachen verstricken würde, nahm ich den Chat wieder auf. Mein Chatpartner ...«

»Wann sagen Sie uns seinen Namen?«, fragte Dorfer.

Pieper lächelte. »Es ist fast so weit. Nur noch ein bisschen Geduld. Mein Chatpartner wies den Gegenwert von fünftausend Euro in Bitcoins an. Kaum waren sie bei mir eingetroffen, machten wir einen Treffpunkt aus.«

»Und Sie hatten keine Angst, Opfer eines fingierten Geschäfts zu werden?«, wunderte sich Dorfer.

»Da war ich mir absolut sicher, denn ich hatte in den letzten Jahren Kleinigkeiten mit dem Mann abgewickelt. Wir trafen uns in der Nähe der Elbphilharmonie, wo er mir die Karte und die benötigten Schlüssel gab, damit ich nach dem Briefkasten sehen konnte. Zwei Tage später kaufte ich das erste Mal ein. Alles lief glatt. Insgesamt waren das sieben oder acht Einkäufe, die ich erledigte. Dann hatte ich die festgelegte Grenze ausgeschöpft. Letzte Woche meldete sich der Chatpartner erneut und bat mich, die Karte ein weiteres Mal zu benutzen. Ich erwähnte die getätigten Käufe, er behauptete, das sei kein Problem. Also entschied ich mich für einen Einkauf bei Apple.«

»Wo Sie zu Ihrem Pech auf eine misstrauische Verkäuferin stießen.«

»Wie hat sie mich eigentlich durchschaut?«, fragte Pieper.

»Sagen Sie uns endlich den Namen des Auftraggebers.«

Pieper lächelte. »Sobald Sie meine Frage beantworten.«

»Die Verkäuferin kannte Herrn Staude persönlich. Deswegen ist ihr der Name des Karteninhabers aufgefallen«, erklärte Dorfer.

»Dumm gelaufen.« Demonstrativ trank Pieper ein Schluck Wasser. »Trommelwirbel«, sagte er grinsend. »Der Name des Mannes, auf den Sie es offenbar abgesehen haben, ist Doktor Gereon Hirthe.«

Sofort sprang Miriam auf und verließ eilig den Raum.

»Warten Sie kurz«, sagte Dorfer zu Pieper. »Wir sind gleich wieder da.«

»Bleibt mir was anderes übrig?« Pieper trank erneut einen Schluck Wasser.

Dorfer trat in den Flur und warf die Tür des Vernehmungsraumes zu. Miriam hielt ihr Telefon in der Hand. »Was machst du da?«

»Ich rufe Till an. Er hat die Nachricht noch immer nicht beantwortet.«

»Nicht anrufen!«

Miriam sah ihn entrüstet an. »Wieso nicht?«

»So warnst du Hirthe.«

»Wenn er im Besitz von Tills Handy ist, hat er die Nachricht eh gelesen und *ist* vorgewarnt.«

»Ruf ihn trotzdem nicht an. Wir müssen anders vorgehen.«

»Was schwebt dir vor?« Sie schob das Handy zurück in die Hosentasche.

»Wir wissen von Till, dass er auf dem Weg zu Hirthe war. Also lassen wir das Haus des Mistkerls stürmen. Er ist garantiert Staudes Entführer. Und diese Tat macht nach allem, was wir vermuten, nur Sinn, wenn er Denise Kittel ebenfalls in seine Gewalt gebracht hat. Außerdem will ich den Steuerberater hier haben. Er soll uns erklären, wieso er dem Doktor ein falsches Alibi verschafft hat.«

»Wie organisieren wir das? Beim Haus von Hirthe gehen wir von Gefahr im Verzug aus, oder?«

»Natürlich«, sagte Dorfer. »Den Durchsuchungsbeschluss besorgen wir später. Jetzt geht es darum, Till zu retten. Zu dem Steuerberater schicke ich einen Streifenwagen. Die Kollegen werden ihn höflich, aber bestimmt auffordern, ihnen zu folgen. Weigert er sich, beantragen wir einen Haftbefehl wegen der Mitwisserschaft bei einer Freiheitsberaubung.«

»Was machen wir in der Zwischenzeit mit Pieper?«

»Ich sag ihm gleich Bescheid, dass er gehen kann, sich aber für eine zweite Vernehmung bereithalten soll. Die Stürmung von Hirthes Anwesen ist wichtiger. Komm mit, die beiden können noch ein bisschen warten.« Eilig lief Dorfer den Flur entlang.

64

Verwirrt öffnete Till die Augen. Zunächst nahm er seine Umgebung bloß verschwommen wahr. Er lag auf dem Rücken und starrte an eine grau gestrichene Decke. Till blinzelte mehrfach.

»Willkommen!«, sagte eine männliche Stimme rechts von ihm.

Till zuckte erschrocken zusammen und rutschte instinktiv von der Stimme weg. Er stieß gegen eine Wand.

»Nur die Ruhe. Ich tue Ihnen nichts.«

Till blickte zur Seite und blinzelte erneut. Neben ihm hockte ein Mann, der ihn freundlich anlächelte. Es dauerte ein paar Sekunden, bis er ihn erkannte.

»Herr Staude«, sagte er.

Nun wirkte sein Gegenüber verwundert. »Kennen wir uns?«

»Ihre Tochter ...« Ein Stich durchfuhr seine Schläfe. Till stöhnte. Vorsichtig schwang er die Beine auf den Boden und setzte sich aufrecht hin. In seinem Kopf drehte ein Karussell schnelle Runden.

»Was ist mit Larissa? Ist ihr etwas passiert?«

»Nein«, beruhigte Till ihn. »Geben Sie mir kurz Zeit. Larissa ist wohlauf.«

Staude atmete erleichtert durch. Ihm gelang es sogar, sich in Geduld zu üben und Till nicht mit Fragen zu bombardieren.

»Ich bin Personenfahnder, so eine Art Privatdetektiv«, erklärte Till, sobald er sich dazu in der Lage fühlte. »Ihre Tochter Larissa ist letzte Woche Mittwoch bei mir im Büro aufgetaucht und hat mich engagiert, Sie zu finden.«

Staude lächelte glücklich. Um ihn nicht zu beunruhigen, verschwieg Till ihm vorerst die weiteren Details.

»Kannten Sie vor dem siebzehnten Juli Doktor Hirthe?«, fragte er stattdessen.

»Nein. Ich bin dem Scheißkerl nie zuvor begegnet.«

»Nachdem Sie Larissa zum Bahnhof gebracht haben, wie ist es dann weitergegangen?«

»Ich war so wütend auf Larissa, aber vor allem auf diesen Joel. Also hielt ich es für eine kluge Idee, zu seinem Club zu fahren, um ihn zur Rede zu stellen. War zwar noch ziemlich früh, trotzdem kam mir das sinnvoll vor. Irgendwie vermutete ich, dass er deutlich vor der Öffnung des Clubs dort ankommen würde. Um ein bisschen Zeit zu schinden, nahm ich nicht den direkten Weg, sondern fuhr über Nebenstraßen. In einer eher verlassenen Gegend an einem Gewerbegebiet sah ich von Weitem einen schwarzen Wagen mitten auf der Fahrbahn. Ich näherte mich und registrierte ein zerbeultes Damenrad. Ein Mann stand mit dem Rücken zu mir an seinem Auto. Ich stieg aus und fragte, ob er Hilfe benötigte. Er rief panisch ›Kommen Sie schnell. Sie ist mir plötzlich vor den Kühler gefahren.‹ Ich vergaß jede Vorsicht, lief zu ihm, er drehte sich um und rammte mir eine Spritze in den Hals. Sekunden später verlor ich das Bewusstsein. Keine Ahnung, wie viel Zeit verging, bis ich hier gefangen aufwachte.«

Till schaute sich um. Mats Staude lebte seit drei Monaten in einem allenfalls fünfzehn Quadratmeter großen Verlies. Das sie sich nun teilen mussten. Ihm fiel die Nachricht an Miriam ein. Ob sie ihm das Leben retten konnte? Er tastete sich ab, fand jedoch kein Handy.

»Wonach suchen Sie?«

»Nach meinem Telefon.«

»Das hat er Ihnen garantiert abgenommen. Wir können niemanden alarmieren.«

Till schaute sich um. Er entdeckte einen Lautsprecher an der Wand. Hörte Hirthe sie darüber ab? Vorsichtshalber beugte er sich zu Staude vor.

»Ehe ich hergekommen bin, habe ich einer Kommissarin geschrieben, wohin ich aufbreche«, flüsterte er seinem Mitgefangenen ins Ohr.

Der schaute ihn hoffnungsvoll an.

65

Nachdem genügend Polizisten auf dem Grundstück des Verdächtigen eingetroffen waren, sperrte ein Mannschaftswagen die Zufahrt ab. Am Himmel kreiste ein Hubschrauber des LKA, deren Insassen die Umgebung beobachteten.

Dorfer und seine Partnerin waren genau wie Hauptkommissar Trichter und dessen Partner Brühl vor Ort, mussten sich jedoch erst einmal mit der Zuschauerrolle zufriedengeben. Sie saßen in einem Wagen, in dem die Bilder der verschiedenen Kameras zusammenliefen, die die Einsatzkräfte bei sich trugen.

Miriam spürte das Pochen ihrer Halsschlagader. Hatte sie Till ins offene Messer rennen lassen? Dessen Mobiltelefon war nicht mehr zu orten. Bestimmt hatte Doktor Hirthe es vernichtet. Sie machte sich Vorwürfe. Wenn die Kollegen nur Tills Leiche vorfinden würden, würde sie sich das niemals verzeihen.

»Wir gehen jetzt rein«, erklang die Stimme des Einsatzleiters. »Bravo sechs und sieben überprüfen die Garage. Der Rest geht durch den Vordereingang.«

Miriam konzentrierte sich auf die Bilder des Teams, das sich Zugang zur Garage verschaffte. Sie öffneten das Rolltor. Im Inneren herrschte von wenigen kleineren Gegenständen abgesehen gähnende Leere. Wieso stand kein Auto darin? Waren sie zu spät gekommen?

Sie blickte auf einen anderen Monitor. Einsatzkräfte durchkämmten das Innere des herrschaftlichen Anwesens. Im Erdgeschoss stießen sie auf keinen Widerstand. Danach ging es in voller Mannstärker in die obere Etage – lediglich zwei Polizisten standen an der Haustür Wache. Auch oben änderte sich nichts am Bild. Im Haus hielt sich niemand auf.

»Jetzt in den Keller«, befahl der Einsatzleiter.

»Scheiße«, murmelte Miriam. »Ich habe ein ganz mieses Gefühl.«

Dorfer antwortete nicht. Er starrte gebannt auf die Monitore, die nun die Bilder aus dem Kellergeschoss übertrugen. Über eine vor ihm liegende Tastatur vergrößerte er einen Ausschnitt im Gymnastikraum.

»Hier ist auch niemand«, ertönte es kurz darauf.

Dorfer griff zu einem Mikrofon, mit dem er Kontakt zur Einsatzleitung aufnehmen konnte.

»Gehen Sie noch einmal zum Sportraum. Ich glaube, mir ist da etwas aufgefallen.«

Überrascht schaute Miriam ihn an. Was hatte ihr Partner im Gegensatz zu allen anderen Beteiligten bemerkt?

Erneut betraten zwei Einsatzkräfte den Raum.

»Schauen Sie sich die Sprossenleiter an«, bat Dorfer sie. »Verdeckt der Holzrahmen einen Spalt in der Wand?«

66

»Ist Denise hier unten auch gefangen?«, fragte Till. »Lebt sie noch?«

»Ja«, sagte Staude.

Trotzdem konnte Till nicht erleichtert durchatmen. Staude wirkte zu betrübt.

»Direkt nebenan ist ein zweites Verlies. Da hat er sie eingesperrt.«

Till erhob sich. Er wollte der Studentin Mut zusprechen.

»Sparen Sie sich die Mühe. Der Bastard hat vorhin zuerst Sie hier eingesperrt, kurz darauf habe ich Denises flehende Schreie gehört, die immer leiser wurden. Ich schätze, er hat sie mitgenommen. Oder ihr sogar Schlimmeres angetan.«

»Können Sir mir erzählen, was Denise hier durchgemacht hat?«

Staude mied den Blickkontakt. »Leider ja. Sie hat so oft geschrien und geweint. Außerdem habe ich sein ekelhaftes Stöhnen gehört, wenn er ... Sie wissen schon. Das arme Ding. In den ersten Wochen unserer Gefangenschaft hat er sie jeden Tag vergewaltigt. Manchmal sogar zweimal. Irgendwann schien der Reiz ein wenig nachzulassen. Dann hatte sie auch mal einen Tag Ruhe, bis er sich wieder an ihr verging. Vor einiger Zeit hatte er eine ganz neue Idee. Er muss mir Drogen ins Essen gemischt haben. Ich verlor das Bewusstsein und wachte in ihrem Verlies auf. Er verlangte von mir, sie mit einer Peitsche zu schlagen, während er von außen dabei zusehen wollte. Dieser Bastard wartete nackt außerhalb der Zelle. Sein Ständer war nicht zu übersehen. Ich weigerte mich. Er verschwand kurz und kam mit einem Stromschockgerät zurück. Er schoss damit auf mich, folterte mich, bis ich zur Peitsche griff. Aus dem Augenwinkel sah ich, wie er es sich selbst besorgte. Als er erschlafft war, musste ich ihm die Peitsche durch den Gitterspalt zurückgeben. Noch einmal feuerte er mit dem Stromgerät und hielt mich so unter Kontrolle. Alle paar Tage habe ich ihr weh tun müssen, während er sich daran aufgegeilt hat. Schrecklich! Vor ein oder zwei Tagen gab er mir durch den Lautsprecher neue Anweisungen. Wegen meiner guten Mitarbeit würde er mir gestatten, Denise zu vergewaltigen. Ich weigerte mich. Natürlich würde ich mich an keiner Frau vergehen, doch mir schien noch mehr dahinterzustecken. Ein perfider Plan. Er drohte mir den Tod an, aber das war mir egal. Das sagte ich ihm auch. Offenbar hat er es mir abgenommen. Seit er Sie in den Kerker geworfen hat, war er nicht mehr hier und hat sich auch nicht über Lautsprecher gemeldet.«

»Das haben Sie gut gemacht«, lobte Till ihn.

In seinem Kopf setzten sich die Puzzlestücke zusammen. Hirthe hatte Larissas Blog entdeckt und war ihr gefolgt. So erfuhr er von ihrem Plan, in Hamburg mit Hilfe eines Personenfahnders nach ihrem Vater zu suchen. Sogleich beauftragte er Till damit, Denise Kittel zu finden. Hatte er darauf gehofft, dass Till einen Zusammenhang zwischen den beiden verschwundenen Menschen herstellen würde? Das Angebot an Staude, sich an der Gefangenen zu vergehen, würde ins Bild passen: Wenn Hirthe beide Entführten getötet und die Rechtsmedizin Staudes DNA-Spuren in Larissa entdeckt hätte, wäre der Verdacht auf ihn gefallen. Vor allem aufgrund Staudes Vorgeschichte und der Tatsache, dass er zeitgleich mit Denise Kittel von der Bildfläche verschwand.

Was hatte Hirthe jetzt mit seiner Nichte vor? War sie sein Faustpfand, weil mit Polizeibesuch rechnete? Oder plante er Schlimmeres?

»Was war das?«, fragte Staude.

Auch Till vernahm ein Geräusch.

67

Ein Polizist zog an der Sprossenwand. Die bewegte sich, ehe sie hakte.

»Noch mal!«, rief der Einsatzleiter.

Der Polizist zog stärker und legte einen Durchgang frei. Der Gang dahinter war schwach beleuchtet. Nacheinander zwängten sich die Einsatzkräfte durch und liefen mit zu Boden gerichteten Pistolen einige Meter hinein.

»Wir sind hier! Hilfe!«, erklang eine männliche Stimme.

»Hierher!«, rief eine weitere Stimme.

Zwei Männer. Auch wenn Miriam durch die Qualität der Übertragung nicht hundertprozentig sicher sein konnte, fühlte sie sich sofort erleichtert. Einer der beiden musste Till sein. Der andere Gefangene war wahrscheinlich Mats Staude.

Sekunden später erhielt sie Gewissheit. Eine Kamera zeigte Till und Staude in einem Verlies. Till wirkte unversehrt.

Sie atmete durch und klopfte ihrem Partner anerkennend auf die Schulter. »Adlerauge! Gut, dass du den Spalt entdeckt hast. Wer weiß, wie lange das sonst gedauert hätte.«

»Aber wo ist Hirthe?«, fragte Dorfer. »Und was ist mit Denise?«

68

Gereon Hirthe hatte vor Fahrtantritt seiner Nichte ein leichtes Beruhigungsmittel gespritzt, um sie besser unter Kontrolle zu halten. So konnte sie auf dem Beifahrersitz sitzen und seinem Monolog folgen. Ob sie überhaupt verstanden hatte, was er ihr beichtete?

Bei einer Polizeikontrolle würde Hirthes Flucht zweifellos früh scheitern, denn Denise wäre in der Lage, ihn zu verraten. Da die Fahrtzeit nur rund anderthalb Stunden betrug, hoffte er, unbehelligt seinen Unterschlupf zu erreichen. Er hielt sich penibel an alle Tempolimits und legte den ersten Teil der Reise ohne Zwischenfälle zurück. Allerdings hatte er noch keine Vorstellung, was er in seinem Versteck unternehmen würde. War das bloß eine Zwischenstation, von der sie schon bald zu zweit aufbrechen würden? Oder nähme er die nächste Etappe allein in Angriff? Hirthe wusste es nicht. Zumal es eine dritte Möglichkeit gab. Das Ferienhaus als Endpunkt seiner Reise.

Er warf einen Blick in den Rückspiegel, den er so eingestellt hatte, dass er seine Nichte ansehen konnte. Denise hielt die Augen geschlossen. Schlief sie, oder wollte sie ihn täuschen?

Die Monate der Gefangenschaft und all die Dinge, die er ihr angetan hatte, waren nicht spurlos an ihr vorübergegangen. Sie war blass, ihre Haut unrein und der blaue Fleck auf der Wange nicht zu übersehen. Trotzdem erkannte er noch immer ihre Schönheit. Die ihm zum ersten Mal aufgefallen war, als er sie mit zwölf oder dreizehn Jahren in einem Rock gesehen hatte.

Das war der Moment, der sein Leben verändert hatte. Damals war er ihr verfallen. Einem Kind, bestenfalls einem Teenager. Als er sich immer öfter vorstellte, sich an Denise zu vergehen, nahm die Abwärtsspirale ihren Lauf. Sein Haus bot so viele Möglichkeiten – vor allem seit er ohne Ehefrau darin lebte. Schon zu Kriegszeiten hatten seine Vorfahren im Kellergeschoss Schutzbunker errichtet. Später hatten sie einen Geheimgang gebaut und eine jüdische Familie vor dem Naziterror versteckt gehalten. Sie hatten Leben gerettet. Er hingegen ...

Ihm hatte es Freude bereitet, den Keller noch einmal umzugestalten. Zwei Gefängnisse zu bauen. Hirthe glaubte zwar nicht an Intuition, doch offenbar hatte er unterbewusst geahnt, dass er irgendwann mehrere Menschen einkerkern würde. In seiner Fantasie waren das junge Frauen gewesen. Seine Nichte und jemand Unbekanntes. Lesbische Spiele, bei denen er zuschauen würde. Nicht Denise und ein zum falschen Zeitpunkt aufgetauchter Zeuge. Trotzdem hatte selbst diese Konstellation ihren Reiz gehabt, den er zur Befriedigung seiner Triebe ausgenutzt hatte.

»Wieso?«, fragte sie plötzlich. »Was habe ich dir getan?«

Hirthe lächelte. Sie stellte ihm die Frage nicht zum ersten Mal. Bisher hatte er ihr keine Antwort gegeben.

Auch jetzt ließ er sie noch ein bisschen zappeln. Er erinnerte sich daran, als seine Schwester ihn gebeten hatte, Denises Gynäkologe zu werden. An ihre erste Untersuchung. Wie schwer es ihm gefallen war, nicht über sie herzufallen. Mit jedem weiteren Vorsorgetermin wuchs sie zu einer bildhübschen Frau heran. Sie verlor ihre Jungfräulichkeit – was er zutiefst bedauerte. Wie gerne wäre er ihr einziger Mann gewesen.

Und dann der verhängnisvolle Freitag.

Sie sagte, sie habe eine Verhärtung an der Brust ertastet, ob er sich das ansehen könnte. Denise zog sich aus und präsentierte ihm ihre perfekten Brüste. Er tastete die Stelle ab – ohne Befund. In diesem Moment zog er einen falschen Rückschluss. Er nahm an, sie hätte sich die Verhärtung ausgedacht, weil sie die gleichen Gefühle für ihn hegte wie umgekehrt. Also streichelte er ihre Brust und flüsterte: »Denise, mein Schatz, du musst dir keine Sorgen machen.«

Der Abscheu in ihren Augen war unübersehbar. Sie sprang zurück. Er versuchte, die Situation zu retten, indem er seine Aussage wiederholte. »Du musst dir keine Sorgen machen. Es ist alles in Ordnung.«

Ihr stummes Nicken und ihre anschließende Wortkargheit hatte er als Warnsignal aufgefasst. Sie würde ihrer Mutter davon erzählen. Vielleicht sogar ihren Freundinnen. Seine Karriere wäre vorbei, wenn sie es an die große Glocke hängte. Weil sie ihm vorher schon berichtet hatte, wie der Rest ihres Tages aussähe, schmiedete er Pläne, die er am späten Nachmittag in die Tat umsetzte.

»Warum?«, wiederholte sie.

»Aus Liebe und Begierde.« Er lächelte.

»Das hatte nichts mit Liebe zu tun«, widersprach Denise.

Ihr linker Arm schnellte vor. Damit hatte er nicht gerechnet, zumal ihre Stimme noch schwach klang. Sie versuchte, ihm ins Lenkrad zu greifen. Er schlug ihre Hand beiseite und warf einen Blick in den Außenspiegel. Momentan war niemand hinter ihnen zu sehen. Das Fahrzeug schlingerte. Er bremste ab und hielt dabei ihren Arm fest. Langsam fuhr er auf den Standstreifen.

»Du bist ein ungezogenes Mädchen.«

»Und du ein widerliches Schwein. Warum stirbst du nicht?«

Im Seitenfach der Fahrerseite lag eine vorbereitete Spritze. Er tastete nach ihr. Denise wehrte sich. Mir ihren Fingern wollte sie ihm in die Augen stechen. Noch war sie nicht bei voller Kraft. Er überwand ihre Gegenwehr und rammte ihr die Spritze in den Oberschenkel.

»Das war ein schwerer Fehler.«

Er drückte den Kolben herunter.

»Warum stirbst du nicht?«, wiederholte sie kaum verständlich.

Sekunden später fielen ihr die Augen zu. Hirthe atmete durch. Bis zu dem Ferienhaus waren es noch zwanzig Minuten. Danach müsste er sie ins Haus tragen. Hoffentlich beobachtete ihn dabei niemand.

69

Obwohl die Zeit aufgrund der Geiselnahme drängte, ließ Dorfer den Steuerberater im Vernehmungszimmer schmoren. Er und Miriam musterten den Mann, der wie das sprichwörtliche Häufchen Elend auf einem Stuhl saß. Da sie ihn offiziell nicht verhaftet hatten und ihn als Zeugen bezeichneten, bestand für ihn keine Notwendigkeit, einen Anwalt zu kontaktieren. Sie wollten seine Aussage und würden ihm vermutlich das Angebot unterbreiten, nicht gegen ihn zu ermitteln. Hauptkommissar Trichter hatte sein Einverständnis erteilt.

»Machen wir ihn fertig«, sagte Dorfer.

Sie marschierten in den Raum und warfen die Tür laut zu. Der Steuerberater Zahn zuckte zusammen. »Warum halten Sie mich hier fest?«, beschwerte er sich kleinlaut. »Meine Frau wartet auf mich und macht sich bestimmt Sorgen.«

»Je nachdem, wie Sie mit uns kooperieren, können Sie schnell nach Hause«, versprach Dorfer. »Wieso haben Sie Herrn Doktor Gereon Hirthe ein falsches Alibi für den siebzehnten Juli gegeben? Und überlegen Sie sich genau, was Sie jetzt sagen. Noch führen wir Sie als Zeugen. Aber das kann sich rasch ändern.«

Zahn presste die Lippen zusammen. Man sah ihm an, wie er seine Optionen durchspielte. »Wenn ich meine Aussage vom Juli abändere und vielleicht sogar weitere Details kenne, die für Sie interessant sind, was droht mir dann?«

»Da Sie nicht vor Gericht falsch ausgesagt haben, drohen Ihnen keine strafrechtlichen Konsequenzen. Wir würden das nicht weiterverfolgen. Es sei denn, Sie wären in die Entführung verstrickt oder hätten sich vielleicht sogar an Frau Kittel als Gegenleistung vergangen.«

»Was? Nein!«, rief er glaubhaft empört. »So ein Mensch bin ich nicht.«

»Erzählen Sie uns alles!«, forderte Dorfer. »Jetzt sofort. Egal, wie schlecht Sie dabei wegkommen.«

»Gereon hat mich am 19. Juli angerufen und mich um einen Gefallen gebeten. Er hat von seiner verschwundenen Nichte erzählt, die wohl Opfer einer Entführung geworden sei. Er hatte das Problem, für den Zeitpunkt der Tat kein Alibi vorweisen zu können. Also bat er mich, behaupten zu dürfen, dass wir einen geschäftlichen Termin gehabt hätten. Da ich zum fraglichen Zeitpunkt an jenem Freitag allein im Büro war, konnte ich das ohne Probleme zu Protokoll geben, als Ihre Kollegen bei mir auftauchten.«

»Haben Sie sich nicht gefragt, wieso Hirthe darum gebeten hat?«, fragte Miriam.

»Er sagte, er ist einer der letzten Menschen gewesen, die seine Nichte lebend gesehen haben. Außerdem ist er seit der Scheidung alleinstehend. Schon deshalb befürchtete er, in den Fokus der Ermittlungen zu geraten. Gereon und ich sind seit Jahrzehnten befreundet.

Ich hätte niemals geglaubt, dass er zu so etwas fähig ist. Es war ein Freundschaftsdienst. Mehr nicht.«

»Was glauben Sie jetzt?«

»Ein Anruf von ihm hat mich letzte Woche misstrauisch gemacht«, bekannte Zahn. »Gereon erklärte, er hätte einen Personenfahnder engagiert, der seine Nichte finden sollte. Daher vermutete er, dass sich dieser Mann nach dem Alibi erkundigen würde. Ob ich bei meiner Aussage bleiben könnte. Er könne ja gar nicht der Täter gewesen sein, weil er kein schwarzes Fahrzeug besitzt. Und da machte es plötzlich Klick in meinem Kopf. Ich befürchtete, einen unverzeihlichen Fehler begangen zu haben. Zu meiner Verteidigung kann ich nur sagen, nicht genug über die Entführung nachgedacht zu haben. Meine Frau und ich steckten damals in einer schwierigen Familiensituation. Unsere Tochter hatte Anfang Juli eine Fehlgeburt erlitten. Ich war in dem Monat mit den Gedanken meistens ganz woanders.«

»Was war Ihr Fehler?«, fragte Dorfer. »Besitzt Doktor Hirthe ein schwarzes Fahrzeug?«

»Gereon hat vor ungefähr drei Jahren dank einer Vorsorgevollmacht die finanziellen und rechtsgeschäftlichen Angelegenheiten eines gemeinsamen Freundes übernommen. Der hatte schon Jahre zuvor einen leichten Schlaganfall. Da er keine nahen Familienangehörigen hatte, erteilte er Gereon als seinem besten Freund die Vollmacht. Monate später erlitt er einen sehr schweren Schlaganfall. Seitdem lebt er in einem Pflegeheim.«

»Wie heißt Ihr gemeinsamer Freund?«

»Rüdiger Marschfeld.«

»Ich vermute, Herr Marschfeld besitzt einen schwarzen Pkw.«

Zahn nickte. »Er war ein Autonarr. Hatte bestimmt fünf oder sechs Fahrzeuge. Gereon hat sie verkauft, um die Pflegeheimkosten zu decken. Aber er hat mal erwähnt, dass er den ältesten Wagen in einer Garage untergebracht hat, für die er monatlich ein paar Euro bezahlt. Der Verkauf hätte wohl nichts eingebracht, und falls Rüdiger sich jemals wieder hinters Steuer setzen könnte, wäre er froh, wenigstens einen Pkw zu besitzen.«

»Der Wagen ist also weiter auf Herrn Marschfeld angemeldet?«, vergewisserte sich Miriam.

»Hundertprozentig. Heute meldete sich dann bei mir ein unbekannter Mann. Angeblich benötigte der einen neuen Steuerberater und behauptete, ich sei ihm von Gereon empfohlen worden. Meine Alarmanlagen klingelten. Ich würgte das Gespräch ab und erkundigte mich bei Gereon. Der dankte mir für meine Treue. Dabei war ich nicht treu, sondern hatte Angst, einem Schwerverbrecher ein Alibi gegeben zu haben. Ich hatte schon überlegt, Sie zu kontaktieren. Also diesen Hauptkommissar Trichter. Sie sind mir zuvorgekommen.« Er zuckte die Achseln. »Ich hätte mich aber auch noch bei Ihnen gemeldet.«

Dorfer durchschaute die Lüge hinter Zahns Worten. Trotzdem ging er nicht darauf ein. Der Steuerberater hatte ihnen eine wichtige Information geliefert.

»Kennen Sie die Adresse der Garage?«

»Leider nicht. Aber ich kenne eine andere Adresse.«

»Welche?«

»Gereon hat zwar Rüdigers Autos verkauft und auch das Mietverhältnis der Wohnung gekündigt. An ein bestimmtes Eigentumsobjekt ist er allerdings nie rangegangen. Rüdiger gehört ein Ferienhaus an der Nordseeküste. Irgendwo bei Sankt Peter Ording. Gereon kümmert sich mittlerweile um die Vermietung. Das Geld fließt dann auf das Konto, von dem Rüdigers Pflege bezahlt wird. Also um genau zu sein, kenne ich nicht die exakte Adresse, aber ich weiß, wo das Haus im Internet inseriert ist. So werden Sie es finden. Wenn Gereon auf der Flucht ist, taucht er garantiert dort unter.«

70

Nach der Befreiung und einer ersten Befragung der beiden Gefangenen kümmerten sich zwei Ärzte um sie. Tills Körper hatte das gespritzte Narkosemittel offenbar schnell abgebaut. Bei Staude sah das anders aus. Er war drei Monate in Gefangenschaft gewesen und litt an Unterernährung. Er musste mindestens eine Nacht im Krankenhaus verbringen. Wahrscheinlich würde er sogar das Wochenende über dort gepflegt werden, bevor die Ärzte grünes Licht für seine Entlassung geben konnten.

»Ich möchte meine Tochter sehen«, hatte er eindringlich verlangt.

Nachdem Till in Erfahrung gebracht hatte, wohin der Krankenwagen Mats Staude transportierte, brach er selbst nach Hause auf, um Larissa abzuholen.

Die Schülerin fiel ihm erleichtert um den Hals, als er mit den guten Nachrichten zu ihr kam. Sie hatte kurz zuvor geduscht und versprach Till, sich zu beeilen. Gemeinsam brachen sie zwanzig Minuten später zum Krankenhaus auf. Am Empfang nannte man ihnen Staudes Zimmernummer, und die Polizistin, die vor dem Zimmer saß, gewährte ihnen nach einem Rückruf bei ihren Vorgesetzten den Zutritt.

Larissa öffnete die Tür und blieb unsicher an der Zimmerschwelle stehen. Ihr Vater hatte die Augen geschlossen. Vorsichtig näherte sie sich ihm. Als sie das Fußende erreichte, schlug er die Augen auf.

»Oh mein Gott, Larissa«, flüsterte er.

»Papa!«, jubelte sie. »Oh, Papa. Darf ich dich umarmen?«

»Ich bestehe sogar darauf.«

Larissa gab ihm einen Kuss auf die Stirn und versuchte, ihn in der Liegeposition zu umarmen. »Es tut mir so leid«, schluchzte sie.

»Du kannst nichts dafür«, beruhigte Staude seine Tochter.

»Doch. Ich war so zickig. Hab dich unfair behandelt. Du hast mit Joel recht gehabt. Verzeihst du mir?«

»Natürlich. Alles ist gut, mein Schatz. Du musst dich nicht entschuldigen. Mein Verschwinden hatte nichts mit dir zu tun.«

Larissa wischte sich die Tränen aus dem Gesicht und zog einen Stuhl heran. Sie setzte sich. »Weißt du, was das Schlimmste war? Von der Ungewissheit abgesehen, dich nie wiederzusehen? Ich habe mir vorgeworfen, dass ich dir keinen letzten Blick zugeworfen habe.« Larissa schluchzte erneut.

Mats Staude ergriff die Hand seiner Tochter und streichelte sie. Er schaute zu Till.

Der lächelte ihm zu. Dann zog er sich aus dem Krankenzimmer zurück. Kaum stand er auf dem Flur, klingelte sein Telefon und übertrug Miriams Handynummer.

»Habt ihr ihn?«, fragte er hoffnungsvoll.

»Nein! Aber wir kennen vielleicht seinen

Unterschlupf. Das LKA Niedersachsen ist im Boot und bereitet einen Zugriff vor.«

71

Hirthe hatte es ohne Verkehrskontrolle in das Ferienhaus geschafft und Denise sofort ans Bett gefesselt. Dann hatte er die notwendigen Vorbereitungen für die nächsten Stunden getroffen. Er würde sie bestrafen, bevor er sich Gedanken über sein weiteres Vorgehen machte.

Er riss ihr den Rock und den Slip vom Körper. Danach griff er zu einem Skalpell und schnitt ihr das T-Shirt entzwei. Auch die BH-Träger durchtrennte er mit dem scharfen Instrument.

Der Anblick ihres nackten Körpers, der an zahlreichen Stellen Hämatome und Blutkrusten aufwies, erregte ihn. Langsam entkleidete er sich. Vielleicht stand ihm eine letzte Vereinigung mit seiner Braut bevor. Er würde den Akt in voller Länge genießen. Hirthe streichelte sich selbst. Dann hockte er sich zwischen die Beine seiner Nichte. Er küsste sie. Doch die fehlende Reaktion verdarb ihm den Spaß. Eine bewusstlose Frau zu vergewaltigen, bereitete ihm keine Freude. Er stieg vom Bett und holte aus seiner Reisetasche ein Medikament, mit dem er sie aus der Ohnmacht reißen würde. Es bestand eine gewisse Gefahr für Denises Gesundheit, aber das interessierte ihn nicht mehr. Hirthe spritzte ihr das Mittel und setzte sich anschließend wieder zwischen ihre Beine.

Es dauerte fünf Minuten, bis ihre Augenlider

flatterten.

»Hallo, meine Braut.«

Sie schlug die Augen auf und starrte ihn hasserfüllt an. Er drang mit einem Daumen in sie ein. Der rohe Akt schien sie aus ihrem Dämmerzustand zu reißen. Er beugte sich nah zu ihr.

»Dein Verhalten im Auto hat mir gar nicht gefallen.«

Ohne Vorwarnung spuckte sie ihm ins Gesicht. Ihr Speichel traf ihn beinahe perfekt.

»Blöde Hure!«, zischte er.

»Bring mich endlich um.«

»Das kannst du haben. Aber nicht sofort.«

Er gab ihr eine Ohrfeige. Denise stöhnte vor Schmerz. Das erregte ihn. Jetzt, wo ihr Ableben bevorstand, wollte er ihr wehtun. Er spreizte ihre Beine grob und drang in sie ein. Dabei drückte er ihr mit einer Hand die Luft ab.

Viel zu schnell fand der Akt ein Ende. Stöhnend ergoss er sich in ihr. Sie bewegte sich kaum, zeigte keine Reaktion. Hatte er es übertrieben? Hirthe nahm die Hand von ihrem Hals, und sie rang sofort nach Luft.

»Du hättest mich lieben sollen«, sagte er vorwurfsvoll. »Dann wäre das alles nicht passiert.«

»Bevor ich dich liebe, sterbe ich«, entgegnete sie schwach.

»Das kannst du haben.«

Hirthe stand vom Bett auf. Er spürte eine große Schwermut. Das hatte er sich alles anders vorgestellt. Mit diesem deprimierenden Gefühl wollte er nicht weiterleben.

Aus der Reisetasche holte er seinen letzten Trumpf. Die alte Weltkriegspistole seines Großvaters. Er hatte das Familienerbstück regelmäßig gereinigt und gepflegt. Ob sie allerdings noch funktionierte, hatte er nie ausprobiert.

Hirthe positionierte sich zwei Meter vom Bett entfernt und zielte auf Denises Kopf.

72

Das Einsatzteam umstellte das zweigeschossige Gebäude. Sie würden von mehreren Seiten gleichzeitig zuschlagen. Im Inneren waren die Jalousien hinuntergelassen, aber durch einige kleine Ritzen drang Licht nach draußen. Anscheinend hielt sich jemand im Ferienhaus auf.

»Oberstes Ziel ist es, die Gefangene zu retten«, erinnerte der Einsatzleiter sein Team über das Funkgerät. »Sind alle bereit?«

Nacheinander erhielt er von den einzelnen Gruppenführern die positive Rückmeldung. Sie würden gleichzeitig über die Haustür und die beiden Terrassentüren an den Gebäudeseiten das Haus stürmen.

»Zugriff!«

Mit Rammen verschafften sich seine Teammitglieder Zutritt und stürmten zeitgleich das Gebäude. Im Headset erklang eine Stimme, die den Einsatzleiter beunruhigte.

»Waffe fallen lassen!«

73

»Du hättest mich einfach nur lieben müssen. Ich hätte dich geheiratet. Wir hätten an einem thailändischen Strand heiraten können. Oder auf den Philippinen. Es wäre romantisch gewesen.«

Er nahm ihre Stirn ins Visier. Oder sollte er ihr ein Auge ausschießen?

»Du bist so widerlich«, flüsterte Denise.

In diesem Moment flogen diverse Türen im Haus auf. Erschrocken zuckte Hirthe zusammen. Vom Schlafzimmer führte ein Ausgang zu der kleineren der beiden Terrassen. Zwei Gestalten in Kampfuniform stürmten herein.

»Waffe fallen lassen!«, schrie eine von ihnen.

Niemals!, dachte Hirthe.

Er drückte den Abzug. Nichts passierte. Dann erklangen zwei Schüsse. Hirthe taumelte getroffen nach hinten und stürzte zu Boden.

74

Ein Blindgänger hatte Denises Leben gerettet. Ihr Onkel war durch zwei finale Rettungsschüsse ausgeschaltet worden.

Die Studentin erholte sich nur langsam von der monatelangen Tortur. Doch zumindest war sie schon nach einem Tag im Krankenhaus zu einer kurzen Vernehmung mit Hauptkommissar Trichter bereit. So brachte sie Licht ins Dunkel.

»Er hat es mir auf der Fahrt ins Ferienhaus verraten«, erklärte sie mit leiser, brüchiger Stimme. »Mats sollte mich vergewaltigen und mich dabei auch im Gesicht kratzen. So sollte meine DNA an seine Fingernägel kommen. Dann hätte mein Onkel ihn getötet und die Leiche weit entfernt abgelegt, um die Polizei auf falsche Spuren zu bringen. Alle hätten glauben sollen, Mats sei mein Entführer. Ich wäre viele Jahre seine Gefangene gewesen, bis ich mich bereit erklärt hätte, ihn irgendwo in Asien zu heiraten. Er wollte seine letzten Lebensjahre mit mir verheiratet sein. Dieser Herr Buchinger sollte dazu dienen, Mats und mich miteinander in Verbindung zu bringen. Auf die Idee ist er gekommen, als er den Blog von Mats' Tochter im Internet entdeckt hatte. Er hielt das für einen genialen Plan. Mein Onkel war größenwahnsinnig und pervers.«

Tränen liefen ihr die Wangen hinab.

Hauptkommissar Trichter beendete die Vernehmung auf Hinweis des behandelnden Arztes, der die ganze Zeit bei ihnen geblieben war. Durch den Tod des Peinigers gab es keinen nahenden Prozessbeginn, der sie unter Druck setzte.

Trichter dankte Denise und wünschte ihr gute Besserung. Mit den Gedanken bei seiner eigenen Tochter verließ er das Krankenhauszimmer. Er mochte sich nicht ausmalen, wie er reagieren würde, falls jemand seinem Mädchen so etwas angetan hätte – sofern er die Gelegenheit zur Rache erhalten würde. Obwohl Trichter das niemals laut aussprechen würde, war der Tod die einzige gerechte Strafe für solche Menschen. Insofern war er über den Ausgang der Ereignisse erleichtert.

75

Der Herbst brachte ungewöhnlich früh Schnee in den Norden Deutschlands. Am vorletzten Oktobertag legte sich eine dünne Schneedecke über Hamburg und verursachte ein großes Verkehrschaos rund um die Hauptstraßen der Stadt.

Till stapfte zu Fuß zum Friedhof, der fast menschenleer war. Ihm kam der Zustand gelegen, so konnte er seine Gedanken, die ihn seit Tagen beschäftigten, laut aussprechen.

Er nahm aus seiner Jackentasche eine Plastiktüte heraus, die er auf die Bank legte. Dann setzte er sich. Der weiße Schnee auf dem Grab wirkte wie Puderzucker.

»Ich habe mir deinen Brief schon hundertmal durchgelesen«, sagte er leise. »Wie gut wir uns kannten! Du wusstest, dass ich immer wieder hierherkommen würde. Heute übrigens ohne frische Blumen, das hätte sich bei dem Wetter nicht gelohnt. Aber eins hast du nicht bedacht, mein Liebling. Stell dir vor, Sabine hätte mir den Brief zwei Monate nach der Beerdigung gegeben. Hättest du dann wirklich schon geglaubt, dass ich genug um dich getrauert hätte? Dass ich mir eine neue Partnerin suchen soll? Oder hättest du im Grab vor Eifersucht rotiert, wenn ich deinem Rat gefolgt wäre?« Er lächelte bei der Vorstellung. »Ich bin glücklich, Baby, das kannst du mir glauben. Auch ohne neue Frau an meiner Seite. Ich habe eine tolle Aufgabe und Freunde, die mir wichtig sind. Trotzdem vermisse ich dich jeden einzelnen Tag. Vor allem morgens beim Aufwachen. Ich habe es geliebt, dir beim Wachwerden zuzusehen. Und ganz ehrlich? Ich *möchte* dich vermissen. Selbst nach so vielen Jahren. Manchmal möchte ich mich sogar wegen deines frühen Tods noch immer in Selbstmitleid suhlen dürfen. Das zeigt mir, wie einzigartig unsere Liebe war. Übrigens, ich bin froh, dass du nicht an der experimentellen Therapie teilgenommen hast. Das war die richtige Entscheidung. Du warst klüger als ich. Schon immer. Auch deshalb habe ich dich so geliebt. Nur in einem irrst du dich. *Ich* bin derjenige, der entscheidet, wann ich bereit für eine neue Liebe bin. Ich ganz allein. Daran ändert dein Brief nichts. Tut mir leid, dir in diesem Punkt zu widersprechen.«

Er schloss die Augen. Erinnerungsfetzen an ihre wunderschöne Hochzeitsfeier kamen ihm in den Sinn. Antje war eine so hübsche Braut gewesen. Es begann wieder zu schneien. Till blickte zum Himmel empor. Der Schnee kühlte seine warme Haut. Er fühlte sich gleichzeitig melancholisch, zufrieden und lebendig.

Nachwort

Liebe Leserinnen und Leser,

als Ende Januar mit *So tief der Schmerz* der erste Till-Buchinger-Roman erschien, machte ich weitere Bände in meinem Nachwort von Ihren Reaktionen abhängig. Ihr Echo in Form von Zuschriften, Bewertungen und auch den Verkaufszahlen war überragend. Deshalb haben Sie ein großes Stück dazu beigetragen, dass *Kein letzter Blick* überhaupt erschienen ist. Dafür bedanke ich mich sehr.

Mittlerweile tummeln sich in meinem Kopf mindestens drei bis vier weitere Geschichten um den Personenfahnder. Als Autor, der ohne Verlag im Rücken Bücher veröffentlicht, gehe ich mit jedem Buch ein finanzielles Wagnis ein. Denn ich muss mich um Cover, das Lektorat und Werbemaßnahmen ganz allein kümmern und in Vorleistung treten. Daher bin ich auch nach dem zweiten Band auf Ihre Rückmeldungen gespannt. Wenn diese ähnlich positiv ausfallen wie bei der Buchinger-Premiere, hat sich Till Buchinger auf dem Thriller-Markt etabliert. Dann können Sie ab sofort davon ausgehen, mindestens zweimal jährlich von dem Hamburger zu hören. Und vielleicht gibt es dieses Jahr sogar noch einen dritten Band, wobei das noch ein bisschen in der Schwebe steht. Meine Frau und ich ziehen demnächst in die Stadt des Personenfahnders und sind schon sehr aufgeregt wegen des bevorstehenden neuen Lebensabschnitts. Leider rauben Umzüge oft nicht nur den letzten Nerv, sondern auch eine Menge Zeit, die dann beim Schreiben fehlt. Aber vielleicht klappt es ja. Sie werden davon erfahren. Besonders dann, wenn Sie sich in meinen Newsletter eintragen oder schon eingetragen haben.

Übrigens: Seit Kurzem habe ich eine neue Homepage. Vielleicht mögen Sie sich die einmal anschauen und mir ebenfalls ein Feedback geben: www.marcus-huennebeck.de

Per E-Mail kontaktieren Sie mich unter: marcushuennebeck@outlook.de und per Facebook erreichen Sie mich wie folgt: www.facebook.com/MarcusHuennebeck

Wollen Sie immer zeitnah informiert werden, wenn es etwas Neues von mir gibt? Dann tragen Sie sich doch in meinen Newsletter ein:
www.marcus-huennebeck.de/newsletter

Alle neuen Empfänger erhalten die Kurzgeschichte *Die Namen des Todes – Die Jagd beginnt* als Dankeschön geschenkt.

Vielen Dank für Ihre Zeit und herzliche Grüße

Marcus Hünnebeck

Lesetipps

So tief der Schmerz

Eine traumatisierte Psychologin sinnt auf Rache. Jahre zuvor ist sie geschändet worden; nun bestraft sie nahestehende Personen ihrer Peiniger mit dem Tod. Als die Polizei durchschaut, nach welchem Muster die Opfer ausgewählt werden, verhindert sie im letzten Moment einen weiteren Mord. Doch der Täterin gelingt während des Zugriffs die Flucht, und sie taucht spurlos unter.
Hauptkommissar Krumm bittet den Personenfahnder Till Buchinger um Unterstützung. Buchinger kennt die Tricks, mit denen Menschen von der Bildfläche verschwinden. Obwohl er Krumm nicht vertraut, erklärt er sich mit der Zusammenarbeit einverstanden, denn die Mörderin hat auch einen seiner engsten Freunde brutal umgebracht. Aber seine Suche nach der skrupellosen Psychologin löst eine Kettenreaktion aus, die sein Leben und das vieler anderer Unschuldiger gefährdet.

Der erste Fall für Till Buchinger

Die Todestherapie

Gero Ruppert kennt sich aus mit Trauer und Verzweiflung. Der Psychologe betreut Eltern, die ihre Kinder auf schmerzliche Weise verloren haben. Als ein 17-jähriges Mädchen brutal missbraucht und ermordet wird, kontaktiert Ruppert die verwaiste Mutter und bietet ihr an, sie psychologisch zu behandeln.

Drei weitere junge Frauen sterben, und Ruppert kümmert sich um die trauernden Hinterbliebenen. Für die Soko rund um die Kommissare Drosten und Sommer steht trotz wasserdichter Alibis der Hauptverdächtige fest: Der Mörder kann nur Gero Ruppert selbst sein. Hat er einen Helfer? Spielt er ein falsches Spiel mit traumatisierten Eltern? Doch die Polizisten ahnen nicht, dass der Psychologe bedroht wird. Er muss den Anweisungen eines Erpressers folgen, um nicht seine eigene Tochter zu verlieren. Je näher die Soko den wahren Hintergründen kommt, desto stärker gefährdet sie das Leben des Mädchens – wogegen Ruppert mit allen Mitteln kämpft.

Der erste Fall für das Team um Robert Drosten und Lukas Sommer

Printed in Poland
by Amazon Fulfillment
Poland Sp. z o.o., Wrocław

76502992R00179